徳 間 文 庫

警視庁浅草東署Strio《エストリオ》
トゥモロー

鈴 峯 紅 也

徳 間 書 店

序

「瀬川《せがわ》っていう男は、ひと言でいえばまあ、馬鹿だな。ただし、圧倒的な馬鹿だぞ。短気で喧嘩《けんか》っ早いけど、義理と人情に篤《あつ》くてさ。おまけに、こうと決めたら一直線で、気に入らなきゃたとえ相手が大臣でも真っ向勝負で。まあ、ああいうのを、任侠って言うんだろうな。しかも、いずれ大親分の品格だ。だから結局、あいつの馬鹿は任侠で、あいつは品格のある馬鹿なんだ」

新海《しんかい》は瀬川藤太《とうた》のことを、人に聞かれなくともそう評価した。

「坂崎《さかざき》っていう男は、ひと言でいえばまあ、利口だな。けど、小さくまとまった利口じゃないぞ。損得や打算、我欲だけじゃ動かないし、動かせないし。涙脆《もろ》くてビビリだけど、色んな人事に鍛えられてるあいつの利口は、強いんだ。目の前にすると面倒臭い奴だけど、だから、政治家でいいんじゃないのかな。大義や万民を口に出来るあいつの利口は、本当の意味での政治家向きだよ」

新海は同じく、坂崎和馬《かずま》のことを、口にはしなくとも心の中でそう判断した。

馬鹿と利口、その間に世話焼き・お節介が性分の自分が入り、紆余曲折《うよきょくせつ》ありつつも長く友達でいることを思えば、

（まあ、なかなか人生は面白い）

と、新海の口元には色々な意味で笑みも浮かんだものだ。

新海、新海悟《さとる》は平成元年、三十三歳の父・久志《ひさし》と五歳年下の母・靖子《やすこ》の間に、長男として八王子で生まれた。

新海の父は、小さなサイン製作会社の社長だった。

ただし、港区内の大手サインメーカーから暖簾《のれん》分けのように独立してまだ三年目で、社員は経理を見る母を入れても四人しかいない零細企業だ。

「率先して現場に出る、なんでも屋だよ。しかも、貧乏暇なしときたもんだ」

後年の息子の職場や生き方をも暗示させるそんな言葉を、父は人に独立を誉《ほ》めそやされれば決まって口にしたらしい。

実際、それまで住んでいた区内の自宅を引き払い、八王子で会社を立ち上げたのも、工場兼自宅用の安い出物があったからだという。

「それで貯金はスッカラカンだった。我ながら、よく決断したもんだ。ま、それで靖子とも出会えたし、悟も茜《あかね》も生まれたんだがな」

そんなことも笑いながら言っていた、と新海の記憶にはあった。

茜はさらに三年後、従業員が一人増えた年に家族に加わった新海の妹だ。

「明日の飯に不安がない。まずはそれで十分じゃないか。驕《おご》らず焦《あせ》らずだ。そうすれば業績も人も、黙ってたってついてくる」

時代はバブル崩壊後の景気後退期に当たっていたが、父の人柄や真面目な仕事振りもあって、社業は堅調に推移していたようだ。

たしかにこの頃、空腹を我慢したことはなかった、ということも新海は覚えていた。いい思い出の部類だ。

小学校に上がる頃には、忙しくなると父から手伝いの声が掛かるようにもなった。

強制ではなかったが、特に現場には、来るか、と聞かれれば新海は必ず、行くと答えた。

小学校以前から作業場でペンキ塗りなどは手伝っていて、全体の仕事の流れもだいたいは把握できていた。

それでまったくの新人よりは、だいぶ使える手子《てこ》であったように思う。

ゼネコンなど労災関係が煩《うるさ》い現場にはそもそも子供は入れないので、父が来るかと言うときは決まって蛍光灯の球替えやネオンの修理で、街場の飲食店やビルオーナーなど、直接のクライアントの場合が多かった。

そうするとたいがい、

――おっ。坊や、お父さんの手伝いかい。感心だねえ。

となってお駄賃やらお菓子やら、様々な余禄《よろく》にありつくことが出来た。

だから手伝う、とそこまでドライではないが、期待しなかったわけでもない。

ただ基本的には、手伝うと言ったときの父の笑顔と、帰った後で一緒に入る風呂が格別だったからと、たぶんそれが一番の理由だったように思う。

高いところも嫌いではなかった、むしろ好きだったということもあったかもしれない。

作業場は五階建てや六階建て、中には十階以上のビルの場合もあった。その屋上から縄《なわ》梯子《ばしご》で降下する父の手子は、新海の〈主業務〉とも言える作業だった。

特に印象深いのは、新海が〈主業務〉にも慣れた、小学校三年の正月のことだ。

当時、八王子の郊外に、外資系エレベーター会社の日本支社兼研究所があった。そこの敷地内中央にある高速度エレベーター実験棟は、地上百四十メートルはあるタワー型で、完成時には全国紙にも掲載された会社のシンボルでもあった。

タワーの上方壁面には、ひと文字三メートルはあるバックネオンの社名ロゴが設置されていた。

――新海さん。タワーのネオンが切れてるんだけどさ、なんとか正月休みのうちに直してくれない？　うちの支社長、こういうのに煩くて。

そんな連絡を入れてきたのは、この会社の総務部の係長だった。

職人は全員、正月休みで田舎やら旅行やらに出掛けていた。

「作業には屋上のゴンドラ降ろすにしても、道具とか色々、一人じゃ無理なんで」

助手に倅《せがれ》、連れて行っていいですか、いいですよね、ハーネスはつけさせますから、と父の交換条件はそれだった。

――そうねぇ。仕方ないか。ネオンが切れてたら怒られるの、間違いなく俺だし。

と、外資系は普段から安全管理に厳しいから、新海の同行は無理やりに飲ませる格好になる。

およそ十五メートル四方の、防護柵も何もない真っ平らな屋上。

本来なら屋上とも呼べない、外壁営繕用の三百五十度回るゴンドラの芯棒とアームだけが無機質に支配する空間。

そこから小指の先のネジ一本落としても、地上では当たり所が悪ければ人は死ぬし、車のボンネットには穴が開く。

高さはそれだけで生と死の与奪に権利を持つと思えば、気持ちも身体《からだ》も強張る。

「怖いと思えば力が入る。怖いと思わなければ注意が足りなくなる。悟、柳に風のしなやかさだぞ。実際、高いとこはだいたいが吹きっ晒《さら》しで、風は常に吹いてるからな。余計と余分は、地上に置いてけ」

父にはそんな注意を受けていた。

ただ――。

そう、ただ、それにしても——。

地上百四十メートルからの眺望は、それまでに見たことのない圧倒的な景色だった。眼下にはトラックが米粒で人などは砂粒以下で、じっと見ているだけで膝下が痺れるようで、足元は覚束《おぼつか》なかった。

吸い込まれそうだとは、初めての感覚だった。

「悟、ほら。あれが池袋のサンシャインで、奥の方のが筑波山。それから都庁、東京タワーで。そう、あのキラキラしてるのは、東京湾かな」

作業を終えた父が新海の隣に来て、空中に指を伸ばした。

伸ばしてゴンドラのアームのように身体ごと回った。

「グルっとこっちには、ほら、みなとみらいのランドマーク。で、真後ろには、やあ、朝は曇ってたが、でっかいな。やっぱり冬場は、晴れれば空気が澄んでる」

写真のままの富士山が見えた。

溜息が出るほど大きく、いや、感覚的に近かった。

座って、父と二人で暫《しばら》く眺めた。

風は相変わらず強く冷たかったが、気にならなかった。

「どうだ、悟。凄《すご》いもんだろ。普通の人には、なかなか出来ない体験だぞ」

父は言いながら、新海の頭に手を置いた。

暖かい手だった。身体が冷えていた。

うん、と答えたことを覚えている。

「父さんな、思うんだ。人間なんて、小っちゃな存在だってな」

父は風に負けない声で、そんなことを言った。

「中途半端な高さは人を偉そうにする、かな。これは経験上、だけどな。けど悟、突き抜けた高さは凄いよな。凄くないか？　こんなところまで登ると、本当に思うんだ。人間なんて、自分も含めてな、小っちゃな存在だって。寄り添って支え合って、それでやっと生きていけるんだ。一人でふんぞり返ったって、たかだかだ。だからどうしたってくらいだってな。——ああ。まだ、悟には難しいかな」

ううん、わかる、と答えた記憶もあった。

そうか、と頷《うなず》いた父の笑顔も覚えている。

地上百四十メートルからの眺望と止《や》まない風と、父の笑顔、その手。

——風に柳で、支え合って生きるんだ。

それが新海にとっての、原風景であったかもしれない。

世話焼き、お節介。

後年、瀬川や坂崎が言うところの本領を、だから新海は小学校でも大いに発揮した。

一年時からずっと、学年やクラスメートの顔触れが変わっても、常に新海は学級委員長だった。

妹の茜も幼稚園から小学校に上がり、兄妹で登校するようになり、茜も委員長ではなくとも学級委員に推薦されるようになり、そして――。

至極順調であった学校生活、ささやかな幸せというものが、少しずつ狂い始めるのは、それから約一年後のことだった。

翌年の正月、言祝《ことほ》ぐべき新年は、新海家の周りにはどこを探してもなかった。

「不渡りだ。どうしようもない」

父が母の仕事机に乗せられた一枚の紙切れに向かい、ぼそりとそんなことを口にしたのは前年暮れのことだった。

父の仕事のメインは、暖簾分けのようにして独立した元々の職場だったメーカーの現場作業だった。

そのサインメーカーが、長引く不況に耐えきれず倒産したということくらいは小学生でもすぐにわかった。

テレビでもラジオでも、大型倒産という言葉を聞かない月はないくらいの年だった。

不渡りはそっくりそのまま、父の背負う借金になった。

父母が沈鬱《ちんうつ》な表情で固まる姿を、新海は茜と二人で初めて見た。

この正月から桜の頃を過ぎ、ゴールデンウィーク、梅雨、夏休みも過ぎ、新海が小学校五年の二学期に入る頃まで、父は激減した仕事をこなしながら、金策に駆けずり回る毎日だったようだ。

せめてもの救いは激減しても仕事自体がなくなったわけではないことと、不渡りを知ってすぐ、社員がそれぞれに会社を離れると申し出てくれたことだった。

新海としては生まれたときから、ほぼほぼ同じ時間を過ごしたと言っても過言ではない、〈オジサン〉達との別れだったが、

——悟。そんな花嫁の父ちゃんみたいな、情けない顔すんなって。大丈夫だよ。俺達も社長も。

——そうだそうだ。悪いことばっかじゃない。いいこともあるさ。また、どっかで一緒に仕事しような。

と、みんな去り際には笑顔で手を振ってくれた。

けれど、だからと言ってドラマのように新海の生活が一気にバラ色になることなどあるわけもなかった。

逆に父がどんどん笑わなくなり、家でもほとんど話さなくなった。

いつでも母が朗らかだったのが、この頃の新海家の支えだったろうか。

仕事のこと、金策のこと。

新海にはその辺の詳細や先行きのことはよくわからない。そのくらいには、まだまだ子

供だった。

ただ、テーブルに乗る食の彩りは、一品減り二品減り、ときにスーパーの見切り品のパン一個にもなった。

「これ以上、会社に拘《こだわ》ってお前達に迷惑は掛けられない。靖子、すまなかったな。悟、茜、ゴメン」

父がやけにさっぱりとした顔で、家族全員の前で頭を下げたのは、これは間違いなく体育の日だった。

市民体育大会の小学生の部で、新海が学校対抗の五年生代表として走ることになっていたからだ。

結果は八人中の三着だったが、順位はどうでもよかった。

久し振りに、父の声援が聞こえることが嬉《うれ》しかった。

そこに家族の、笑顔が揃《そろ》っていることが嬉しかった。

父がなけなしの金を掻《か》き集め、会社の整理と自己破産を決意したと知ったのは、その翌日だった。

父の背を後押ししたのは、一つには元社員から掛けられた言葉だったらしい。

――一緒にやりませんか。

独立した一人が、千葉の鎌ケ谷と言う場所に小さいながら工場を持つということだった。

会社の立ち上げに当たり、誘ってくれたようだ。

「有り難いよな。有り難いから、乗らせてもらうことにした。一から出直しだ」

引っ越し、には抵抗がないわけではなかったが、新海には当然、逆らう権利などはなかった。

自己破産がどういうことかも、以前にテレビで何かのドキュメンタリーをやっているのを見て知っていた。

テレビは多分に誇張されたもの、という認識はあったが、ドキュメンタリーの結末は一家離散だった。

二学期一杯で転校する手続きをした新海に集まる、〈友達〉だった者達の種々入り交じった目、声。

——可哀そうに。

新海家の現状を知った近所の人達の、井戸端に集う目、声。

——可哀そうに。

ドキュメンタリーの結末に上乗せして、情を押し付けてくるようなそれらも重たく煩わしく、転校の日の挨拶《あいさつ》のとき、新海は最後まで前を向けなかった。

「さようなら」

——さようなら。

感覚的には下げたままの頭の上を、乾いた声が過ぎて行った。

明けた正月を、新海は鎌ケ谷のアパートで迎えた。

新しい生活、新しい学校。

けれど、だからと言って心機一転、というわけにはいかなかった。

——可哀そうに。

どこに行ってもおそらく、噂話の類《たぐい》はついて回った。

転校先の学校でも、集まる目や声は剝《む》き出しの同情や好奇を含んでいた。

それで下を向いたままになった。あまり声も出せなかった。

学校では転校生の指定席のような、一番後ろの席になった。少し救われる席だった。

少なくとも授業中は全員が前か下を向き、新海を見なかった。新海も授業中は、恐る恐るだが前を向けた。

顔を上げてみると隣の、窓側の席の少年が気になった。新海が下を見るのと同じように、常に窓の外ばかり眺めている少年だった。

それが、坂崎和馬だった。

地元の名士の孫で県会議員の息子で、抜群に頭がいいなどという諸々《もろもろ》は、特に意識しなくともすぐに知れた。ただのプロフィールだ。

そして、イジめられているという事実もすぐにわかった。

遠く近く、何度も遭遇したからだ。

「おい、坂崎」

柏井《かしわい》という四角い顔の背のでかい奴が、よく坂崎の前で拳骨《げんこつ》を握った。ときには本当に振り下ろした。

坂崎は、ただ耐えていた。耐えて窓の外ばかりを逃げるように眺める奴だった。

「ねえ。なんでイジメられてるんだい？」

とある日の授業中、世話焼き・お節介の虫が、どうしようもなく口を衝《つ》いて言葉になった。

対する坂崎の反応は、烈火のような怒りだった。

「うるさいっ。お前に関係ないだろうっ」

大きな声で、クラス全員が何事かと振り向いた。先生もだ。

咄嗟《とっさ》に新海は下を向いた。

「……そうだね。ごめん」

それだけしか言えなかった。それきりで、五年生の三学期は終了した。

春休みの間、新海は悶々《もんもん》とした日々を送った。鬱々として考え続けた。

考えても考えても、いや、考えなくとも、答えは一つしかないことは最初からわかっていた。そこに向かうひと足が、どうしても出せないと、ただそれだけのことなのだ。

四月に入り、明日からまた学校が始まるという日の夜だった。

仕事から帰り、風呂に入った父に新海は呼ばれた。

「悟。たまには、背中流してくれないか」

いいよとも言わず、新海はタオルを取った。

父の背中は、ゴツゴツとしていた。職人の背中だった。

「なあ、悟。学校はどうだい？」

そう言って父は、背中を丸めた。洗い易《やす》くしてくれたようだ。

「どうって――」

言い淀《よど》むと、なあ悟、と父はもう一回呼び掛けた。

「住み慣れた土地、友達。母さんやお前や茜から、そういうものを奪う形になってしまって、本当に済まないと思ってる。でもな、思ってるからこそ、俺は今、頑張ってるつもりだ。今出来ることを出来る限り。だから、誰に後ろ指を差されることもない」

父の背中が大きく広がって見えた。

「俺は真《ま》っ直《す》ぐに、胸を張って生きてる。悟、お前はどうだい？　父さんの前で胸、張れるかい？」

すぐには答えられなかった。答えられない代わりに、タオルの手に力が入った。

「おっ。悟、ちょっと痛いかな」

「ずいぶん力がついてきたな。そうだよな。もう六年生になるんだもんな」

「そうだね。胸、張らなきゃね」

受け答えが、少しちぐはぐになったことを覚えている。

復活した世話焼き・お節介は、この日以来二度と揺らぎも隠れもすることはなかった。

「やあ。おはよう」

翌日、新海は自分から坂崎に声を掛けた。

そして、今までごめんと頭を下げた。

クラスの全員が見ていた。

新海はその視線を、真正面から受け止めた。

この後、額《ひたい》に向こう傷の、ちょっとしたアクシデントはあったが、新海は新海であり続けた。

どちらかといえば坂崎にこそ苦しみは多かったろうが、新海は新海であり続けることにより、少なくとも小学校時代の坂崎を、最悪の事態から救うことが出来た、のは間違いのないことだった。

坂崎へのイジメは止んだ。

坂崎もおそらく、おおむね本来の坂崎に戻りつつあったようだ。

ただ、坂崎は新海から常に目を背けるようになった。正確には、坂崎が付けたに等しい、新海の額を斜めに走る生々しい向こう傷から、だったろう。

気にするなと、言えば言葉は簡単だったが、簡単すぎて逆に何にも伝わらない気がした。気まずいというか、決め手に欠ける数カ月があった。

そして、小学校生活も終わろうとする三月だった。

(卒業式が終わったら、もっと坂崎とちゃんと話そう。そして、言うんだ)


友達になろうよ。


新海はそう決めていた。

そうして、卒業式の日、卒業証書を手にアパートに戻り——。

けれど新海を待っていたのは、青い顔の母・靖子と、そのスカートの裾を握って涙目の茜だった。

「悟。お父さんがね、足場から落ちたんだって。救急車で運ばれたって、今電話があって。病院へ行くわよ」

「えっ」

一瞬、なんの話かわからなかった。

わからないまま病院へ向かった。

父は、処置室のベッドの上で動かなかった。

医師も看護師も、離れて立っていた。

「手は尽くしましたが、運び込まれたときにはもう、心肺停止状態でした」

医師の説明が、まったく耳に遠かった。

動かないまま、実感もないまま、そのまま、父とは永遠の別れとなった。

母と茜は、泣いた。

だから新海は泣かなかった。

(父さんの代わりにならなきゃ。真っ直ぐに、胸を張って生きるんだ)

それからの二週間余りは、あっという間だった。

その日のうちに、母の実家がある宇都宮から母の両親、新海にとっての祖父母がやってきた。

父は早くに両親を亡くし、肉親と呼べる存在も居なかった。母には他に、実家近くで教師をしている兄夫婦があった。

「靖子。一人で抱えて、これ以上苦労することはない。帰ってくればいい。悟や茜のためにも、それがいい」

祖父母は宇都宮市内でアパート経営をしていて、今なら空き部屋があるということだった。

母はそのアパートに部屋をもらって近くのスーパーで働くことになっていた。そこまでの段取りを、母の両親は付けてくれた。

「そうね。有り難う」

母は、涙を振り切るように頷いた。

「じゃ、色々と下準備をして待ってる。ゆっくりおいで」

四月から新海は地元の中学に新入生として、茜は転校生として小学校四年生になる手続きも進めておくと言いながら、祖父母は帰って行った。

そうして、四月に入ったある朝だった。宇都宮に向かう日だった。

祖父母が差し回してくれた引っ越しのトラックが一台、朝靄《あさもや》の中やってきた。

それだけ？　と新海は思ったが、アパートの荷物は、それだけに全部収まった。それくらいのものだった。

靄が晴れる頃、伯父が運転する乗用車が、祖父母を乗せて到着した。手荷物はそちらのトランクに納めた。

じゃ、行こうかと、伯父の声は号令のように聞こえた。

新海はアパートを振り返った。

——俺は真っ直ぐに、胸を張って生きてる。悟、お前はどうだい？

父の言葉が聞こえる気がした。
(大丈夫だよ。父さん。だけど)
胸を張らなければ、大人にならなければ。
母と茜のためにも。
(さよならだ)
思いに万感を込めた、そのときだった。
息を切らしながら走ってきたのは、坂崎だった。涙を流していた。
坂崎はよく泣く、心の優しい奴だった。
母のスカートの裾を握り、茜が不思議な顔をして坂崎を見ていた。
やがて坂崎は、涙もそのままに真っ直ぐ新海を、新海の傷を見て、笑った。
いい顔だ、と新海は思った。もう大丈夫だな、とも思った。
「泣くな。強くなれ。もう、俺、いないんだぞ」
坂崎はただ、ごめんと言った。
出発の声が掛かり、新海はトラックに乗り込んだ。
動き出す車内から振り返り、手を振った。
「坂崎っ。またなぁ」
別れは辛《つら》いが、悲しくはなかった。

なぜなら、また会おう、また会うと、新海は本当にそう思っていた。

新海の額にアクシデントの向こう傷がある限り、坂崎との〈夏の宿泊授業〉の思い出は消えない。

一生残る傷だということは、医者に説明されてわかっていた。

なら、坂崎は生涯の友達だと、このとき新海は本気で思って手を振った。

見慣れた鎌ケ谷の一年三カ月が、車窓から見る間に去って行った。

(さぁて。宇都宮か)

気持ちは早、宇都宮に飛んでいた。

父の代わりは出来なくとも、せめて母の支えになるくらい、強くならなければならなかった。

到着した宇都宮は、母の地元だということもあって鎌ケ谷ほど他人行儀な感じはしなかった。

逆に、見て見ぬ振り、全部知っていて何も知らない振りといった、余所余所《よそよそ》しい雰囲気が濃かったか。

それはそれで有難迷惑と言っては、亡き父の意に背くか。

堂々とあれ。

(うん。わかってるよ)

新海は胸を張った。

額を切り裂くように走る、凄みのある向こう傷も隠さなかった。

「おい、転校生。その傷はなんだ？」

中学の入学式のときだった。

声も身体もデカい、やけに迫力のある奴が新海の前に立った。

年上でないのはすぐにわかった。新海と同じリボン記章をポケットに付けていた。

「ん？　ああ、これ？」

新海は額の傷に触り、少し笑った。

笑いは、苦笑だ。

〈夏の宿泊授業〉以来、面と向かって向こう傷について聞いてきた奴は一人もいなかった。

鎌ケ谷ではもちろん、宇都宮でもだ。

「証《あかし》、かな。死んだ親父《おやじ》と、遠い友達との。それより」

新海は男のネームプレートを見た。

「ええと。瀬川、か。おい瀬川。転校生はおかしいだろ」

「なんだぁ」

「入学式だぞ。転校生なんて一人もいないぜ。全員が、新入生だ」

「……へっ。言うじゃねえか」

これが、瀬川藤太との邂逅《かいこう》だった。

坂崎和馬が新海悟に付けた向こう傷が、瀬川藤太と新海悟を結び付ける。

そういう巡り合わせだと言えば、牽強付会《けんきょうふかい》に過ぎるだろうか。

だが、結果がすべてを物語る。

ここからの新海と瀬川の話は、悲しい話になるからひとまず置く。

ただ、二十歳を超えるその先まで、瀬川藤太の出所を新海は待った。

瀬川藤太と坂崎和馬も結び付けた。

エスのイニシャルの三人はその先まで、なんだかんだ言い合いながら、間違いなく友達であり、仲間だった。

一

二〇一九年は、不思議な感覚で明けた年だった。

平成最後の正月であるのは、雨が降ろうと槍《やり》が降ろうと間違いのないところだ。

が、次の元号がなんになるかは発表どころか、まだ確定されてもいなかった。

有識者なんたらでいずれ決める、というのが段取りらしい。

終わりは見えても先が見えないから、平成最後に対する感慨《かんがい》は特に〈一入《ひとしお》〉には程遠く、どちらかといえば〈一塩〉、くらいでスパイス的な味わいだったろうか。

なので世間的に、

――なあ。次の元号ってよ、なんになんのかな。俺の名前だったりして。え、無理？　なんでだよ。次の年に向けても縁起はいいぞ。五輪男《いわお》。五十六年振りだぞ。

――元号見てから子供の名前決めようと思ってるの。え、予定日？　四月中旬だけど。それが何か？　気合で頑張れば、何事もなんとかなるものよ。それに、いざとなったら追完《ついかん》届って手もあるわ。

そんな会話の〈スパイス〉は、年が明けた途端、あちらこちらで耳にするようになった。

それは成田山新勝寺《なりたさんしんしょうじ》でも同じだった。

「瀬で川で、藤で太いか。俺の名前は、どこをとってもねえな。けっ。正月早々縁起でもねえ」

一人で呑み終えた一升瓶を交換し、瀬川藤太はそんなことを呟《つぶや》いた。

「瀬川、別にお前だけじゃない。普通はないから縁起は関係ない」

「けど新海。お前《めぇ》のは新だってよ、海だって悟だって、なくはねぇぞ」

「あったって、だからなんだ」

「まあ、腹の足しにもなんねえな」

新海悟は瀬川の向かいで、取り敢《あ》えず下らない呟きを拾ってやった。

総門を潜《くぐ》って、正面本堂に上がる仁王門の階段下広場に設《しつら》えられた屋台骨の下だ。

そこは毎年、山内のテキ屋の総差配、武州虎徹《ぶしゅうこてつ》組にのみ許された場所だった。周りと比べてもひときわデカい。

一月も下旬に近い土曜日、新海達はいつもの正月恒例の、少し遅い〈初詣で〉に集《つど》っていた。

長テーブルと椅子代わりのビールケースをギッチリと並べた屋台骨の下には、新海と瀬川の他に、坂崎和馬や新海の妹の茜、瀬川の姉の静香《しずか》も揃っていた。

静香の娘でもうすぐ高校三年生になる愛莉《あいり》も屋台にはいるが、こちらは〈初詣で〉に集うというより、書き入れ時+土曜日ということで屋台を手伝っている。

というか、十七歳にしてすでに鉄板のど真ん前に立ち、焼き方のメインだった。

瀬川は、今でも口では愛莉にクドクド言う。が、何を言おうと、任せられる腕があるからこそ鉄板の前を譲り、正午を前にして一升瓶を二本も空けられるというものだろう。

去年までは、まだメインは瀬川だった。今でも稼業としては瀬川がメインだが、休みというか、愛莉が来れば愛莉に譲る。

これは去年までにはない、初めてのことだった。

ついでに言えば、いつも地味なダウンジャケットの茜がなぜかモフモフとしたショール付きの振り袖を着てきたことと、多少なりとも自分の意志で坂崎に関わるのも、今年が初めてのことと言えば初めてのことで、兄としてはまあ、――大して気にもならないから、好きにすればいいと思う。

この日、武州虎徹組の屋台は、新海達が来た十時半にはすでに八割方のテーブルが埋まっていた。そのまま出入りはあっても、混雑具合はいい調子にさほど変わらなかった。

これが正月の三が日ともなると、早朝から全テーブルどころか立ったままでも席料を取るという阿漕《あこぎ》な商売になり、それでも客が入るというか、並ぶという凄《すさ》まじい状態になる。

だから時期を少し外すのだが、それでも八割方が埋まったまま、それ以下になることなく、二月の節分会まで一気に走り切る。

それが成田という街で、成田山新勝寺という場所だった。

「あいよ。お待ち」

豆絞りの捩《ね》じり鉢巻きも小粋な愛莉が、鉄板の前からポニーテールを揺らしながら振り向き、背後に陣取る新海達に焼き物を差し出した。

基本的にはお好み焼きが主だが、この大屋台は注文があればなんでも焼くのがモットーだ。

愛莉が出してきた物は、瀬川が有り物焼き、と指定したものだった。なんでも、材料の過多を調整すべく常連にだけ出す、〈お馴染みさん焼き〉らしい。

湯気立つ有り物焼きをまずひと口食い、フン、と鼻を鳴らして瀬川は席を立った。

「愛ちゃん。有り物焼きってなぁな」

瀬川はこの、姉によく似たナイスバディの美人で、それでいて瀬川にそっくりな職人気質の姪《めい》っ子を溺愛《できあい》する。

去年の段階で新海も、後三年も経《た》たずにこの娘は母同様の色香を発散させると思ったものだが、フェロモンは若さを加味するか差し引くかの選択に拠《よ》っては、すでに母をも凌《しの》ぐかもしれない。

「いいかい。愛ちゃん。食感を分けると、有り物焼きは口の中でゴチャつくんだ。食材ごとにコテ先でな、火の通りを加減する。簡単に見えてドえらく難しいんだ。だからよ、これが出来りゃあもう、屋台引いてどこへでも行けるぜ」

「うっす」

十七歳の女子高生が屋台を引いてどこかへ行くことの是非はさておき、新海が口にする限り、どこへ出しても恥ずかしくない味であり食感のような気はするが。

「はい。坂崎君。あーん」

新海の斜め前では、娘のどこへ出しても恥ずかしくない有り物焼きで、母がどこから見ても恥ずかしい様子なのは、まあ〈初詣で〉のご愛嬌《あいきょう》か。

「いえ。あーん、はしません。ああ、そこの冷めたおでん、僕が貰《もら》いましょうか」

「はぁい。どうぞぉ」

「もう。坂崎君。それよりこっち、あーん」

「だから、あーんはしませんって。愛莉ちゃんが見てますよ。おっと、その氷が融《と》けた酎ハイ、僕が貰いましょうか」

「はぁい。あげまぁす」

寒風の吹き込む新春の屋台が温かく、と思いきや、新海にはときおり坂崎が見せる表情が気になった。

なんというか、少し寂し気だ。

「ああ。わかるか。付き合いが長いのも考えものだな。なんでもない、と言いたいところだが」

坂崎は苦笑した。それから辺りを見回し、

「もう何年、ここでの正月が恒例になってたかなと思うとな。少し感傷的になってな」

と、氷の融けた酎ハイを呑んだ。

「ああ。あれか。親父さん絡みの衆議院の」

新海は冷めたおでんを突《つつ》いた。

本当に冷めていた。

「世の中で言われてる、解散風が吹くとか吹かないとか。あれの影響か？」

「ない、とは言わない。ある、とは今は積極的には言えない」

「……それ、言ってないか」

「さてな。ただあるとしても」

言って、坂崎は冷めたおでんからちくわぶを取った。それで皿が空《から》になった。

静香より先に出た茜の手が片付けた。

「あ、茜さん。有り難うございます。――ただ、あるとしても、平成のうちは間違いなくないな。陛下の譲位と殿下の即位を騒がせてまで動く理由は、まずあり得ない」

「あと三カ月か」

「ギリならな。ただ、ギリもないだろう、とは思うが」

それにしても、総選挙になったとしても坂崎の父、坂崎浩一《こういち》議員なら六期目の当選は確実だ。強力な地盤があるというだけでなく、全国的な認知度は与党でも五本の指に入るくらい高かった。しかも前年の〈ハニートラップ事件〉への毅然《きぜん》とした、しかも胸の空くような対応以来、好感度はうなぎ登りしたところで高止まりしているらしい。

次の組閣で、おそらく浩一は現職の内閣府特命担当大臣兼国家公安委員会委員長から党幹事長への就任が打診されるとは、テレビを見てもどちらかと言えばお天気お姉さんフリークでしかない新海でも知っていた。

党幹事長は、次期総裁を予感させるポストということで定着している。

坂崎は寒空の下の屋台の中で、冷めたちくわぶを肴《さかな》に氷の融けた酎ハイを呑んだ。

「なんにしても、俺も大臣も、今までより格段に忙しくなるのは間違いない。いや、幹事長か。呼称が変わるってのは結構面倒だ。暫《しばら》くは慣れないだろうな」

「じゃあ、変わらないのでいいんじゃないですか。お父さん、で」

「え」

茜に言われ、一瞬坂崎は言い淀《よど》んだ。

「うちにはもういないし。私はお父さんって、もっともっと、呼んでみたかったなあ」

「おう。呼べるかって意味じゃあ、俺っとこにもいねえぜ」

瀬川が鉄板の前で愛莉に並んだまま、肩口からそう言った。

「いねえけど、それ以上とは言わねえが、一人いるけどな。ただ、呼ぶなぁ親方だ。ま、それもいずれ、縁《えにし》もいずれ――。っと、これぁ別の話だ。坂崎よぉ、大臣だろうと幹事長だろうと、頼れる肉親が近くにいるってな、いいな」

「ああ。そうだな。いや、そうだった。まあ、近くったって、いつまでいるやらって感じだけど」

頷く坂崎の前に、瀬川が湯気の立つ皿を置いた。

「これが代々の、〈お馴染みさん焼き〉だ。食ってみろ」

静香以外の全員が箸を伸ばし、ひと言もなかった。

味付けは愛莉と同じだが、たしかに混然一体となった食感には格段の差があった。

「姉ちゃんも食えよ」

瀬川が言うと、静香は顔を背けた。

「あたしはいいわよ」

「なんでだよ」

「知ってるけど、出来ないもの」

「ああ？　出来ねえでテキ屋が務まるかよ」

おお、姉と弟、テキ屋とテキ屋の意地のぶつかり合いか。

新海は〈お馴染みさん焼き〉を口に運びながら見守ったが、あまり雰囲気が悪くなるのはいただけないと、皿が空になってから考えた。

ガス抜きに話の矛先を変える。

いや、戻す。

「坂崎。親父さんと離れるのか？」

聞けば坂崎は、辺りを気にしてから小さく頷いた。

「大臣に言われてるんだ。そろそろ独り立ちするかってな。たしかに大臣も、県議に立ったのは今の俺らくらいの歳だった」

「ふうん。県議か」

新海は瀬川にハイボールを頼んだ。

「おらよ」

ジョッキをもらって口をつけ、顔を戻すと坂崎が首を振っていた。

「違う。いきなり国政だとさ」

思わず噴きそうになった。いや、噴いた。

せめて顔を背けると瀬川の背中だった。

「ぐわっ。手前ぇ、新海。ぬるいもん噴き付けるな。気持ち悪《わり》ぃっ」

瀬川がコテを手に仰《の》け反《ぞ》るが、この際は捨て置きだ。

「こ、国政って、あれか、今度の解散でか？　衆議院」

いつか、とは思っていたが、新年度になったところでまだ三十歳だ。社会の深いところ、高いところに手も足も延ばす現実味は、少なくとも新海にはまだなかった。

声が大きい、と坂崎が新海に釘を刺した。

「そう。その解散でだよ。ジュニアなら出来ますなって、小暮《こぐれ》さんが太鼓判を押してくれたらしい」

小暮とは議員会館の、現坂崎浩一事務所における和馬の上司、小暮信二《しんじ》のことを指す。政界内でも切れ者と評判の政策秘書らしい。

話し方は独特と言うか、ハッキリ言って妙だが。

「本来なら補選狙いからがセオリーだけど、今なら解散に乗っかる方が有利だってさ。ま

「わあ。坂崎君も代議士センセ？　凄いわあ。センセ、ね。凄いわあ」

ほろ酔いの静香が科《しな》を作る。

東大やキャリアや省庁、そういう頭のよさそうな言葉にこの瀬川の姉さんは弱い。

間違いなく〈衆議院議員〉はワードとして最上級だろう。滲《にじ》み出るフェロモンが半端なかった。

ただし――。

「どうだろう。そうなっても、先生だけは嫌ですけど」

いつも通り坂崎にはまったく通じない。

うーん。

坂崎から静香ワクチンが出来るなら、五千円くらいなら買う。

で、倍で売る。

「鎌ケ谷から、ですか？」

茜が少々、国土交通省のずるい職員の顔になって聞く。

「そうなります」

あっさり答える。

うーん。

あ、わかるけどな」

坂崎には茜ワクチンを、どうにか新海自身から抽出出来ないものだろうか。

出来たら売る。

十万、は高いか。

「じゃあ、お父さんはどちらから？」

「長野四区ですね。母さんの傍《そば》で。ちょうど現職が高齢でもあり、最後の選挙ってことで、関係小選挙区から比例の北陸信越ブロックに転出です。向こうも楽が出来るってことで、関係はウィンウィン。それに、蓼科《たてしな》には昔からうちの別荘もある関係上、単純な落下傘ではないですし。大臣が移るには、これ以上ない選挙区でしょうね。だから解散まではまず、僕が先頭に立って引き継ぎというか、そんな準備を、ということになりますか」

一瞬、新海は茜と顔を見合わせた。

何か、〈初詣で〉の成田山の、武州虎徹組の屋台の下で聞くには、内容が一気に濃すぎる気がした。

坂崎もハイボールを頼みつつ、遅ればせながら理解したようだ。

慌てたのがよくわかる。

ハイボールを受け取った手をそのまま振り回した。

「あ、いや。解散があったとして、の話で。それにしても、いずれは立つんだから。そんな漠然とした準備だから」

ジャバジャバとジョッキからハイボールが飛び散る。

「ぐわっ。ハイボール溢《こぼ》すな。冷てぇ」

コテを持ったまま、また瀬川が仰け反った。

二

時期を外しても、正月の成田山は当然のように侮れない。

昼になる頃には、武州虎徹組の屋台は三が日に負けず劣らずの忙しさに突入していた。

瀬川も結局愛莉の隣から席に戻れず、二人合わせて四丁のコテを一つとして置くことも出来ない忙しさだった。

その間、新海は職業柄というか性分というか、賑《にぎ》わいの中に聞く他人の話を肴に酒を呑んだ。

主には改元の話題が多かった。

坂崎は相変わらずよく鳴る電話に対応しつつ、しなだれ掛かる静香の腕との戦いに忙しそうだった。

茜は茜で、静香と坂崎の攻防には目もくれず、立ち働く瀬川のデカい背中に熱い視線を送っている。

好意の度合いは別にして、茜はプロレスファンの筋肉フェチだった。

それぞれがそれぞれに、〈いつもの初詣で〉を味わう時間が、少なくとも四十分は続いた。

やがて瀬川が汗を拭き、鉄板の脇にコテを置いた。

そんなときだった。

「わ、若頭ぁ」

外の雑踏を搔き分けるようにして、屋台の中に飛び込んでくる男があった。

〈成田山香具師《やし》会〉、の染め抜きがある法被《はっぴ》を着ていた。

香具師会は成田山内における武州虎徹組の呼称で、つまり瀬川のところの若い衆だ。やけに慌てていた。

といって、そんな若い衆の狼狽に動じるようなメンバーは、この〈初詣で〉の中にはいない。わかっているからだ。

間違いなく二年に一度はぶつかるアクシデントの報告で、去年もあった。もはやイベントだ。

「境内《けいだい》で喧嘩っす」

「ちっ。飯くれぇ食わせろってんだ」

瀬川はのそりと立ち上がった。

文句は言うが、我儘《わがまま》はしない。

そもそも武州虎徹組が成田山内に散らばるテキ屋の総差配を許されるのは、山内全域の〈一切の掃除〉を請け負っているからだ。

百九十を超える筋肉の塊が動き出す。

邪魔臭い。

「あ、待て。俺も行く」

静香の猛攻に手を焼いたようで、坂崎が珍しく自ら瀬川の後に続いた。

このときの新海はと言えば、瀬川とは別の意味で喧嘩など見慣れているので、別に何をしようとも思わなかった。

動けばかえって面倒になったりして、人はそれを、管轄外と呼んだりもする。

だが、ハイボールから替えたばかりの熱燗《あつかん》を手にすると、お兄ちゃん、と茜の刺さるような声が掛かった。

「んあ?」

「ほら」

あろうことか、茜は兄に対して偉そうに顎を抉《しゃく》った。

「瀬川さんはあれだけど、坂崎さんはあれでしょ」

暗号のようだが、よくわかる。

瀬川はたしかに凄くあれだが、坂崎はまったくあれだ。

「議員さんになったら上司とかじゃなく、今度はトップで帰ってくるかもしれない身体なんだから。ちゃんとガードして」

国交省の都市局景観課に勤務する茜は、一時期、キャリアとして入庁していた坂崎と同じ職場だったことがある。

「へいへい」

渋々と立ち上がり、新海はふと肩越しに屋台の外を見遣《みや》った。

新海を見る視線、人の気配のようなものを感じた、ような気がしたからだ。

条件反射と言うか、職業病のようなものか。

ただ、屋台の外に立ち止まる人は何人かいたが、見るのは新海というより、屋台内の混み具合だった。強いて言えば新海から少し視線を外した辺りで、商売上手な顔でイラッシャイと手を振る静香姉さんか。

「酔ったかな」

首を傾《かし》げつつ額の向こう傷に触る。

クレッセントムーン、三日月の形。

瀬川に言わせれば、ミニバナナ。

生涯消えることない傷跡は熱を感じることなく、常に冷ややかだ。

心身が熱を帯びるとき、冷たく浮かび上がるイメージで新海自身を制御する。

今のところ、さほど額に向こう傷の感触はなかった。

「じゃあ、正月惚《ぼ》け、かな」

早くと急《せ》かす茜の手に送られ、というか掃き出され、新海はオーバーコートを羽織った。

ガードに向かうと言っても、颯爽《さっそう》と疾駆するような格好のいいものではない。雑踏に紛れ、手に持ったアタリメを齧《かじ》ったりしながらノロノロと階段を上がる。

境内に上がっても、広すぎる境内は人また人で埋まり、あまり身動きは取れない。

ただし――。

「手前ぇら。人の書き入れ時の昼どきに、下らねえことしてんじゃねえっ」

どこへ向かえばいいかはすぐにわかった。

本堂へ向かって真正面の、常香炉《じょうこうろ》の先だった。

無病息災を祈り、魔を払って穢《けが》れを落す、とかなんとか。

「ああ、ちょっと通してくれるかな」

ごそごそと人混みを掻き分けると、さして時間も掛からず突き抜けた。

常香炉を含み、遠巻きにする人の輪がやけに大きかった。

ど真ん中に立つ瀬川の前に、三人の若い奴が立っていた。

新海の鼻には、半グレの臭いが芬々《ふんぷん》とした。

人輪の大きさは、危機回避の集団心理のなせる業だったろう。

新海にしても見慣れた喧嘩の中ではまあ、険呑《けんのん》な部類だった。

近くに、都合四人の〈一般人〉が散らばって転がっていた。

友達か誰かの彼女かは知らないが、振り袖の女性二人が青い顔で近くに蹲《うずくま》っている。

坂崎が常香炉と瀬川の間を、所在なくうろついていた。

「よお。おっさんよぉ。横っちょから偉そうに首突っ込んでくんじゃねえよ。何様だよ」

丸サングラスを鼻眼鏡に引っ掛けた茶髪が前に出た。短髪の男とロングコートが、後ろに控えてヘラヘラしていた。

ふん、と瀬川は鼻を鳴らし、そんな三人を睥睨《へいげい》した。

「何様ってよ。瀬川様ってんだ。手前ぇら、成田に来るときゃ覚えとけよ」

「へっ」

サングラスがノーモーションで突っ掛けた。躊躇《ちゅうちょ》のなさはやはり半グレか。喧嘩慣れ、場慣れは明らかだった。

そのまま真っ直ぐに右の拳《こぶし》を振り出す。腰の入ったいいパンチに見えた。

ただし、形としてはだ。

瀬川に油断は有り得ない、のは新海にとって確信だった。

連中がどれだけ慣れていても、半グレ程度で喧嘩っ早いテキ屋を越えられるわけもない。

荒事は瀬川にとって、職業病のようなものだ。
余裕を持って、瀬川は腰を沈めた。
ゴンッ。
鈍い音が響いた。
「ぐあっ」
呻《うめ》いたのは当然瀬川ではなく、サングラスの方だ。
男の拳が叩いたのは瀬川の額だった。おそらく、打たせようとして打たせた額だ。
表情を歪《ゆが》ませ、サングラスは左手で右の拳を包んだ。音からするに、骨までいったか。
瀬川は手を伸ばし、男の髪をつかんで引き寄せた。
「忘れんなよ。先に手ぇ出したなあ、お前ぇだ。ここにいる堅気《かたぎ》の衆が証人だぜ」
歯を剝いて笑う。
サングラスの顔が引き攣《つ》った。
(堅気の衆って、おいおい。言い方が)
新海は笑えたが、半グレ連中には挑発でしかなかったか。
「んだとこのヤローッ」
短髪がサングラスに続いた。
貫禄《かんろく》の差は歴然だったが、やれやれぇっ、などと群衆の中から囃《はや》すのもいて後に引けないのもまあ、有りや無しや。

「坂崎ぃ」

新海は群衆の直前、常香炉を囲む四阿《あずまや》のひと柱に寄り、手で坂崎に振り袖の二人を指示した。この辺は阿吽《あうん》の呼吸というやつだ。

すぐに理解して動き、坂崎は常香炉の方に二人を避難させてきた。

「よっ、てな」

瀬川は髪をつかんだままサングラスの顔を引き上げ、間違いなくどの半グレよりもでかい拳をその顔面にぶち込んだ。

声もなくサングラスが転がったのはまさに、振り袖の二人がそれまで蹲《うずくま》っていた場所だった。

「うらっ」

短髪が身体ごと瀬川に飛び掛かる。が、重量級の肉の塊はビクともすることはなかった。

その間にロングコートが瀬川の背後、常香炉の方に動いていた。短髪とはそんなコンビで暴れてきたのかもしれない。

「見えてんだ。ボケッ」

瀬川は短髪を抱え込むようにして肩越しに吼《ほ》えた。

抱え投げの亜流で、とにかく力任せに、瀬川は振り向きざまに短髪を投げ捨てた。

宙を泳ぐようにして男は飛んだ。

「げっ。なんだそれよぉ」

唖然《あぜん》とするロングコートに、瀬川の投げた短髪は見事に激突した。

が、悪いことに勢いは止まらず、二人は絡んでそのままさらに背後、常香炉の近くにいた坂崎まで巻き込んだ。

「どわっ」

足を取られ、坂崎は頭から常香炉に激突した。

ちなみに言えば、新海は避けた。

坂崎はなんというか、運と運動能力が少々足りなかった。


ゴイィン。


うわぁ、と揃った声は、坂崎に対する観衆の同情だったろう。

坂崎っ、と新海は反射的に近付こうとした。

そのときだった。

新海は目の端、すぐ近くの群衆の中に、薄青い陽光の撥ね返りを見定めた。

これも職業柄の病というやつか。刃物、ナイフの類だとすぐに看破した。

真っ直ぐ突き出されてきた。

新海の脇にだ。

（くっ）

咄嗟の反転でなんとか避け得た。

と思ったが、明確に新海を狙ったものかどうかはわからなかった。半グレの仲間が、前に出ようとして構えただけかもしれない。

（なんだっ）

確認しようとしたが、無理だった。

瀬川が鬼の形相で常香炉辺りに走り来て、群衆自体が大きく輪を揺らし、動いた。退いた。

すべては曖昧にしてあやふやだった。

「うらよっ」

短髪は瀬川に腹を蹴り上げられ、ロングコートは顔面を踏み付けられて動かなくなり、騒動自体はその後、瞬く間に終焉した。

汗の一滴、かすり傷の一つもなく、瀬川は後始末を若い衆に指示し始めた。

「おい。坂崎」

新海は取り敢えず坂崎に寄った。

坂崎はうーうー言いながら藻搔《もが》いていた。

「うわあ」

思わず新海の口からは場違いな感嘆が洩《も》れた。

なかなか立派な瘤《こぶ》が額の右側に盛り上がり始めていた。

裏文字で梵字の痕がかすかに付いていた。

それで、どこにぶつかったかわかろうというものだ。

……。

いや、わかったからと言ってどうということもない。ご利益もない。

おもむろに携帯を取り出し、茜を呼び出した。

冷えたタオル、いや、その辺に無造作に置かれている客が使ったお絞りが外気で冷えているはずだから持って来い。

そんな簡単な注文をする。

振り袖を振り乱して茜が境内に上がってくるまで、時間を計ったら五分だった。

さて、これは早いのか、遅いのか。

常香炉の周りでは邪魔なので瀬川が坂崎を担ぎ、本堂の隅に移動した。

冷たい使用済みお絞りで冷やすと、すぐに坂崎は悪態をつけるくらいまで回復した。

「なんでお好み焼きの匂いがするんだ」

無視して、折角《せっかく》だからお御籤《みくじ》でも引くかということになった。

坂崎はまだぶつぶつ言っていたが、御籤が大吉だったことで一気に機嫌がよくなった。

で、新海はといえば――。

「ふうん。末小吉か」

上へ向かえば小吉、下るなら凶。

考えていると、

「あら。お兄ちゃん。切れてるけど」

と茜が新海のオーバーコートに手を伸ばした。

「え。――うわ」

右脇に、おそらく刃物とわかる貫通穴が出来ていた。

あのときだ。いや、それはさておき。

「買ったばっかりだったのに。高かったのに」

末小吉は、下り坂か。

仕方がない。お賽銭《さいせん》を奮発して、四十五円にしよう。

願わくば、今年がいい年でありますように。

三

二月三日は、朝から全国的に快晴の一日だった。そうだと、新海お気に入りのお天気お姉さんが断言していた。

各地では豆撒《まめま》きの行事が、滞りなく執り行われることだろう。

新海はこの年、そんな全国的行事を成田で迎えた。

去年は、と考えれば、

「ああ。署の屋上だったな。鬼のパンツは行方不明とか考えてたっけ。——暇だったんだな」

と、呟きながら午前十時少し前には京成成田の駅に到着した。

この日は当然、浅草寺《せんそうじ》でも盛大な豆撒き式があり、浅草《あさくさ》署からの応援要請で浅草《あさくさ》東《ひがし》署も、新海が所属する刑事生活安全組織犯罪対策課や交通課から人員を出していた。特に日曜日と重なったから例年より派遣人員は三割増しだ。

新海本人はと言えば、本来からいけば待機番というか、今年も署の屋上で日向《ひなた》ぼっこの担当だったような気もする。

が——。

当番も明け番も非番も、何を以《もっ》て線引きするかはこと超小規模署の浅草東署に限っては難しい。しないと怒られることとしていいことと、したら怒られることの区別が、基本的には曖昧だ。

近隣に存在する、北陸の広域指定暴力団・四神明王会《しじんみょうおう》直系にして関東最大の暴力団・鬼不動《おにふどう》組の二次組織である松濤会《しょうとうかい》を監視するためだけに誕生した浅草東署には、暴対法以降明確な職務など皆無だった。

〈なんでも屋〉として、本庁や他の所轄から手伝えと言われて初めて存在意義が湧き、手伝いましょうかと言って邪魔だと断られて萎《しぼ》み、一人で動いて勝手なことをするなと怒られる。

だからというわけではないが、暇なときはパーラーで甘味を食したり、まったく異質なパーラーでスロットに興じたり球を打ったり、浅草ROXの方にまで出掛けて馬にロマンを追い求めたりする署員は多い。というか、刑事生活安全組織犯罪対策課の課員はほとんどがそうだ。

そんな環境なので、浅草東署は警視庁の中でもなかなか稀有な存在だ。

配属されてもうすぐ二年になる新海も、それだけいればさすがに肝は据わるというか、鈍麻《どんま》するというか、どうでもよくなる。勤務状態に対する禁忌はない。

で、この日は待機番にも拘らず新海は鼻歌交じりに、追儺《ついな》豆撒き式が執り行われる成田山に出掛けた。

物見遊山の気分は上々だったが、特に豆撒き式を堪能するのが目的ではなかった。

瀬川に呼ばれたのだ。

――ちっとよ。聞いといてもらいてえ話があんだ。

前夜遅くになって掛かってきた、瀬川からの電話に応えた形だ。

瀬川はだいぶ酔っていた。おそらく日本酒三升とウイスキーを二本、あとビールや酎ハイなどを適当に数リットルか。

酔うと、言ったことも聞いたことも覚えていないと首を傾げる、というくらいならまだ可愛《かわい》げがあるが、言ってないし聞いてないと瀬川は決まって胸を張る。

だからそんなとき、新海は受け答えを適当に流すことに決めていた。

「わかった。明日聞く」

――おっ。有り難《がて》ぇ。明日ぁ、豆撒きだ。見てけよ。じゃあな。

聞くと言っただけで行くと言ったつもりはないが、言った言わないになると呑んだ瀬川に敵《かな》う者はいない。

ということで新海は、日曜日の豆撒きの成田に降り立った。

初めてではないが、成田の豆撒きは十年振りだった。

「うわっ」

十時頃に到着すれば楽なもんだろうと高を括《くく》って来てみたが、どうやら少し甘かったということは、電車を降りてから改札口までがやけに遠いことで実感できた。

その後、駅から参道を通り、総門までが約三十分は初詣でに比べればまだましだったが、総門の中は初詣での混雑を遥かに超えていた。

鮨詰めの人が動かないのだ。

石畳を踏み、走らなくとも一分も掛からない瀬川の屋台骨まで、なんとこの日は十分も掛かった。

日曜日ということもあるが十一時からの追儺豆撒き式がもうすぐだった。梨園《りえん》の御曹司とその子らは、この一回しか出ないらしい。

と、そんなことへの焦りと不満が、新海を取り巻く混雑のオジサンオバサン連中から漏れ聞こえてきたので、混雑の理由は納得できた。

ようやく到着した武州虎徹組の屋台では、休日の女子高生がまたメインを張って鉄板のど真ん前に陣取っていた。

ただし、このときはまだ、コテは握らず腕を組んでいた。少し暇なようだ。

初詣でのときと違って、この日の群衆には目的に時間的制約がある。人の流れはかえって急ぐように、境内へ豆撒き式へと止まらなかった。

いつもの席に陣取り、テーブルに置いたポータブルテレビを見ていた瀬川が、鉄板の奥から片手を上げた。

「よう。遅かったな」

「そうだな。着いたのは割合に早かったつもりだけど」

「成田の豆撒きを舐《な》めたかよ」

「舐めた。気づいたら十年振りだった」

「そんなんなるか」

顎《あご》を撫《な》で触り、取り敢えず呑めよ、と瀬川は言った。

新海は首を振った。

特に豆撒き式を堪能するのが目的ではなく瀬川に呼ばれたから来たわけだが、別に見られるものを見ないつもりもない。

「ちょっと境内を見てくる。せっかくだ」

最初から、物見遊山の気分は上々なのだ。

すると、引っ込むかと思いきや、瀬川も出てきた。

「ちっ。ならまあ、俺も行くわ。テレビも飽きた。それに十年って言われっと、思えばよ、鉄板の前が忙しくて、俺もそんなくれぇは見に上がったことがなかった」

ということで、新海は瀬川と連れ立って追儺豆撒き式の会場である境内に向かった。

暫くして、

――福は内、福は内。

境内に据え付けられたスピーカーから掛け声が聞こえてきた。

新海らは少し遅れたようで、上がったときにはもう境内は、人また人でゴチャついていた。

が、群衆は撒かれる福豆と梨園の御曹司一家を求めて全体に前へ前へと押しているようで、常香炉の四阿から階段近辺は比較的空いていた。

――福は内、福は内。

スピーカーからの割れた音声は暫時《ざんじ》、ただそれだけを繰り返した。

成田山に、鬼は外の掛け声はない。

福を内に呼び、その都度撒かれる福豆に群衆が響動した。

やがて、

――ただいまより、お祝いのお手締めを致します。ご一同様、お手を拝借いたします。

――以上を持ちまして、成田山特別追儺豆撒き式第一回を終了いたします。ご参列有り難うございます。

境内が静かになると、今度は目に見えて人の流れが逆になった。これは初詣でのときにはない光景だった。

「さぁて。新海。こっからぁまた屋台の書き入れ時にならあ。急いで戻るぜ」

瀬川が真っ先に石段に向かった。新海も続いた。

人の流れは押し寄せつつあったが、後ろの方にいた新海らは巻き込まれるというより、ほぼ復路の先頭に立つという感じだった。

仁王門に下る名物の急階段を、瀬川は早くも真ん中辺りまで下りていた。瀬川越しに甲羅干しの亀がビッシリの放生池《ほうじょうち》が見えた。

そちらに気を取られていた、ということも否めない。

（ああ。あの中のどいつかが、坂崎のＳＩＭカード食ったっけ）

などということで思い出し笑いをしていたのも間違いない。

「うおっ！」

石段に下ろそうとしていた足を誤り、新海はバランスを崩して石段下に飛び出した。

空中で藻掻いたがどうにもならなかった。

直下の仁王門まで高低差で七、八メートルはあった。

付近に一般の参詣客がまばらだったのが幸いだった。

（ぐっ）

最後まで堪《こら》えようとするが、身体が回転しそうになった。

そのときだった。

何か、大きなモノにぶつかった。

「ああ？」

瀬川の声が近くに聞こえた。というか、瀬川だ。

新海が激突して微動だにしないものは、瀬川の大きな背中だった。

参詣客はまばらだったが、途中に瀬川はいた。それはわかっていた。飛び出しでかろうじて調整はしたが、上手《うま》く届いた。

「んだよ。痛《いて》えじゃねえか」

平然と言う。

さすがに体力馬鹿、いや、瀬川様々だ。

「いや。悪い。酔ったかな」

「気を付けろよ。そのまま落ちたらお前ぇ、何人かぁ巻き込んだぞ」

「そうだな」

その場で振り返り、新海は石段を見上げた。

参詣客が塊で降りてくるところだった。

「末小吉は、下りの凶かな。いや、そんな始まりだったりして」

一人呟いた。

間違いなく、誰かに押された。

触れたとか間違ったとか、そんなアクシデントでは到底なかった。

明確な意志と意図による手の感触は、背中のど真ん中にありありとしていた。

(なんだ)

目を凝らしても、群衆の中にその意志と意図の残滓《ざんし》を見ることは不可能だった。

ただ塊の人が、ワラワラと降りてきた。

「四十五円じゃ、足りなかったかな」

呟けば、襟首に強い力が加わった。

「おら。ボーッとしてんじゃねえ。行くぞ」

「いや。もう一回、四十五円をさ」

「どうでもいい」

瀬川に急き立てられ、新海は仁王門からさらに下った。

四

一回目の追儺豆撒き式から戻った後、武州虎徹組の大屋台は暫く、怒濤《どとう》の忙しさだった。

「まず仕事だ。新海、テレビでも見ながら呑んでろや」

瀬川も戻ってすぐに捩じり鉢巻きで愛莉の隣に立ち、三十分は客の注文を捌《さば》くことに追われもし、集中もした。

新海は初詣でのときと同じ席で、まずビールから始めて一人宴会だった。

いつも集まる連中の代わりに、ちょうど坂崎の位置に15V型の液晶ポータブルテレビが置かれていた。民放のニュースが映っていた。

今日のことは一応、茜には聞いてみた。

が、昨日の今日でスケジュールが空いているような妹ではなく、当然のように、

「勝手に行けば」

とあっさり断られた。

愛莉が手伝っているくらいだからと思いきや、去年もそうだったからおそらく、静香姉さんは山内どころか成田にいない。浅草神社で、例のぼったくりな焼きそばを売っているに違いなかった。

坂崎も、いない。

ただ、いつもの年なら声を掛ければ坂崎は来たかもしれない。十年前は一緒に来た。

が、この年は声も掛けなかった。

文字通り、いないと新海も知っていたからだ。

東京に、いや、関東に。

坂崎は前月末日付で父の公設秘書を辞し、翌二月一日、つまり一昨日には蓼科《たてしな》に向かっていた。

正確には、入ったのは蓼科だが、目的は茅野《ちの》と塩尻《しおじり》の駅前だ。

多忙な坂崎大臣に代わって暫くは、その二カ所に予定している〈坂崎浩一後援会事務所〉の開所及び選挙準備の陣頭指揮を、蓼科の別荘に住み込んで執る、ということらしい。

鎌ケ谷をそっくりそのまま譲り受けるわけだから、

「そのくらいは、経験として積んでおくべきですな」

と上司の小暮に言い渡されたと、その晩に掛かってきた坂崎からの電話で、事務報告のように説明された。

ただし、離職とほぼ同時に住民票は、都内から鎌ケ谷の実家に移したようだ。

だから離職以降も特に、行きっ放しになるわけではないと断言したが、さすがに最初の一カ月、つまり二月一杯は、挨拶回りなどで向こうに腰を据えるつもりのようだった。

――自分の事務所を作るつもりでやってこいと大臣にも言われた。そうして初めて、自分で選挙に出るという実感が湧くものだそうだ。逆に言えば、今回そんなつもりと覚悟を腹に据えないと、一生持つ機会はないぞってな、まあ、脅されたよ。

と、最後には坂崎は笑いながらだった。

新海にすればどこで笑えるのかというか、選挙に対する絶対の自信を親子で口にしているだけにしか聞こえない。

それにしてもまあ、冷静に言っても二人の当選確率は、新海お気に入りのお天気お姉さんの的中率よりはるかに上のような気がするから黙っておいた。

とにかく、二月一杯は電話の一本も掛けてやるものかと、掛かってきても出てやるものかと、それだけは決めた。

だから新海はこの追儺豆撒き式の成田山で、瀬川と愛莉の〈働く背中〉を眺めながら、一人酒を酌むことになった。

初詣でのときと同じような混雑にも拘らず一人というのが、ずいぶんと不思議な感じだった。

ビールが焼酎になり、そのうち一升瓶を脇に置いた。

やがて、もうじき一時になろうとする頃、瀬川がワンカップを両手に都合三本持ち、いつもの席に座った。

愛莉はまだ鉄板の前でコテを振るっていたが、店前の客の列はだいぶ落ち着いていた。

席に着くなり、瀬川は持ってきたワンカップを立て続けに全部呑んだ。

要するに水代わりだ。

それでひと息つけたのだろう。大きく息を吐いた。

「豆撒きもあれだな。結局は初詣でと変わらず、凄い人出だな」

空いたワンカップに、新海は一升瓶から清酒を注《つ》いだ。

「まあな。ただ、豆撒きの人出ぁ、九十九里の波みてぇなもんだ。寄せては引いて寄せては引いてよ。これで二時半も過ぎりゃあ、ガラッと空くんだがな」

歌舞伎一家が帰って、大河の連中も帰るからよ、と言いながら瀬川はカップの酒を呑んだ。

そのまま新海は待った。

カップに半分の酒が残っていた、からではない。少し背中が丸まって見えたからだ。

「実はよ」

カップを置き、瀬川は膝を叩いた。

「志村《しむら》組によ、跡目で呼ばれてる」

そう、ボソリと言った。

「そうか」

「なんだ。驚かねえのか」

「初詣での親方の話のとき、なんか煮え切らなかったしな。それに去年のオドゥフィノの件な。お前はサラッと言ったが、そもそも鬼不動の理事長の持ち物だったたろ」

オドゥフィノは小岩にある、かつては闇営業の会員制クラブだった店だ。今でもある。

およそ一年前から代替わりして、オーナーはなんと瀬川だった。

「相京《あいきょう》の親方が間に入ったとしても、ちょっと疑問だったからな。少しだけ調べた」

瀬川は冷ややかな目で新海を眺めた。

「へん。相変わらず食えねぇや。よく見てやがる。んで、覚えてやがって、勝手に動く」

「性分だからな」

「知ってるよ。昔っからな」

それから瀬川は、自身の置かれた状況を訥々《とつとつ》と話した。

成田に住み込んで以来、志村組には顔を出す機会もあって、善次郎《ぜんじろう》に可愛がられたこと。

相京忠治《ちゅうじ》と志村善次郎は〈忠さん・善〉の間柄でもあり、呑めば藤太をくれろだの預けるだの、そんな話をよくしていたこと。

志村善次郎夫婦に子供がいないこと。

もちろん、相京親方にも妻子がいないこと。

親方と縁側で飲んだ梅サイダー。

ずっと見てきた新勝寺の桜と、テキ屋の仲間達、若い衆。

それらを踏まえても、

――面倒掛けた。

と気持ちがいいほどすっきりと、瀬川などという若造に頭を下げた志村善次郎の任俠。

――藤太ぁ。行け。俺もよ、それがいいと思うぜ。お前ぇに成田ぁ狭えや。香具師の世界も狭え。いずれ、頼もうたぁ考えてたんだ。なあ、藤太。でっけえとこでよ、俠《おとこ》を磨けよ。お前ぇならやれるぜ。磨いてよ、突き抜けてよ。独立の小っちぇえとこ、香具師の全部、まとめてみせろ。お前ぇにならˎみぃんなついてくぜ。

相京忠治の親心。

瀬川が訥々と新海に聞かせながら呑む酒は、どうやら途中から思い出酒だった。

そうして最後に、まもなく瀬川にとって二度目の盃《さかずき》式、志村組跡目相続の襲名式の段取りが始まりそうだと言った。

「へっ。坂崎の選挙じゃねえけどよ。新元号が決まったら、そっからゴソゴソとな」

「へえ。そこまでの話だったのか。こう言っていいかどうかはあれだけど、凄い話だな」

「凄すぎて突拍子もなくて、わかんねぇんだ」

瀬川は、ところどころコーティングの剝げたテーブルに頰杖をついた。

「なあ、新海。俺ぁ、どうすりゃいいと思う?」

「俺に聞くな。痩せても枯れても、刑事だぞ」

「――そうだよな」

溜息をついた。

「お前ぇは痩せても枯れてもいねえ、立派な刑事さんだよな」

らしくなかった。

「どうしたよ。いったい」

聞いても答えはなかったが、目が一瞬、鉄板の方に動いた。

刑事の勘はこういうとき働く。

愛莉がおそらく、息を殺してこちらの話に耳をそばだてていた。

鉄板が焦げ臭かった。

「こらこら。愛ちゃん。焦げてるよ」

瀬川が言った。

「うわ。あれ」

大慌てで愛莉はコテを動かし始めた。

瀬川は新海にデカい身体を寄せ、思いっきり小声で囁《ささや》いた。

「テキ屋とヤクザは別物だからな。愛莉が気になってよ。いずれ、相談に乗ってもらうかもしれねえ」

なるほど。

瀬川の行く末と弱みが、思いっきりバッティングしているということか。

「この話はここまでだ」

身体を引き、瀬川はこれ見よがしに声を逞《たくま》しくした。

「そういや坂崎の野郎、蓼科だって？　親父の代わりに」

「ん？　ああ。そうだな」

新海もこの場は、乗るに限った。

「んで、あと何カ月かで、あいつも代議士様かよ」

「かどうかはわからないぞ。選挙ってのは蓋《ふた》を開けてみないと」

「おいおい」

瀬川がぎろりとした目を向けた。

「本当にそう思ってっかい」

と言われれば、思っているわけなどない。

地盤、看板、カバン。

選挙に必要だと言われる三バンのすべてはまだ親父の借り物だろうが、その借り物自体が圧倒的だ。

「まさか」

肩をすくめ、酒を注いでやる。

「だよな」

頷いて瀬川は、カップ酒を傾けた。

「なぁんか、頼りねえ代議士様の出来上がりだな。人のことは言えねえが。俺の組長もあいつの議員様も、そう考えるとカップ麺みてえだな。美味《うま》いのも不味《まず》いのも高いのも安いのも、全部三分で出来上がりだ」

おお。

瀬川にして、言い得て妙だ。

メモっておこうか。

「本当に行っちまうから、姉ちゃん、寂しがってたな」

「えっ」

わからないでもないが、想像は出来ない。どうしても脳内で、〈あの姉さんが〉という文字がフルカラーで点滅する。

「おい、嘘だと思ってんだろうが、これが嘘じゃねえんだな。なんかよ、屋台を出せそうなあっちの祭り、探してたぜ」

「へえ。〈あの姉さんが〉ね」

思い思いに酒を酌む。

味わいは少しばかり、深かった。

――こんにちは。午後の＊＊＊ショー、まず最初の話題はなんと言っても、やっぱり節分ですね。

テーブル上のポータブルテレビから、そんな司会者の声が聞こえてきた。

何気なく見遣って、

――ではまず、浅草寺《せんそうじ》にいる＊＊さんを呼んでみたいと思います。＊＊さぁん。

そこで画面が、新海には見慣れた浅草寺に切り替わった。

呼ばれたリポーターは、浅草神社近くで、浅草寺本堂の東側特設舞台をバックにして立っていた。

何かデジャビュで、嫌な予感がした。それは瀬川も同様のようだった。

――はいはぁい。こちらは、先ほど年男さんによる豆撒きが終了したばかりの浅草寺でぇす。

胸騒ぎはマックスで、その直後だった。

――ヤッホー。いえぇ――い。みんな見てるぅ。今年も、あたしの焼きそば、買いに来てぇ。大サービスしちゃうわよぉ。いえ――い。

能天気にして妖艶な静香の笑みがまた、今年も民放キー局の全国放送に乗った。

――うわ。な、なんですかぁ。

リポーターは大慌てだが、静香は気にしない。

投げキッスなどを、したりしなかったり。

「なあ瀬川。あれで、寂しがってると」

呟けば、嘘じゃねえんだぜぇ、と瀬川は小さくなり、

――いえぇーい。愛莉、見てるぅ。あ、みんなぁ、成田山の石段下の、豆絞りのポニーテールちゃんもよろしくぅ。

などと宣《のたま》う母のご陽気を聞き、愛莉が鉄板の前で明らかにガックリと肩を落とした。

五

この年は三月三日の桃の節句も、節分同様、朝から全国的に好天に恵まれた一日になった。前日からこの日中一杯は薄雲の陰りも無しと、新海お気に入りのお天気お姉さんも断言していた。

各地では華やかに艶《あで》やかに、雛祭《ひなまつ》りの行事が執り行われることだろう。

そして、二月と三月は閏年《うるうどし》以外は、同じ日は同じ曜日になる。

なので三月三日は日曜日だった。

だからと言って当番や明け番や非番を、何を以て線引きするかが難しいのは曜日に関係なく、浅草東署の日常だ。

二月は偶々《たまたま》で成田に出たが、この雛祭りの日曜日は偶々で署で待機と、だから何？　と、新海に言わせればそういうことになる。

「何はなくとも、天気が良くてよかった」

シーツやらの洗濯物がはためく署の屋上で手摺《てす》りに寄り掛かり、新海は薄青い花見月の晴れ空を見上げた。

ちなみに、この〈よかった〉のは全国的な雛祭りの行事やはためく洗濯物に対してなのはもちろんだが、とりわけ、〈かつうらビッグひな祭り〉の安全無事な開催を指す。〈かつうらビッグひな祭り〉は千葉の勝浦で、市内各所に三万体のひな人形を飾って大いに賑わう祭りらしい。そしてこの時期、武州虎徹組にとっては、香具師稼業としての主戦場になるのだという。

つまり、瀬川が南房総に行っているのだ。この年は節分同様、土・日が祭りに重なったので愛莉を連れて静香も同行すると聞いた。

だから――。

願わくば、お天気お姉さんの一年分の運を使い切っても、この日の予報が当たりますように。

そんなことを暇にあかせて考えていると、腹時計が正確に十一時をお知らせしてきた。どうでもいいことはさておき、そろそろ昼飯の予定を立てるという重要案件に取り掛かる時間だった。

で、手摺りから身体を起こすと、

「係長」

近くで元気よく泳ぐ洗濯物の向こうから、凜《りん》と張る女声が掛かった。

「ん?」

「邪魔です」

制服の加藤美音《かとうみね》が後輩三人と立っていて、その後ろで仮眠室用のシーツとハンドタオルが踊るようにはためいていた。

加藤の立ち姿が〈仁王立ち〉に見えるのは錯覚ではなく、なんというか、そちらの持って生まれた性分の表れということだろう。

加藤は、新海と同じ時期に配属になった交通課の女性警官だ。歳は六歳ほど若いが、いずれは交機が目標だと嘯《うそぶ》き、実際にも白バイ専科には一発で合格している。

いわゆる〈猛者《もさ》〉、というか、〈猛者〉予備軍だ。

交通課では山下和美《やましたかずみ》とよくコンビを組んでいたので、新海への対応も〈仁王立ち〉然《しか》りで、少々塩っ辛い気がするが、気にしてもどうにもならないので気にしない。

これが逆に、新海という男の性分の表れというか、女子に嫌われない処世術だ。

特に眼前の加藤は、現在の交通課を束ねる、と言っても過言ではない女性だった。きっと山下が復帰するまで、交通課をきちんと束ね続けるだろう。

だから新海としては一目も二目も置き、気にもするのだが、

「あ、ごめん。こっちにも干すの？」

「干した物が係長に当たってます」

「あれ？　そうだった？　俺なら別に気にならないけど」

「干した方が優先です。気にしてください」

「あらら」

等々、どうにもまだ加藤との合わない呼吸の例は枚挙にいとまがない。

場所を明け渡せば、後輩の警官三人が加藤の指示ですぐに作業に取り掛かった。

乾いたシーツを取り込み、次の洗濯物をバランスよく干し始める。

（ああ。なんか、平和でいいなあ）

日曜日の、昼前。

燦々《さんさん》と降る陽光。

若やぐ女性警官、三プラス一。

「今日は雛祭りだね」

思わず囁《ささや》くと、近くから聞こえてきたのは鉄鈴のような声だった。

「それが何か？」

言葉にすればそうだが、音にすれば耳には、チーンに近い。

「あれ。いや、何かって言われると何もないけど、取り敢えず、そうですね、とかない？」

「不毛です」

見事にピシャリ。

「係長。何もないなら申し訳ないですけど、そこも邪魔です」

「あ、ごめん」

　さて、階下に降りるとしようか。

　動き出せば、所狭しとプランターやポットが並べられた屋上菜園の中央に深水守《ふかみまもる》警部の姿があった。

　深水は浅草東署〈内〉では副署長、ナンバー2だが、浅草東署〈屋上菜園〉ではナンバー1、趣味にして総責任者だ。

　ピーマン、人参、リーフレタス、スティックセニョールの種を週明けから蒔《ま》きます、と昨日の朝礼で言っていた気がする。

　深水は今も腰を屈めて霧吹きを手に、

「大きくなるんだぞぉ。美味《おい》しくなるんだぞぉ」

　人生には楽園が必要だと言っていたのは、テレビの誰かか、番組のタイトルだったか。

（うん。世は事もなしだ）

　ささやかにホッコリとさせてもらいながら階下に降りる。

　浅草東署は四階建てだが、敷地面積が狭く古い建物なのでエレベーターはない。

　その代わり屋上にエレベーター機械室もなく、だから一日中陽当たり良好だというのは、良いやら悪いやら。

　特に深い考えはないので、新海はそのまま三階に降りた。

静かなものだった。

屋上には少なくとも風の囁き程度の音も風情もあったが、三階にはそれさえなかった。三月上旬は、署内にはエアコンの動作音すらない。

この日は例年以上に、特に多くの人員が各地に駆り出されていた。

まず第一にして最大の要請は、東京マラソンの警邏《けいら》だった。

例年なら二月で、浅草東署も年間スケジュールとして東京マラソンは組み込むのだが、徳仁《なるひと》親王が五月に即位されると二月二十三日が天皇誕生日になることを受け、この年から三月第一日曜日に変更された。

すると初回は三月三日、桃の節句にぶち当たり、あら浅草東署は大わらわ、という図式だ。

一係はわずかに二人、係長の谷本《たにもと》と一番若い吉池《よしいけ》が席にいた。本当なら増渕《ますぶち》がいるはずだが、上野署のガサ入れで仲町通りにあるテナントビルの三階から颯爽と飛び降り、ようとしたのだがコケ、右足首を骨折して今、恒例の東京警察病院だ。他はすべて、この日は東京マラソンに駆り出されていた。

二係は係長の児島《こじま》（五十四歳）以下、全員がいない。半数が東京マラソンで、残りの半数は、〈隅田公園桜まつり〉に先駆ける〈江戸流しびな〉の会場周辺の巡邏だと新海は聞いていた。

平安時代中期に起源を持ち、厄災を水に流して無病息災を祈る風習だという。

この日は公募による千五百人の参加以外にも、当日希望者には一個八百円の流しびなを販売するという商魂はまあ、浅草寺テキ屋衆の匂いもするくらいでいっそ気持ちがいい。

〈江戸流しびな〉は近隣の幼稚園児による、雛飾り船からの愛らしい流しびなも行われ、吾妻橋親水テラス及び隅田公園には台東区長や浅草観光連盟会長も臨席し、浅草名物振袖さんと一緒にハト型風船の放天も予定されているようだ。

で、いざ新海自身が係長を務める三係はと目を転じれば、いるのは一人だけだった。

課長の勅使河原《てしがわら》と将棋盤を挟んで座る、横手《よこて》だけだ。

課長の将棋の相手と言えば、普段なら最年長の星川《ほしかわ》の役目だが、三歳になる初孫が女の子ということで今日は有休を申請し、息子夫婦が暮らす浜松まで奥さんと行っている。

その他、富田《とみた》と中台《なかだい》は東京マラソンの警邏に駆り出され、蜂谷《はちや》と新井《あらい》は流しびなの方に担当を割り振られた。

太刀川《たちかわ》はと言えば、星川と似たようなものだがこちらは雛祭りではなく、お宮参りだ。

一月下旬に生まれた初子が女子だったということで、桃の節句に重ねたようだ。

春香《はるか》、という名前は自分でつけたというが、去年のゴールデンウィーク明けに〈授かり婚〉で周りを仰天させた姉さん女房、交通課の山下和美、いや、太刀川和美の命名に違いない。

——んだぁ？　色々モッサリしてる癖しやがって、手だけぁ高速エスパーかい。

と言ったのは、新海ではなく、一係の谷本係長だ。

パワハラのような、そうでないような。

ギリギリではあるが、本人に言わせれば褒め言葉らしい。

太刀川と山下はコッソリ一年以上を付き合っていたというが、決定打は去年桜の頃の、坂崎浩一・公子《きみこ》夫婦の情愛のようだ。


潮風公園のベンチで、夫の頭に振り下ろされた妻の小さな拳。

ポコリ。


——もう、おいたはいけません。

——ええと。いや、あの。

——あなた。長いわ。あなたらしいけど。

——えっ。あ、そうか。そうだね。ごめんなさい。


桜吹雪の中での、一つの愛の光景。

掻《か》い摘《つま》めばそんなエピソードを、三係は全員で共有した。

「なんかぁ、夫婦って、いいなあって話になっちゃいましてぇ」

太刀川がそんなことを言ったのは、すでに山下とムニャムニャッとしていたかららしいが、触発されてムニャムニャがムギュムギュッてな感じに発展して、オギャアとなった、と言ったのはこれも一係の谷本係長だ。

山下、いや、太刀川和美は現在妊娠出産休暇中で、そのまま育児休業に入るらしい。ちなみに、太刀川はこの日、育児参加休暇というやつだった。

警視庁は男女職員の別なく、出産・育児に優しい職場環境を目指しています、と声を大にして、署長の町村《まちむら》などは職場のＰＲに余念がない。

自席の椅子に新海が手を掛けると、ちょうどフロア全体に外線からの着信音が鳴り響いた。

一係の吉池が手を伸ばすのが見えたが、受話器をつかむ前に着信音は途絶えた。切れたわけではなく、どこかで誰かが取ったようだ。青ランプが灯《とも》っていた。

「あれぇ」

吉池も首を傾げた。

待つほどもなく四階への階段方向から、

「おぉい、新海くーん。係長」

と、署長である町村の、少し高めの元気のいい声が聞こえてきた。

「君に電話だよぉ」

いまさらだが、あの署長室にはすべての電話がつながるのか。

不思議だ。

いやその前に――。

署長はなぜ、若い署員より先に外線電話を取るのだろう。

それも不思議だ。

しかも――。

なぜ保留にして回すことなく、呼ぶのだろう。

などと考えながら署長室に向かうと、微妙に顔だけ縦に伸びたキューピー人形が制服を着て立っていた。

それが準キャリアの署長、町村義之《よしゆき》だ。

興味津々といった光を瞳に湛《たた》え、

「なんかガラガラした声で、怖そうな感じだよ。ただね、ときどき、うわっとか、おわっとか言うんだ」

と言いながら受話器を差し出してきた。

新海は無言で受け取り、通話にした。

「もしもし」

——おぉっと。新海君かい。どわっ。痛っ。手前ぇ、足踏むんじゃねぇよ。

なるほど、たしかにガラガラした声で、恐そうな感じで、なぜか騒がしい。

掛けてきた相手は武州虎徹組の、相京忠治だった。

六

「少々お待ちください」

新海は他人行儀な丁寧さを強調し、受話器を押さえた。

すぐ近くで町村が、あからさまに耳をこちらに向けて聞いていた。

「あの、署長。屋上で副署長が、プランターの植え替えを手伝って欲しいって言ってましたが」

「ええ。植え替えぇ？」

不満気味だ。即効性に乏しかったか。

「間違えました。春採りの高菜とイタリアンパセリを今日中に摘みたいそうです。キアゲハの幼虫が散見されるからとか」

「なんだって！　それは大変だ。幼虫のくせに」

　上手く響いたようで、町村は署長室を飛び出していった。

　新海はおもむろに、受話器を耳に当てた。

「あの、親方。どうしてこの番号に？」

　一応、聞いてみた。

　一応、携帯の番号は教えてあったはずだ。

　一応、新海は相京の番号を知っていた。

——痛って。うおっ。いや、今もだがよ。人にぶつかっといて、そのまま行こうとしやがる若ぇのがいてよ。おいコラってなもんで、咄嗟に手にしたもん投げたら、これが携帯でよ。そんでお前ぇ、当たりゃあ銭形平次の投げ銭みてえだけどよ、外れっとどうしようもねえな。木《こ》っ端微塵《ばみじん》だわ。

「——————」

　答えようはない。たしか瀬川も昔、携帯を投げたと言って署に掛けてきた気がする。

　携帯は、武州虎徹組にとって武器か。

——んでよ、こっからぁまだまだ、俺も機転が利くってよ。自画自賛ってもんだが、まず110に掛けてな。そっから浅草東署をよ。

「ああ。はいはい」

なんというか、あのテキ屋にして、このテキ屋の親方ありだ。

「それで、そうまでして掛けてきたご用件はなんでしょう」

──ああ。それそれ。なあ、新海君。ちょっと出てこねぇか。って、痛てて。痛ぇって言ってんだろ、コラ。

「えっ」

──来てんだよ、浅草に。向こうにいてもよ、あんまりに暇な時期だったんでな。

「なるほど」

たしかに瀬川は静香と愛莉を連れ、南房総に回っている。

成田の屋台を受け持つのは武州虎徹組の若い衆だけになるが、そちらももう、ムツオで大丈夫だ、一端《いっぱし》だと、瀬川が断言していた。

ムツオこと八巻睦夫《やまきむつお》は若い衆の中でも年長で、いずれ瀬川の補佐の目もあると新海は聞いたことがあった。

となるとたしかに、相京としては無聊《ぶりょう》を託《かこ》つことになる。それはわかる。

が──。

「あの、なんで俺を」

──たまにはいいじゃねえか。昔馴染みのよしみでよ。なんつーかよ。本当に暇だったんだ。地元の仲間もよ、雛祭りでみぃんな孫んとこ行っちまうしよ。寂しいもんだ。でよ、ハタと思い出したんだ。知ってる中にも、土、日でも雛祭りでも暇そうってぇか、大してすることのなさそうなのが一人いるってよ。

「ええっと。その選ばれ方には異論がなくはないですけど。いいですよ。もう来てるんじゃ仕方ないでしょ」

――有り難うよ。すぐ出られっかい？

「少し掛かります。十二時で」

――んだよ。すぐそこの暇な署だろうに。って、痛ててっ。んだよ。まったく、どうも人混みは慣れねえ。ってえか、今日は凄《すげ》えな。

「そりゃそうです。東京マラソンがかぶってますから」

――東京マラソン？　あ、それでこんな混んでんのか。

「そうですね。だから十二時です」

東京マラソンの十四・六キロ地点に当たる辺りの制限時間は、十一時四十分だ。それを過ぎれば人出はガラッと減る。

――わかったってって。痛ててってぇえっ。

長い悲鳴の後、モコで待ってるぜ、と叫びが聞こえて電話は切れた。

通話自体短かったので、新海はまず町村を呼び戻すべく屋上への階段に足を掛けたが、

――やあ、副署長。この高菜は美味しそうだね。油炒めにしてくれないかなあ。

——そうですね。作業をきちんと終えたら考えましょう。

——はぁい。

まあ、いい子で楽しそうなので、放っておくことにして階下に降りた。

その後、時間を調整して新海はモコに向かった。

〈味自慢　モコ〉は、浅草寺本堂西側の広場に並ぶ常設屋台の一軒で、洋風おでんという名のおそらくポトフを売りにしていた。

格好も味わいの一つ、と嘯《うそぶ》いてコック帽を被《かぶ》るオーナー店長の松田《まつだ》は、別に元シェフでもなんでもない。が、その昔、相京忠治と一緒にありとあらゆる馬鹿をやった仲、ということで周囲にも、貸元の松濤会にも、一目も二目も置かれる存在だった。

浅草寺での待ち合わせには常設屋台が便利ではあるが、新海も瀬川も坂崎もモコを選ぶのはそんなわけで、相京が指定してきたのも、そんな関係だからだったろう。

十二時を回った浅草寺は新海の予想通り、雑踏はあったが歩行困難な渋滞というほどではなかった。

モコでは、暖簾越しに見る限りにもただ一人の客が、ど真ん中のビールケースの椅子に陣取って騒いでいた。しかも松田まで一緒に乗っかっている感じだ。

要するに騒いでいるので昼時にも拘らず他に誰も寄り付かない。

このときのモコには、そんな風情がありありとしていた。

新海が暖簾を分けると、

「よお。新海君。悪かったな」

相京はコップ酒を掲げてそう言った。

すぐに瓶ビールとコップが新海の前に出された。瓶はよく冷えていた。コップに注げば細かな泡が立った。

次いで、

「ほいよっ。お待ちどっ」

と、特に待ってもいないが、相京がいるからか、いつもより若干テンション高めの松田が見繕いを出してきた。

深めの皿に乗った、ジャガイモとニンジンにソーセージが三本。

ジャガイモを口にすれば、可もなく不可もなくだが、鰹《かつお》ダシとコンソメのバランスはいつもながら安心できた。

「へへっ。新海君。知ってっかい？　このポトフはよ、俺が教えてやったんだぜ。その昔、フランス娘によ」

「おっと、忠さん。それ禁句じゃ」

「いいじゃねえか。もう時効だろ」

ううむ。

時効という単語を聞くと刑事の商売柄、聞いていいやら、悪いやら。

その後も暫くは松田も巻き込み、主に二人の昔話に花が咲いた。

逆に血の花までが咲く本当に〈時効〉の絡む話もいくつか混じって、新海は聞かない振りに苦労した。

ひとしきり花が咲き乱れ、乱れたまんま散ると、松田がやおらコック帽を棚に置いて屋台を離れた。

忠さん、酒ぇ取ってくら、と小声で言っていた。

浅草寺境内は、三年前から酒類の販売が禁止されている。モコでは持ち込みの態《てい》を装い、しかも表向きは馴染み客へのサービスだとしていた。

「まったくなあ。境内ってのはなあよ、庶民の祓《は》れの場だぜぇ。自由に酒も呑めねえたぁ、世も末だ」

松田がいなくなると、相京の気配が少し、素面《しらふ》に傾いたようだった。何か雰囲気も変わっていた。

「志村の跡目披露、早けりゃあ六月中にもってことになったよ」

コップの酒を弄《もてあそ》びつつ、いきなり相京はそんなことを告げた。

「えっ。──ああ、そうですか」

つまり、瀬川がテキ屋から正真正銘のヤクザになる日だ。

早くてほぼ三カ月。

六月中なら、梅雨の後先か。

「あんまり驚かねえな」

「大筋では本人から聞きましたので」

「こっちもまあ、だからってお前ぇさんが喜んでくれるなんざ、端《はな》から思っちゃいねぇが」

相京はコップに口をつけた。

「俺にとっちゃあ、こりゃあ祝い酒だがな」

新海は肩をすくめた。

「親方。それで奢《おご》ってくれるために、わざわざ成田から出てきたわけじゃないですよね」

「違《ちげ》ぇよ。だから当然、ここは割り勘だ」

「──げっ」

大袈裟《おおげさ》に顔を顰《しか》めると、かすかな笑みを見せながら、ただし、と相京が前置きした。

「警官になんか奢れるかって話だ。特に、真っ当な警官なんかにはな。そっちだって、ヤクザに奢られんのはどうだい？」

「はあ」

「懐かしいな。年少の前で、藤太を待ったな。けど、あのときお前ぇさんは大学生だった。

奢られてても有り難うございますでよかったし、奢るこっちもそれだけで胸を叩けた。けど、今お前ぇさんは警官だ」

「ああ」

なんとなくわかった。

頷けば、飲み込みが早くて助かると相京は言った。

「ま、あのときも今も、俺ならいい。俺は香具師の流れで、成田の掃除で飯食ってる。ただ、これからの藤太はそうじゃねえ。警官と幼馴染みってのは、それだけじゃ何も生まねえし、かえってマイナスだ」

相京はコップ酒を吞み干した。表情はやけに苦そうだった。

「例えばだけどよ。新海君。オドゥフィノで毎週吞んだくれるってのはどうだい？　もちろん藤太の奢りで」

「オドゥフィノですか」

相京はオドゥフィノのこともすべて知っている。というか、瀬川がオーナーになって即、小岩の裏通りの姉ちゃんの数も足りない和風のクラブに成り下がり、瀕死になった営業状態を立て直したのは相京だった。

利益折半を確約し、ママ扱いで静香を三カ月ほど投入したのだ。

これが当たってオドゥフィノは今や、駅から不便な店にも拘らず小岩でナンバーワンの店になっている。

「なんか、オドゥフィノってのも毎週ってのも、特に瀬川の奢りでってのが身体に悪い気がします。成田の駅前キャバ辺りだとかえって健康になる気もしますが」

「まあ、そうだよな。健康ってえか、お前ぇさんは健全だ。そうでなきゃ新海悟じゃねえって気もする。だからあいつもよ、藤太も、善の前でお前ぇさんのことを、そんなふうに力説してたっけ」

善とは、新海もわかる。相京を忠さんと呼ぶ、志村組組長、志村善次郎のことだ。

「ま、俺はいい。善も藤太が決めたんならいいって言うだろう。けど、俺の兄弟ぇ、その組織、グループ、その上の組織、そのグループ。全部全部が、藤太の一挙手一投足を見る。いいや、善のとこそのもの、取り巻く連中、歳取ったのや若えの。その下のグループや会社。これからぁ、藤太がそんなもんの一切合切を背負うんだ」

綺麗《きれい》ごとは示しがつかねえ。ご法度なんだと、相京は酒に倦《う》んだ吐息を虚空に吐いた。

「結局よ、汚れるか、離れるか。二つに一つじゃねえかな」

ここで、松田が清酒の四合瓶を両手に提げて戻ってきた。

コック帽をかぶり、何も言わず相京のコップに注いだ。

なんの話かも聞かない。

そんな呼吸は、二人の長い付き合いのうちに出来上がっているようだった。

「新海君よぉ。これぁ、藤太にとってだけの話じゃねえよ。お前ぇさんにとってもだ。なんかあったとき、庇《かば》って被るんなら汚れろ。立ちはだかって向かってくんなら離れろ。今のまんまじゃよ、お前ぇ絶対、法の上の小船にゃあ」

義理人情は載せ切れねえぜぇ、と相京は言って酒を呑んだ。

それから、二、三の話をした。相京親方の、繰り言のような話だった。酒も苦い。

松田は合の手くらいで、特に何も言わなかった。

やがて、その後に一度寝入った相京が席を立ち、両手で頬を二、三度張った。

さすがに、だいぶ酔いが回っているようだった。

「さぁて、話はしたぜ。通したぜ」

「聞きましたけど。さすがに本式のマル暴の話は、聞くだけになるかもしれませんよ」

「それでも構わねえ。けどまあ、お前ぇさんだから言ったたってのはある」

「買い被らないでください」

「そうかな」

「無視すると？」

「さぁてな。ただ、向こう見ずも跳ねっ返りも考え無しの馬鹿も、掃いて捨てきれねえほどいる。悪ぃが、それがこっちの世界、いや、これから藤太が住む世界でよ」

「なるほど」

じゃあな、と手を振り、ふらりふらりと相京は帰って行った。

新海は、雑踏に見えなくなるまで相京の背を眺めた。

「色々とまあ、難しいことを言ってくれる人だ」

苦笑とともに呟く。

聞いた以上、世話焼き気質は向こう傷の内で疼《うず》くが、巡る思考はまだまだ形を整えるどころか、曖昧模糊としてとりとめもない。

ただ、相京との会話を反芻《はんすう》すれば、この日、明らかになったことが一つだけあった。

――新海君。知ってっかい？　このポトフはよ、俺が教えてやったんだぜ。

〈味自慢　モコ〉の洋風おでんは、やっぱり正真正銘のポトフだった。

七

四月も五日を過ぎると、三寒四温《さんかんしおん》など遠い過去のように暖かい日が続いてめっきり春めく。

この日もうららかな陽光を向こう傷以外の額に暖かく感じながら、新海は署の屋上で日向ぼっこに勤《いそ》しんでいた。

この勤しむというのは、決して用法的に間違っているわけではない。

勤務時間中で特にすることのないときに、さて何をと考えた結果、〈待機の態勢〉として編み出したものなので、自身では逆に奨励している。

だからときに、

「陽気のいいときはいつも屋上ですね」

などと言われたり、とある連中には、

「ああ。あの洗濯物男ね」

などとコードネーム化されたり、直截《ちょくせつ》に〈洗濯物〉と呼ばれたりすることもあるようだが、気にしない。

陽を浴びるのはいいことだ。誰に後ろ指をさされることもない。

そもそも、浅草東署は全署を挙げて、自慢ではないが暇なのだ。

なんでも屋として一過性の忙しさに陥ることはあるが、繁忙は長続きはしない。

特に新海が係長を務める、刑事生活安全組織犯罪対策課三係においてはそれが顕著だ。人には言わないが、ちょっとした裏技というか錯覚というか忖度《そんたく》もあって、結構暇の度合いは高かった。

忙しいよりはいいということで、三係では現状を大いに甘受している。

それでも、この日の新海は朝から久し振りに、三係全体の精算伝票や出勤簿、日報の確認などの事務処理に費やし、昼過ぎまで掛かった。

たまにはそういう〈仕事した感〉も大事で、昼を回ったことにより並ぶことになった近所の蕎麦処《そばどころ》、〈井筒屋〉でも、

「おっ。新海君、どうしたの？　胸なんか張っちゃって。ヌボッとしてるとこが、うちの母ちゃんなんかは大いに気に入ってんだけどねえ」

などと大将に簡単に見抜かれる明快な態度にも出るし、結果一時を大きく回って署に戻っても、爪楊枝《つまようじ》を口中に隠すこともなく堂々と使いながら席につけるというものだ。

だからといって、さすがに午睡の睡魔にそのままデスクで負けるわけにもいかず、というか一回負けて、慌てて屋上の手摺りに寄り掛かったのが三十分前だった。

ほっ、と息をついたまま、その三十分の記憶もないが。

やけに頭が、向こう傷を中心にすっきりはっきりしている気もするが――。

気にしないでおこう。

なんといっても、新海自身にはあまり関係はないが金曜日だ。

しかも三日前にお天気お姉さんが、花咲くような笑顔で桜の満開を宣言していた。

この日は金曜日にして、絶好の花見日和だった。

新入社員の初仕事、あるいは研修として花見の場所取り、などという会社も特に、浅草近辺ならまだまだある。昼から夜桜にエンドレスで突入する呑み助も大勢いて、週明けから新学期及び新入生を迎える大学や専門学校の連中も桜の下に雲霞のごとく繰り出すだろ

う。

桜の頃はそんな連中も満開で、警視庁各署も地域課や生活安全課を中心に桜の名所で花盛りとなり、どうしようもない酔客《すいきゃく》と格闘することになる。

例によって浅草東署も、刑事生活安全組織犯罪対策課の多くは応援要請で駆り出されて、どこかの盛り場、あるいは都内の名立たる桜の名所に出張っていた。

まあ、真面目に仕事として派遣されているのもいれば、どさくさに紛れて〈花盛り〉などこかに潜り込んでいるのもいないことはないだろうが、あまり深くは気にしない。気にしだすときりがない。

「いい天気だ」

新海は蒼空《あおぞら》に、目を細めた。

陽がだいぶ、長くなっていることを感じた。

世は朝鮮半島の国々との関係や二大大国の貿易関税を巡る圧力合戦など、株価や為替に大きく関わる根っこのような問題が山積だが、国内的にはようやく新元号が決まったことが大きいか。

世情はどちらかと言えば、そちらに引っ張られてなんとなく明るく、軽い。

「令和、ね」

口にしてみるが、新海にはイマイチ、世の中が浮揚するほどの感動も実感もなかった。

一世一元。

令和を背負い、令和に責任を持つのは、皇位を継承される皇太子徳仁親王お一人だ。

ならばと――。

せめて東京都の地方公務員として、日本国をささやかに支える、さっき使った爪楊枝程度にはなろうかという意気込みくらいは新海にもある。

で、おもむろに手摺りから外に腕を突き出し、拳をぐっと握ってみる。

おお。

昼飯を食って三十分ほど記憶をなくしてから暇になった今、力はあり余っているようだった。

気力も同様に、有り余っているようだ。

背後の気配にいち早く気付いた。

「係長」

「了解」

「話が早くて助かります」

会話にもなっていない会話だが、加藤美音との呼吸にもだいぶ慣れてきた。

有り余っている心身のエネルギーを以て、すぐに退くステップは軽い。

洗濯物の取り込みに余念がない一団を横目で見つつ、新海はプランターの方へ歩いた。

副署長が制服にサファリハットを被って作業中だった。

他の署では異質な感じもするだろう。新海も初年度はそう思ったものだ。

ただ、今ではそんな格好に季節を感じたりもする。

これが梅雨時期になると長靴と雨合羽になり、夏の盛りになるとランニングシャツになり、つばの広い麦わら帽子になる。

そこまで行くとさすがに副署長ではなく、誰が見てもファーマーだが。

「ほら。味変だよ。たくさん食べて、負けるなよ」

先月植えたエンドウに追肥をしつつ、この時期から増え始める雑草に負けるなと、そんな内容も新海はいつからかわかるようになった。

浅草東署勤務の賜物《たまもの》だ。

自分達の口に入る野菜や果物ばかりだから、自然と注目もするようになるし、必然として手伝いもするようになる。

ちなみに、屋上に燃える副署長が十日ほど前の朝礼で、今年は出来たら養蜂も手掛けようかと、などと言いだしていたが、これは申し訳ないが署長を筆頭に署員全員でガン無視だった。

ちょうど、三時の陽が新海の背からプランターに影を差し、顔を上げた副署長が口を開いた。

「ああ。新海係長。あの、例の養蜂の件だけど」

うおっ。諦めてはいなかったのか。さてどうする。

立ったまま気絶した振りをするか。

とそこへ、

「係長。新海くーん」

町村署長の声が天の助けになることもあると、たぶん初めて知る。

「あっと。失礼します」

副署長に一礼し、一礼の形のまま横に走って階段口に滑り込む。

署長室では、町村が受話器を振りながら待っていた。

「助かりました」

「えっ。何がぁ」

「いえ。こっちのことなので特には。ただ、言っておけば気が済むもので」

「あっそ」

町村は受話器を差し出した。

「なんかさ。不思議なしゃべり方をする人でしてですな」

物まねをしている自覚があるのかどうかはさておき、町村の話し方ですぐにわかった。

去年一度、赤坂の航空会社系ホテルの開放型庭園で話したことがあった。

そのとき新海は話し方だけでなく、ひょこひょことした動作も面白いと認識した。

「もしもし。お電話替わりました」

――ああ。お久し振りですな。おわかりですかな。

「わからない方がおかしいような感じもしますが」

――よくわかりませんな。

電話の相手は現国家公安委員会委員長・内閣府特命担当大臣防災担当を務める、坂崎浩一衆議院議員の政策秘書、小暮信二だった。

八

――今日、夕食でもいかがかな。一度話してみたいと思っていたのですがな。なかなか時間が取れませんでな。

「急ですね」

――いつでも暇、と聞いておりますが。ちなみに私は、ようやく暇になりましてな。

少しばかり突っ掛かりたい気はあったが、指定してきた場所と季節のフェアを聞いてすべてを飲み込んだ。

場所は折りに付け坂崎とでお馴染みの、池袋のホテルメトロポリタンだった。

——なんでも今、最上階のダイニング&バーで、肉フェスらしいですな。

ＯＫです宜《よろ》しくお願いしますと、なぜか新海は署長室で虚空に向かって頭を下げ、町村に奇異な目で見られた。

それはともかく——。

小暮に指定された時間は六時だった。

特に気が急くわけではないが、新海は十五分ほど早く到着した。

暇だという事実がまずあり、署で余計な用事を突っ込まれて行けなくなることだけは避けたいという明確な意思はあった。

肉フェスだ。特選食材によるローストビーフとローストポークは、売り切れ御免だという。

このとき、小暮はすでにカウンターの端っこに陣取り、ビールの泡を舐めていた。酒にはあまり強くないようだ。

初老の蝶ネクタイなど他にいないから、手など上げてくれなくともすぐにわかった。

しかも——。

どこを見ているのかわからない糸のような目。丸く小さい身体つきも相まって、全体としてハニワ男。いや、そんな印象で面と向かったが、去年よりだいぶ痩せたか。少し丸みは取れたようだが、それでもハニワの印象は頑として譲らない。

この年でたしか六十五歳になると聞いたが、五十代にも七十代にも見ようと思えば見えるのがまずハニワの特質か。

それにしても、相変わらず頭が切れるようには思えない。

それでいて剃刀《かみそり》の切れ味だというのだから、なかなか古墳時代も侮れない。

「早いですね」

言いながらスツールに腰掛ける。

小暮は顔を新海に向けた。

「いえ。特に早くはないですな。事務所で鞄《かばん》を手にしたのも五時一分。この時点ですでに、アフター・ファイブと言うやつですな」

「……ああ。そうですか」

たしか坂崎もこのカウンターで、自宅マンションがある要町《かなめちょう》への帰路の途中だから便利だとか、五時を回れば就業時間外だとか、そんなことを口にしていた。

「あっと。小暮さん。ちなみにお住まいは」

「寝泊まりの頻度、という意味で言えば、主には椎名町《しいなまち》ですな。なので池袋は便利です」

「ほほう」

路線が違うだけで要町と何も変わらない。

相京と瀬川と言い、この小暮と坂崎と言い、長く一緒にいると思考回路も似るものなのだろうか。

新海の脳裏で、少なくともすぐにピースを出して笑ったのは町村だ。

（それはない）

頭を左右に振って軽く追い出す。すぐに出てゆく。

その程度のものだ。

「何を、食べますかな」

ハニワの口が、いつも通り驚くほど伸びのあるテノールで聞いてきた。その手からゆっくり、カウンターの上をメニューがやってくる。

「ああ。選べる立場で来たことがないので。じゃあ、遠慮なく」

手にとってページをめくる。

なるほど、このメニューは肉フェス専用か。

じっくり眺めていると、なんとなく小暮の視線が気になった。どこを見ているかわからない目でも視線を感じるとは摩訶《まか》不思議だが、それとなく窺《うかが》えば、納得できた。

小暮の目からは爛々《らんらん》とした、糸のような眼光が感じられた。

さすがに、生き馬の目を抜く政界に生き、頂点を目指せるだけの政治家の舵《かじ》を取る政策秘書だ。強く鋭い。

が――。

「あの」

なぜ今、と理由などは問う前から庶民の新海には一目瞭然だった。

小暮の眼光が注がれているのは、新海が開いたメニューのページの、主に金額の辺りだった。

「どれでもいいんですか」

「これは可笑《おか》しなことを。当然ですな。相場も知らず誘ったのはこちらです。まあ、乗ってきたのはそちらですし、断らなかったのもそちらですがな」

政治家の敏腕秘書とは、とかくみみっちい生き物なのかもしれない。

とにかく、新海は〈ビーフとポークのローストハーフ〉だけは死守し、後はメニューごと小暮に任せた。

「ほほう。これはまた」

小暮はメニューの向こうに顔を埋《うず》めた。

まず聞こえたのは、深く長い吐息だった。

次いで、

「もともと蕎麦が好きでしてな。特にざる蕎麦の海苔《のり》のちょっとした贅沢感《ぜいたくかん》が好きなのですが、このメニューと料理と金額を見ると、何故《なぜ》かこう、イガイガとして喉が詰まるようですな。アレルギーですかな。怖い怖い。高い高い。怖い怖い」

文句のような呪詛《じゅそ》のような、不思議な言葉を呟き始めたが、ちょっと諄《くど》いので無視する。

やがて鉄板に盛られた肉が運ばれ、宴は始まった。

新海は主に肉と生ビールを堪能し、小暮は適量の肉と野菜、それと少量のワインを楽しんでいた。本当に酒に弱いのだと、怪物の弱点を見つけた気分だ。

食事も酒も進むと、自然と気分も口も軽くなるというものだ。

「新海君。君は、どう見ますな。うちのジュニアを」

人心地ついた頃、小暮がそんなことを聞いてきた。

「そうですね」

少し考える。少しだけだ。奢ってもらう夕飯の分、くらいの労力。

長い付き合いの内に、もう確固たる私見はいくつもある。

「ヒョロヒョロしてますね」

「ですな」

「回りっくどいですよね」

「くどいですな」

「肝っ玉が、ちょっと蚤《のみ》ですよね」

「ちょっとと言う表現が曖昧ですが、まあ、そんな類ですな」

「ウンチですよね」

「食事中にそれは禁句ですな」

「あ。すいません」

ビールで仕切り直す。

「でも小暮さん。あいつは、切っ掛けがあればきっと大化けしますよ。なんたって、あの親父さんの息子ですから」

「ですな」

我が意を得たりというように、小暮は納得顔で大きく頷いた。

「そこがわかっているとは、さすがに新海君は、うちの大臣も認める警察官、ということですかな」

「いえ。単に、あいつの幼馴染みというだけです」

「ああ。その額の傷、ですな。一生消えない証だと聞いてますな」

言われて反射的に、新海は額の向こう傷に手をやった。

三日月の盛り上がりは冷え、かえってなぞる指先の火照《ほて》りがわかった。

その対比が、酔いの程度を教える。

「証、ですか。なんの証でしょうね」

「さて。ただ、証としての傷は不変でも、その〈なんの〉は歳とともに、いや、年々歳々で形を変える、と私は解釈していますがな」

「はて。難しいですね」

「そう。難しいものですな」

小暮の前に、頼んでおいたデザートが運ばれてきた。

新海はまだ肉の途中だったが、小暮はあっさり終了していた。酒に弱いだけでなく、食もずいぶん細いようだ。

ダイエットだろうか。

とにかく、それで印象から丸さがなくなったことは納得だった。

「さて」

小暮は〈宇治抹茶プリン　生乳クリーム添え〉を突きながら言った。

「もうすぐ、令和になりますな」

「なりますね」

クリームとプリンをひと口運び、小暮は糸の目を弓のように曲げた。美味かったようだ。

「その令和に向けて、早晩、職を解かれることになりましてな」

「へ？」

一瞬意味が取れなかったが、小暮はすぐに理由とふた口目のプリンを口にした。

要するに浩一の元を離れ、立場を和馬の選挙参謀に変えるのだという。自分から手を挙げたらしい。

「それで近々、蓼科の奥様には、積年の御礼もあり、形ばかりにもご挨拶をと思っておりますな。何度かお邪魔しましたが、あそこはいい所ですな」

「そうですか。俺は行ったことないですが」

いいところです、と小暮は断言した。

「空気も水も清らかでしてな。私もああいうところで、野菜なんぞを自給自足して暮らせたら、などと思いますな」

「いいですね」

「爺臭いですかな？」

「とんでもない」

新海は口中の肉を飲み込みながら言った。

おざなりの相槌《あいづち》ではない。経験と実績からの物言いだ。

「いずれ色々アドバイスも出来るかと。こっちも、ミニミニですけどプロっぽいのがいるんで」

「ほう。それは心強いですな」

「ちなみに小暮さんは、養蜂に興味は」

「大いにありますな」

ただし、と小暮は前置きした。

「今は君に、これ以上近づくわけにはいきません。この夕餉《ゆうげ》も、そんなことの挨拶というか宣言というか、それで奮発しましてな」

「はあ。奮発ですか」

「そうですな。君は、ジュニアにとって得難い友達です。それはもう、私も手放しで認めるところでしてな」

だから今はいいんですな、とも小暮は言った。

「なぜなら、今、私は坂崎浩一大臣の政策秘書ですな。大臣にとってのプラスマイナスで動くのが仕事です。例えば放蕩《ほうとう》、あるいはヤンチャな息子が馬鹿をやったとしても、それを大臣本人のプラスに変えるとか」

「ああ。プラスに、ですか」

わからないでもない。が、深く考えれば物騒な気もする。

で、聞いてみる。興味は、なくはない。

「ならもし、手の施しようのない過ぎた放蕩、あるいはヤンチャが突き抜けたら、どうします」

「決まってますな。大臣の親としての苦悩を押し出して世論の情に訴えるか、あるいは」

切り捨てますな、と小暮は即断した。

「簡単なことです」

「なるほど。怖い世界ですね」

「なあに。変わりませんな。君のもう一人のお友達の、瀬川君の世界と」

「ああ。納得です」

表と裏、光と影。ただし、どちらがどちらかは、一概には断じられない。

「まあ、ジュニアは放蕩でもヤンチャでもありませんがな。どちらかと言えば、ヒヨロヒヨロで回りっくどくて蚤《のみ》のウンチですが」

「おっと。ここでは」

「おおっ。これは失礼しましたな」

小暮も新海のビール同様、仕切直すように自分のグラスにまだ半分も残ったままのワインを啜《すす》った。

啜って噎《む》せた。

新海は背中をさすってやった。

「どうにも、いけませんな。昔は常に啜れましたが、歳ですな」

「え。啜って呑んだんですか」

「はい。ワインはそう呑むものだと教わりましてな」

「どなたに」

小暮が口にしたのは叔父だという、引退した千葉県議会議員の名だった。

「もう小僧の頃からの癖ですな。なかなか抜けません」

それから、二、三の話をした。小暮の、繰り言のような話だった。酒は苦く、肉も紙のようだった。

「私の言いたいことは、それだけですな。さて」

小暮はよっこらせと立ち上がった。帰り支度のようだ。

「職を解かれる前に、君と話せてよかったですな」

「それはどういう」

「今、話した通りですな。今後は大臣ではなく、ジュニアが私の主になりますな」

小暮はゆったりとした笑顔を見せた。

「私の仕事は海千山千の怪物連中からジュニアを守り、まずは一人前の代議士にすること。望みは、その変貌の場に立ち会うこと。それを仕上げること、ですな」

ハニワの笑みには力というか、凄みがあった。

どこが歳だ。狸《たぬき》のハニワめ。

「で、そのための取捨選択、断捨離が、直近の私の仕事ですな」

「なるほど。壮絶ですね」

「壮絶でない仕事など、政策秘書にはありませんな」

新海は肩を竦《すく》めた。

「壮絶はきついですね。なのに振りますか。こっちにも」

額の向こう傷は必要以上に冷めていた。

話された内容を吟味する。無視はしようにも出来なかった。

底抜けのお節介は、伊達《だて》や酔狂ではない。父との誓いだ。

「何が出来るというより、何をするかってレベルですかね。もう」

「さすがに、話が早いですな」

小暮はさらに笑いを深めた。

顔全体がまるで、薄暗い洞《ほら》のようでもあった。

九

四月の中旬過ぎだ。十七日の水曜日だった。

陽気は可もなく不可もなく、過ごしやすい一日ではあった。

新海がこの日、いつも通り私事と仕事の境界も曖昧な動きで向かったのは、墨田区の押《おし》上《あげ》だった。

午後三時を回った頃だ。

東京スカイツリーをランドマークに持つ押上は、今や東京の観光名所の一つだが、浅草東署からは二キロ足らずで、徒歩でも楽に行くことが出来た。

実際に新海は、ブラブラと歩いて言問橋《ことといばし》を渡った。

目的は、瀬川に会うためだった。

本当は先週のうちに瀬川から、

――いつも通り暇だろ。なくても作って来いよ。太鼓祭りだ。

と、土・日の太鼓祭りに誘われていた。

〈成田太鼓祭〉は、関東を中心に名立たる和太鼓、伝統楽器の奏者、伝統舞踊の演者を総勢千五百人内外で集め、成田山新勝寺と参道を舞台に、二日間で二十万人を動員する日本屈指の太鼓祭りだ。

新海も今までに二度ばかり見たことがあった。勇壮で華やかで、いい祭り、ではあった。

それが珍しくこのときは、

「無理だ。残念ながら」

と口では言いながらも、むしろ気持ちよく胸を張って行けないことを即答できる、年に何度もない時節だった。

署を挙げて、浅草寺〈白鷺《しらさぎ》の舞〉の巡邏に駆り出されていたからだ。

白鷺の舞は浅草寺の寺舞で、年に三回行われる。最初が四月の第二日曜で、次が五月の三社祭となり、最後が十一月三日と決まっていた。

平安の神事を今に伝える行事で、白鷺に扮《ふん》した八人の演者が浅草寺界隈をゆったりと踊り歩く。

基本的にこの日の警務は、白鷺の舞そのものの警備も大事だが、次に控えた三社祭の手慣らしとしての意味合いが大いに強かった。それで、舞い自体は〈祭り〉の規模には満たない行事だったが、浅草東署では大事な警務だった。

当然、署の年間行事予定にも花丸最重要で入っている。

——ちっ。仕方ねえ。太鼓祭りが終わりぁもう、俺が暇だ。俺がそっち行くわ。

となって、瀬川が指定してきたのが押上の駅の近くのカフェだった。

時間通りに行けば、瀬川はスカイツリーを見上げる位置のオープンテラスで、ふん反り返ってグラスビールを呑んでいた。

「よう。——って。んだよ。お供付きかよ」

「お供って言うな。ちょうどこっちだったんだ。無理してきたわけじゃない」

新海の隣で声を尖《とが》らせたのは、坂崎だった。

「そうか」

「それにしても、瀬川にしては小洒落《こじゃれ》た店を知ってるな」

「政治家の秘書に褒められりゃ、本物かね。——へへっ。実は親方に教えてもらった店だけどよ」

と、瀬川は笑ってグラスを空けた。

それで改めて、三人分をまとめて頼む。ツマミはチーズとクラッカー程度だ。

出てきたビールで乾杯すれば、すぐにまた半分を呑んで瀬川はふん反り返った。

「お前ぇら、土、日の祭りに来ればよかったのによ。やっぱり太鼓ってなあ、胸がすく。神の音ってやつだ。人は天を崇《あが》めつつ天を恨み、天に寄り添いつつ天に挑み、そうして、祭りを天に捧《ささ》ぐんだとよ。へへっ。この店と一緒で、これも親方だがな」

真理、だろう。文句はない。人の営みの原点だ。

「天気もよかったしな。ずいぶん忙しかっただろ」

呑みつつ新海が聞いた。

「ああ。屋台はな」

と、ぶっきら棒に言って瀬川はそっぽを向いた。

わかりやすい。

その辺に土、日で、新海を呼んだポイントがあるのかもしれない。

一杯目を空け、二杯目を呑みつつ類推《るいすい》する。

まず大前提に、自身の身に降り掛かる火の粉程度のことで瀬川は人を呼びつけようとなどする男ではないということがある。いや、たとえそれが大火事でも同じことだ。瀬川は笑って一人、炎に立ち向かうことだろう。

普通人には通用しない理屈だろうが、瀬川のように単純で一本気で、付き合いが長いければ、ほぼほぼ大きくは外れないとは新海の自負だ。

で、屋台はな、と瀬川は言った。そうして機嫌が悪かった。

屋台ではないとすれば、選択肢は大してない。

「静香姉さんか、愛莉ちゃんか？」

「んだよ。その二つに一つの聞き方ぁよ」

「違うのか」

「違うってぇかよ」

そう、だな、とモゴつき、
と、瀬川は膝を叩いた。

「愛ちゃんがよ」

「こないだ、学校で三者面談があったんだってよ。進路相談ってのか？　愛ちゃんももう高三だからな。そんな時期でよ。贔屓目《ひいきめ》じゃなくても、頭ぁ悪くねえんだぜ。けどよ、大学行かねえってよ。テキ屋ぁ継ぐってんだ」

へぇいいじゃないか、と坂崎が合いの手を入れた。坂崎もビールは二杯目に入っていた。

「どこがだよ。まだ高三だぜ。うちの愛ちゃんだぜ」

睨《にら》まれると、坂崎は肩を竦めてビールグラスを傾けた。

瀬川もグラスを取り上げ、空に気付き、次を注文する。

「いや、テキ屋がいけねえってんじゃねえ。職業に貴賤はねえ。俺ぁ俺で誇り持ってる。成田にいる限り、食いっ逸《ぱぐ》れがねえってのも知ってる。けどよ」

理由がいけねえ、と言って瀬川はチーズを齧り、運ばれたビールを口にした。

面と向かって問い詰めた瀬川に、愛莉は一歩も引かなかったという。

――だって、藤太は出てくんだろ。出てって、本職のヤクザになるんだろ。そうなったら屋台に立てない。立っちゃいけないだろ。そしたら、藤太の代わりなんだよ。あたしがやるしかないじゃない。みんなに申し訳ないじゃない。

なんだとさ、と言って瀬川は、次のグラスも空にした。

「だから、新海。お前ぇからなんとなく話してやってもらいたかったんだ。土、日なら愛ちゃん、屋台にいたんだ」

「ん？　なんで俺が」

わかったようでわからないが、

「決まってんじゃねえか。お前ぇ、馬鹿か」

と瀬川は胸を張った。

「進学の話ぁお前ぇだろ。昔、俺の面倒も見てくれたじゃねえか」

「それは中学の分数の話だし、馬鹿はお前だろ。そもそも、これは進学の話じゃなくて、進路の話だろうが」

「それにしたって、なんにしたってよ。俺にゃあ出来ねえってことに変わりはねえっ」

瀬川はテーブルを叩き、唸《うな》るように言った。

周囲から奇異の目が集まった。

まずポーズとしてなんでもないですよの笑顔を振り撒いてから、新海はテーブルに身体を寄せた。

「志村の跡目のこと、話したんだな」

「話したってぇか、姉ちゃんがな。隠しとけないでしょってよ。あの女ぁ、どっちかってぇと喜んでたからな」

「そうか。そりゃ、女子高生にヤクザはショックかな」

「さぁてな。元々商売柄、遠いわけじゃねえ。愛ちゃんもその辺はわかってる。こりゃあ、テキ屋の血の中に染み込んでるもんだ」

「それにしたって、ショックだろ。女子高生だぞ。ヤクザだぞ」

「女子高生に拘んじゃねえ。とにかく、面談の結果と愛ちゃんの言葉ぁ聞いてよ。すぐさまお前ぇに電話したんだ」

瀬川は大きく息を吐き、椅子に深く座った。気分は少し落ち着いたようだった。

「まあ、思えば警察官だってよ。特にお前ぇんとこは、本筋の真っ当な商売じゃねえがな」

「放っとけ。ならそれこそ、こいつに頼めばいいだろうが」

と、新海は隣でただ、オープンテラス呑みを堪能している坂崎を指した。

「そうか。議員の秘書か」

「それも今は元、だけどな。さらに元々はといえば、国家上級の国土交通省のキャリア様だぞ」

しばし考え、おそらく瀬川は思考がフリーズして頭を振った。

「よくわかんねえけど、成田のテキ屋になろうとする女子高生からぁ、警官よりよっぽど遠い気がする」

だから新海、やっぱりお前ぇでいいや、と話はどうやら振り出しに戻った。

まあ、本人の叔父さんのご指名だ。どうしても坂崎に振る理由もない。

「愛莉ちゃんは、今日は学校だよな」

「ああ」

「今週の土、日は？」

「修学旅行だって言ってた」

「おや。ならその次――」

「そん次ぁゴールデンウィークに突入だぜ」

　言おうとすると瀬川は先回りした。

「けど、愛ちゃんは仕事じゃねえぜ。塾の集中セミナーだ。なんとかよ、塾だけぁまだ行かせてる」

「そうか。じゃあ、考えるまでもない。三社《さんじゃ》だな。姉さん、また店出すんだろ」

「三社か。三社の頃、な」

　瀬川は苦く笑った。

「おお。三社ね」

　なぜか坂崎も呼応し、口に出して呟いた。

「姉ちゃんの店ぁ、出すぜ。代々の商売だ。好例は吉例。滅多なことじゃ止めねえよ」

「ＯＫ。遊びでもいい。愛莉ちゃんに来るように言っておいてくれ。さすがにそっちには行けないが、こっちに来てくれるなら、な」

「わかった。ひとつ、頼まあ」

「けどいいか。聞くのがメインだぞ。俺だって、女子高生の進路に口を挟めるなんて思ってないし」

「それでもいい。お前ぇは少なくとも、俺じゃねえ。ヤクザじゃねえ」

「なあ、瀬川」

　坂崎が脇から口をはさんだ。

「そんなに悩むくらいなら、テキ屋でいればいいじゃないか。今の商売に、意地もプライドもあるんだろ」

〈素朴な疑問〉、というやつだ。

そうはいくかい、と瀬川は薄く笑った。

「誰でもなれるわけじゃねえんだ。人の泣き笑いに手も足も出す任俠はよ、誰でも持てるわけじゃねえんだ」

「お前なら持てるのか」

坂崎がさらに切り込んだ。

珍しい。酔っているに違いない。

「持てるも何も、そう見込まれちまった。これだってよ、誰でも見込まれるもんじゃねえ。陰に回ってもいい奴ぁ本来からすりゃ、お天道さんに見込まれた奴だけなんだって、へへっ。これも、親方の受け売りだがよ」

瀬川はまたビールを注文した。

「なあ。瀬川。さっき、三社って言ったら苦笑いだったたな」

届くのを待って、今度は新海が〈素朴な疑問〉を継いでみた。

「ああ？　そうだったたか」

「惚《とほ》けるな」

なんだよ、と聞けば、瀬川はそのまま空を見た。

「その頃、俺ぁ新潟だな。親の親んとこだ」

「親の？　ああ」

新潟は、日本を分ける広域指定暴力団、四神明王会の本拠地だ。

「顔見せってやつな。面倒臭ぇこと、この上ねえがよ」

それで跡目相続は、襲名式に向けて加速する、と瀬川は言った。

「その後にゃあ、本式のヤクザだ。へへっ。愛ちゃんの言葉じゃねえが、俺にゃあもう、成田の祇園《ぎおん》はねえな。その頃にゃあ、お前ぇと真反対だわ。坂崎には近えかな」

「どこがだ」

坂崎のタイミングが、酔ったせいか合っていた。

真反対は背中合わせだよ、と新海は言った。言ってそのまま坂崎を見た。

「なんだ」

「なんだじゃない。お前も、なんだ？」

「俺は別に」

「三社に反応してたぞ。なんかあるんだろ？」

「いや。特には」

「選挙だな」

黙る。

わかりやすいのは新海には有り難いが、政治家としてはそのままでは駄目ですな、と小暮は言っていた。

坂崎はビールグラスをテーブルに置いた。

「元号も決まって、ようやく新しい時代が動き出すからな。はっきりとはわからないし言えない。だいたい、俺が決めることじゃない」

けどな、と継いで、瀬川と同じように天を仰いだ。

「一般参賀や奉告《ほうこく》・奉幣《ほうへい》の儀はまあ皇室行事だが、剣璽《けんじ》等承継の儀、即位後朝見の儀は国事行為だ。五月はそれで目一杯だが、後は政権はフリーになる。世の祝賀ムードに上手く載せて、三社の頃からは多分だが、政界では次第に政局の匂いが濃くなる。いや、濃くしてゆくだろうな」

そうして三十一日を越えれば、つまり六月一日からは、いつ解散があってもおかしくはない、と坂崎は間違いなく雰囲気で断言した。

「だから俺も三社が終わる辺りには、先後して鎌ケ谷に戻る」

「蓼科はどうなってるんだ」

聞いてみた。これも〈素朴な疑問〉だ。

「準備万端。茅野と塩尻の事務所には、いつ大臣が入っても不自由はない。設備も、人員もな」

「そうか」

瀬川を見て坂崎を見て、新海は頭を掻いた。

「祇園はない。六月は濃い、か。へえ」

呑んだ分の軽い酔いが全身にあるが、向こう傷だけが浮き上がるように冷たかった。

「なんでぇ」

「なんだ」

瀬川と坂崎がほぼ同時に言った。

「なんでもない」

新海は一度にまとめて首を振った。

「ただ、お前らはお前らの生き方を見据えたんだなあと思ってな」

ビールを空ける。

「もうすぐ、三社だ」

今度は新海が空を見上げた。

いつの間にか、掃くような筋雲が上天にあった。

――さすがにそっちには行けないが、こっちに来てくれるなら。

とたしかに新海は言ったが、それはこっち、つまり三社をブラブラする自分を想像したからであって、まさか三係がメインで警邏を受け持つことになるとは思わなかった。

この辺は少しばかり、油断したところだ。

始まりは三社からおよそ二週間ほど前の、浅草東署刑事生活安全組織犯罪対策課の全体ミーティングのときだった。

この年は珍しく、二係の児島係長が真っ先に手を挙げた。

というか、新海は児島が手を挙げる等々の自己主張をする姿を、初めて見た。

――はい、はぁい。

ちなみに児島は五十四歳の警部補で、薄くなりつつはあるが茶色の柔らかそうな毛髪がクルクル巻き、浅草東署では署長に次いで愛らしい生き物だ。

――なんかね、いつもうちの係が駆り出されてるような気がするんだけど、どう思う?

このとき、ちっ、と舌打ちを漏らしたのは三係からは新井と中台と富田とおそらく自覚もなく新海の四人で、一係からは谷本係長ともう二人だった。

舌打ちに含まれる思いは間違いなく、一つだったろう。

いわく、〈気づかれちまったか〉、だ。

浅草東署刑事生活安全組織犯罪対策課には係が三つある。

実はこのこと自体が、新海が常々、〈人には言わないが、ちょっとした裏技というか錯覚というか忖度もあって、結構暇の度合いは高い〉と思っている三係の日常を生む大きなポイントだった。

人は一から三の数字が並ぶと選び方の心情として、一は〈いつも使われて忙しそうで疲弊していそう〉で回避し、三には〈なんかどん詰まりで重そうで働かなさそう〉な印象を持って切り捨て、二は〈なんのことはないがほどほどで特に問題はなさそう〉なので、この辺でという、無難意識でチョイスする傾向にあるようだ。

特に中庸《ちゅうよう》、真ん中選びは日本人の大いに好むところで、かくて浅草東署刑事生活安全組織犯罪対策課では、圧倒的に二係の出動が多かった。

まあ、児島の意見は鋭いというより、いまさらと言わざるを得ないが。

ただし、言われればというか、気づかれればこれはさすがに是正するしかなく、一番出動回数が少ない三係の、特にのらりくらりと屋上にいる回数の方が多い、コードネーム〈洗濯物〉は、三日間とも通しで一位指名ということになった。

（ま、いいけどね）

実際、ご指名がなくとも署と祭りの雑踏を行き来しようとは思っていたから、別段なんのことはないつもりでいた。

少なくとも、静香姉さんの屋台に愛莉を訪ねるという譲れない要件もあった。

ただ――。

早くから三日間共に快晴の予報が出された今回は、外国人観光客の増加もあり、例年よりはるかに多い二百三十万人の人出が見込まれ、実際その通りになったようだった。

つまり、新海は朝から晩まで、あちこちで起こる揉《も》め事や掏摸《すり》、引ったくり、痴漢、その他とにかく休む間もなく引っ張り出され引っ掻き回されることになったのだ。

飲むように飯を食い、気を失っている時間が睡眠、というなんともブラックワークな三日間だった。

それでも、最重要課題と位置付けた静香姉さんの屋台に連日顔は出した。出来れば女子高生のお悩み相談は初日のうちに、とも思っていた。

が、甘かったのは新海の方で、思えば愛莉はテキ屋の娘、いやテキ屋として、ただ三社祭に物見遊山に来るような娘ではなかった。

しかも――。

姉さんの、スタイルの良さがあざといほどに強調される服装に三角巾のアンバランス。

愛莉の、ジャージにポニーテールに捩じり鉢巻きのアンバランス。

アンバランスとアンバランスのバランス。

ありとあらゆるＳＮＳで発信される〈神屋台《かみやたい》〉の拡散により、浅草神社の静香姉さんの屋台は、例年にも増して長蛇の列と相成った。

とても、仕事中の新海が仕事中の愛莉に話を聞くどころか、近づくことすらままならない状態だった。

かくて、新海がようやく静香姉さんの屋台に腰を落ち着けられたのは、最終日の午後九時半過ぎだった。

初日や中日は午後十時過ぎまで賑やかな境内も、最終日は九時を過ぎる辺りからもうすっかり、後は寂しき祭りの後、の様相を呈し始める。

いるのは泥酔客とその仲間と、後片付けのテキ屋くらいだ。すでに屋台骨を畳み、次の祭りに向かった強者のテキ屋さえ出ていた。

新海は屋台の脇に並べられた縁台に座り、愛莉と向かい合って話を聞いた。

取り留めもなく時系列にも拠らず、正論とも愚痴とも、迷いともつかない、いや、だからこそ幼くて真っ直ぐな話は、突き詰めればすべて、〈武州虎徹組の瀬川藤太〉、という男への愛情に占められているとわかった。

若い衆やテキ屋の衆を差配する藤太が誇らしく、額に汗して自在にコテと熱を操る藤太が羨《うらや》ましく、憧れだったのだ。

「いい叔父さんを持ったね。愛莉ちゃんのヒーローだ」

うん、と愛莉は首肯《しゅこう》した。

「でも知ってる？　そんなヒーローはね、中学三年で、分数の足し算が出来なかったんだよ」

「え」

「頑張ったけど、卒業時で掛け算がやっとだったなあ」

愛莉は、円《つぶ》らな瞳で真っ直ぐ新海を見ていた。

だから少し、お道化《おど》て笑って見せた。

「だから君のヒーローは、今でも分数の割り算が出来ない。格好悪いね」

愛莉がかすかに笑った。

頑《かたく》なさを少し解く。

今は、それで良しとする。

と、一度火が落ちた鉄板に、いつの間にかまた火が入る音がした。香ばしい匂いもした。

気が付かなかった。

「はいよ」

静香が新海の前に紙皿を差し出し、缶ビールを縁台に置いた。

紙皿に乗っているのは出来立ての焼きそばだった。

出されるままに食ってみた。

「うおっ」

と声が洩れてしまうくらいに、べらぼうに美味かった。思わず姉さんを見た。

それだけで本人にはわかったようだ。いや、最初から揺るがない自信があったのだ。

「当たり前でしょ。それが父さん直伝だもの」

「えっ。なにそれ。知らないけど」

愛莉が新海の脇から割り箸を伸ばし、母の作った焼きそばを頬張る。

頬張って目を見張って、飲み込んで声を張った。

「美味しいっ。ビックリッ」

「ちょっと愛莉。声が大きいって」

娘の称賛に、静香姉さんもさすがに少し照れたようだった。

「あたしだってね。作れるの。作れるけど作らないのは、コストと労力が掛かるから。いかに抑えて商売を回すか。それがプロのテキ屋ってもんよ」

うーん。

全面的に賛成はしないが、反対も出来ない。

「愛莉。まだまだ甘いわよ。コテだけじゃ世間様は渡れないの。藤太もあたしも、他に持ってるわよ。あんたは、コテの他に何を持ってるの？　自慢出来るものは何？」

愛莉は項垂《うなだ》れた。

おそらくそれで明日からは、愛莉の目にも違う道が見えるだろうと新海にも分かった。

「なんでえ。久し振りに、静香ちゃんの本物スペシャルの匂いがするぜ」

「お。いいねえ」

何人かのテキ屋仲間もやってきた。

宴だった。それから食べて呑んで、まだ見えない愛莉の道をあれやこれやとみんなで補完した。

明日が学校の愛莉を気遣って散会は早かったが、それでも十時に近かった。

見送った新海は、急に近しくなったテキ屋と缶ビールの数本を呑み、十一時を回る頃になって帰宅の途に就いた。

新海の家は西早稲田にある警察の独身寮だ。

メトロの駅を降りたのは、十二時半過ぎだった。終電、というやつだ。

地上に出てブラブラと歩いても、寮までは十分も掛からない。

なんとなく、充実したいい気分だった。酒に酔っただけではない。気のいいテキ屋達の情にも酔ったか。

だから――。

気がつかなかった。

昔からある地場のバラックのようなアパートを曲がり、近道の路地に入ったところで呼び止められた。十メートルも入ってはいなかった。メールチェックでもと、携帯を取り出したところだった。

「三度目の、正直」

「え」

振り返ると、驚くほど近くに誰かのシルエットがあった。街灯もない場所だ。声で男とわかるだけだった。

その後、男は何かを言ったようだった。

ただ、何を言っているかはほとんどわからなかった。

くぐもった銃声が声に被った。

轟《ごう》っ。

胸に強い力が加わった気がした。いや、熱さだったたか。

耐えられると思ったが、身体は背後に持っていかれた。衝撃が凄かった。

「ぐあっ」

携帯が手から離れた。

銃火に一瞬、男の顔つきが浮かんだ。引っ掛かりはあったが、突き止めることはできなかった。

新海はアパートの外階段に激突し、かろうじて立ってはいたがそこまでだった。一歩も動けなかった。

男がふたたび、銃口を新海に向けた。

命の灯火《ともしび》は、まさに風前だった。

（南無三っ）

男がまた何かを言った。


ガチッ。


音がした。

それからもう一度、ガチッとまったく同じ硬い音がした。

おそらくジャミングだ。

粗悪な模造銃には、一発でダメになるものが多くあった。

男がまた何かを叫んだ。

身体は立っているだけでやっとだったが、新海は一か八か、全身全霊を込めて口を開いた。

「うおぉぉぉっ」

男は怯《ひる》んだようで、ひっ、と喉の奥から絡み声を発すると、そのまま脱兎となって駆け去っていった。

追うことなど出来るわけもなく、新海はその場にズルズルと沈み込んだ。

(なんだ。誰だ)

考えようとするが、意識は逆方向の暗闇に引っ張られた。

(いけない)

新海は奥歯を嚙《か》み締めた。

走馬灯ではないが、様々な思考が脳裏に浮かんでは消えた。

去らず残ったのはいくつかの懸念だけだった。

ただし、どれもこのままではそのままになり、そのままでは新海としては納得できないことばかりだった。

その代わり、下手に手を出せば壊れそうなものばかりでもあった。

それで躊躇し、今まで愚図愚図した。

後悔は先に立たないが、タイムリミットは近かった。

一つには、小暮と肉を食った。

一つには、相京と酒を呑んだ。

――俺は真っ直ぐに、胸を張って生きてる。悟、お前はどうだい？　父さんの前で胸、張れるかい？

久し振りに、父の声を聴いた気がした。

口中は鉄錆《てつさび》臭かったが、笑えた。

（胸は張れないな。撃たれたから。けど――）

腹は固まった。固まる覚悟は力だった。

新海は藻掻いた。

手から飛んだ携帯が、幸いにも倒れた新海の近くだった。必死に操作し、町村を呼び出した。

――はいよぉ。なんだい？　休日だけど。

新海は手短に、現状と初動の段取りだけを頼んだ。

――うわ。大変じゃない。わかった。任せて。休日だけど。

不思議な安堵《あんど》の中で、新海の意識は次第に暗闇に溶けていった。

十一

その朝、坂崎は不快な携帯の振動音で目覚めた。おそらく鳴っているのは二度目か三度目だった。

その二度目か三度目も、起き上がるとちょうど切れた。

目を擦り、簡易ベッドの上で大きく伸びをした。

（ここは、そう、塩尻の事務所で）

前日は選挙区である諏訪湖のマリンカーニバルに顔を出し、同じ党派の市議会議員連と親睦を図り、その後、党県連の幹事長を務める県会議員と大いに〈懇談〉し、事務所に戻ってシャワーを浴び、ベッドに潜り込んだのが日付をまたいだ午前二時近くで――。

と、自身に覚醒を促すように記憶を辿《たど》っていると、携帯がまた、三度目か四度目かの振動を始めた。

ディスプレイに浮かぶのは知らない番号だったが、それより同画面に表示されている時刻が気になった。

「なんだよ。まだ四時半じゃないか」

思わず不満は口を衝いて出るが、早朝という時間帯であるからこその切迫感や不測、不審もある。出ざるを得ない。

まだ頭の芯に霞《かすみ》は掛かった感じだが、取り敢えず携帯を手に取った。

「もしもし」

用心して出る。

対して、返って来たのは少し高めでやけに元気のいい、それでいてなんとなく年齢不詳な声だった。

——あ、どうもどうもぉ。ようやく繋《つな》がりました。実際ずいぶん掛かりましたねえ。朝早いからですかねえ。やっぱりねえ。ああ、そうそう。お早うございますぅ。浅草東署の、町村と申しますぅ。

「——町村？」

聞き返すと電話の向こうで、

——ええええっ。うわぁぁ。

と芝居掛かった素《す》っ頓狂《とんきょう》な声がした。

——やだなあ。まさか知らないんですかぁ。これでも色々、署員の陰になり日向は嫌いなんで陰オンリーで、ガサゴソと頑張ってるんですよぉ。

内容は不明だが、声は明らかに不満そうだった。

いや実際には、聞き返してしまったのは早朝で、まだ覚醒に遠かったからだろう。

町村は、町村義之《よしゆき》。

新海から聞いていた。

浅草東署の、どうにも食えない署長だ。

強烈に覚えてはいた。そもそも会った人間はもとより、聞いたことのある人物のことまで記憶野に留《とど》めるのが政治家の基本だと、上司である政策秘書の小暮や公設第一秘書の西《にし》岡《おか》に叩き込まれてきた。

それでも一瞬わからなかったのは、この電話が初めての会話だということと場違いな時間帯だということと、初めてなのだから当然坂崎の携帯に登録されていない番号からだったということに拠る。

というか、話すのが初めてなのだから、携帯の番号など知らないし教える機会もなかった。新海が教えるということもあまり考えにくい。

新海なら教える前に、用件を携えて自分で掛けてくるだろう。

「あの、どうしてこの番号を？」

聞いてみた。

受話器の向こうでまず、ふんっ、と鼻が鳴った。

――それはほら。餅屋の餅はよく伸びる餅で、左の物を右に動かしたと思ったら左にしたりと意表を突けばほら、世の中のことはですね、大体のことは大抵わかるように、上手く出来てるもんなんです。ははっ。

煙《けむ》に巻こうとして巻けない話をおそらく、わかって堂々としている臭い。

たしかに食えない、というか食いたくない。

だから話を進める。まだ朝の四時四十分だ。

「で、ご用件は」

——まあ、押さえ切れなかったというか、少しだけ許してやったというか、後で簡単にはチラッと、某警視庁職員がってことで報道はされるんですがね。

「ええ」

——新海係長が撃たれましてね。

「…………」

なんだ？

——今は東京警察病院のＩＣＵです。撃たれた場所から割と範囲だったんで、すんなり運んでもらえました。あ、報道されるのはこの辺までで、もっとサラッとですけど。

「はあ」

なんなんだ？

——ご心配でしょうね。ご心配なく。

コノ人ハ、何ヲ言ッテイルンダ？

──ああ。命に別状はですね、これが、ないんですねえ。

ようやく受話器の向こうから聞こえる声と現実がシンクロした。

「はあっ？　えっ。ええっ！」

──あれ。もう一回言いますか。

「ちょ、ちょ、ちょっと待ってください」

──いくらでも待ちましょう。

「い、いや。待たないでいいです」

──あ、じゃ続けますね。

どうにもペースに巻き込まれているのだけはわかった。流れと波の作り方は、手法は違っても間違いなく小暮クラスだった。

食えないとか食いたくないとかのレベルではなく、とにかく狸だ。一歩でも近づいたら、化《ば》かされる。

──えっと。現状報告です。

今はICU、命に別状はない。それにしてもまだ意識は昏迷レベルなので、お見舞い関係は、せめて意識が戻って話せるようになってからで、手土産には是非フルーツの盛り合わせなどを、と町村は軽々と話した。

この場合には、坂崎にはその軽さが助かった。頭はクリアになり落ち着きも出た。

時には、狸にも化かされてみるものだ。

「あの、署長」

電話のこちらで手を挙げる。

──はい。坂崎君。

おお。タイミングと反応の仕方に、素直に感嘆が出た。

「あの。このことは瀬川、という男には」

──ああ。私が病院に運んであげたときに、さんざん文句ばっかり言っていた成田のテキ屋さんで、もうすぐ本式のヤクザさんの、あの、瀬川君ですねぇ。

「えっ。あ、まあ」

執念深い愚痴に何か、最新の情報も交ぜ込んできた。基本情報はすべて押さえているようだ。

──瀬川君には、ねえ。ほら、さすがに私、警察署の署長さんなんですねえ。政界関係の方なら堂々とと言うか、お近づきになれれば儲《もう》け物、なぁんて邪《よこしま》な考えもヒョコンと曲がった鎌首をもたげたりしますけどねえ。それがあなた、坂崎君。もうすぐ本式なヤクザさんにそんな邪な考えで接したら、向こうがそもそも邪でひん曲がってるんですから、ほら、矯正されて真っ直ぐになっちゃうかもしれないじゃないですかあ。

「……はあ」

わかったようでわからないが、取り敢えず連絡していないことだけはわかった。
――なので、瀬川君への連絡はお任せしましたので、そちらでどうぞご自由にぃ。
とのんびりと言い、電話は勝手に切れた。
携帯を置き、簡単な準備をしてコーヒーメーカーのスイッチを入れる。
すぐに馥郁《ふくいく》とした香りが漂い始めた。
暫時、香りの中で情報を整理した。
コーヒーメーカーの作動も情報整理も、すぐに終わった。
珈琲《コーヒー》をカップに注ぎ、ひと口飲む。
町村には色々と言われた気もするが、肝はただ一つだ。
新海が誰かに撃たれ、東京警察病院のＩＣＵにいるということ。
壁の時計を見れば、時刻は五時を回ったところだった。外がだいぶ明るくなっていた。
「今は新潟だったかな。まあ、もういいだろう」
日の出は少し、向こうの方が早い。
携帯を取り上げた。呼び出すのは瀬川の番号だ。
新海のことを話せばきっと、
――んだとっ。この野郎、朝っぱらからなんのクソ冗談かましてきやがんでぇ。
などとまずは怒鳴られそうだが、仕方ない。

電話を掛ける。

一度目、二度目は留守電になった。

珈琲を飲み終えてから三度目を掛けた。

繋がった。

――ああ？

不機嫌そうな声は無視する。自然に任せていると覚醒には時間が掛かるだろう。なので話の内容で覚醒を促す。

坂崎が町村にそうされたように。

新海が撃たれた、から始まり、手土産のフルーツの盛り合わせまで、ほぼ町村の話をトレースする。

――んだとっ。この野郎、朝っぱらからなんのクソ冗談かましてきたがんじぇ。って、痛ぇっ。舌噛んだっ。

まあ、後半は予想外だが、全体的にほぼ予想通りに運ぶくらいには、この男との付き合いも長い。

なにやら瀬川は色々と喚《わめ》き続けたが、適度に聞いて適度にシャットアウトだ。

それにしても、いささか長かった。

今から行くとまで息巻いた。

「取り敢えずな、瀬川」

　途中で止めた。

――なんでぇ。

「新海はＩＣＵだ。いずれ町村署長から連絡がある。それまで、俺達に出来ることは何もない」

――何もないだと？　ふん。冷てえ野郎だな。

「冷たいだと――」

　新海が、友が撃たれた苛立《いらだ》ちも動揺も、瀬川だけのものではない。坂崎も一緒だ。

「ふざけるなっ」

　いい加減、坂崎でもむかっ腹が立った。

「なら言ってみろ。来てみろ。何が出来る。それで何が出来る。喚き散らす以外に出来ることがあるなら、言ってみろっ」

――んだとぉ。

「俺は長野だ。お前だって新潟だろうが。全部放り出して東京に戻って、それで何が出来るっていうんだ。みんなに迷惑掛けるだけじゃないか。それで新海が、元気になるとでもいうのかよっ」

　荒い息。その中に瀬川の深呼吸がやがて混じった。

——出来なくたって行くんだよ、ってなこと、本式なら言うんだろうな。

「——それがヤクザか」

——おう。

「後先見ずか」

——真骨頂だろうぜ。

「じゃあ、なんで今、言わない」

——決まってんじゃねえか。俺ぁまだ、テキ屋だからよ。

恐らく自嘲気味に言い、瀬川は向こうから電話を切った。

十二

ゆっくりと、泥水の中から顔を出すイメージで新海は目覚めた。ずいぶん長いこと、泥の中に潜っていた気がした。そのせいでか、身体が重かった。

目を開けると、まず白い天井が見えた。少なくとも新海の独身寮でも、署の仮眠室でもなかった。

はて？

ここは天国か、地獄か。

「やあ。気が付いたかなあ？」

能天気な町村の声がした。

はてはて？

ということは浅草東署なのか。だとしたらどこだろう。こんな部屋あっただろうか。

こんなに天井が、白い部屋。

もしかしたら町村が誰かに作らせた、秘密の隠し部屋なのかもしれない。

そんなことを考えていると、

「やだなあ。ここは東京警察病院だよ。外科のＩＣＵ。署に無断で隠し部屋なんて、さすがに作れないなあ」

この読心術は透視力に匹敵するか。そんな歌詞が、超能力と三体のしもべを扱った昔のアニメの主題歌にあったような、なかったような。

目を向ければ、パイプ椅子に予防衣のガウンとキャップをつけた町村がいた。

〈ああ。そうなんですか〉

と、言ったつもりだったが、第一声は唸りにしかならなかった。

（なんだ？）

上下の唇が縫われたようにくっ付いて動かなかった。乾ききっていた。

舌でゆっくり押し開き、息を吐く。

左胸から腕の付け根辺りに鈍痛があった。

そこには力が入らない、と言うより、力を入れようとする意識さえ届かないような感じだった。

町村が外に出てナースに声を掛けた。

白衣の天使が寄ってきて確認し、離れていく。

なら、白衣の神を呼びに行くのだろう。

(そうか)

撃たれたのだという実感が戻ってきた。そう言えば意識は、何度か浮沈を繰り返していた気がする。

頭は回った。

結果、なぜ町村がいるのかということだけはわからなかったが、まあ、そういう人だということで無理やり納得する。

「あー」

少し声を出した。取り敢えず出せた。

そのまま、

「すい、ません」

と言ってみたが、言葉は酸素吸入器の中を弱々しく回る程度だったか。

それでもわかってくれたようで、町村はゆっくり頷いた。

暫時、ベッドサイドモニターの電子音だけが聞こえた。

「わ、たしは、助かった、ので」

そこまで言えたが噎せた。胸が痛かった。

「そうだよ、っていうか、最初から死ななかったはずだけど。最初は意識が保《も》ったみたいだから。休日の僕に電話してきたくらいだからねえ。けど、そこで頑張っちゃったかな。よく寝たねえ。寝惚けたような半覚醒はあったみたいだけど、もう木曜日だよ」

答えようと口を開いたが、今度は息を吸っただけでまず噎せた。思うより、強い痛みが胸に走った。

「抜けたから、助かったねえ。三十口径のモーゼル、フルメタルだったのが幸いだったかねえ。肋骨《ろっこつ》で跳ねて抜けて、でもちょっと肺を掠《かす》めてるってさ。そう、だから幸いだけど、重傷は重傷だねぇ」

「そう、ですか」

「だから、まだ無理はしなくていい。所轄の連中は意識が戻ったらって息まいてたけど、病院内で喧《やかま》しくされるのも嫌だからね。ここに強引に突っ込んだ僕のさ、愛らしい〈顔〉ってのもあるし。その辺はあれやこれやの駆け引きで引き揚げさせといた。警護の制服警官はまあ、しょうがないね」

「は、あ」

何やら、意識が飛んでいた内に色々とご苦労様なことがあったようだ、とは認識した。

その先は当然、町村という署長の手練手管《てれんてくだ》ということで、新海が考えてもしようがないというか、想像もつかない部分だ。

「だから、まずはゆっくりすればいい。ゆっくり休んで、思考をまとめてからでいい。言いたいことも、聞きたいこともそれからだねえ」

ドクターが入って来た。

バイタルをチェックされているうちに、どうしようもなく睡魔が襲ってきた。

「まだ本当じゃないからね。寝ればいいよ。ここからは、寝た分だけ力になるよ」

町村の言葉に引かれるように、意識は生温《なまぬる》い海の中に潜っていくような感覚だった。

身体が動かない分、まずは思考を回復しよう。

すべきこと、した方がいいこと、しない方がいいこと、してはならないこと。

取捨選択は難しい。

眠りの中でも考えてみようか。

むしろその方が、思考は解放されるかもしれない。

ただしこのときの思考はここまでで、新海の意識はふたたび、薄闇へと飛んだ。

深い眠りから、ゆっくりと新海の意識は浮上した。

ただし、すぐにはやはり覚醒はしなかった。少し寝惚けた感じだった。

白い天井がまず見えた。少なくとも新海の独身寮でも、署の仮眠室でもなかった。

はて？

ここは天国か、はたまた地獄か。

「やあ。気が付いたかい？」

能天気な町村の声がした。

はてはて？

ということはやっぱり浅草東署なのか。だとしたらどこだろう。こんな部屋あっただろうか。

こんなに天井が、白い部屋。

もしかしたら町村が誰かに作らせた、秘密の隠し部屋なのかもしれない。

「やだなあ。ここは東京警察病院だよ。外科のＨＣＵ。ちなみにあれから二日経ったよ。今日は土曜日。僕はまた、休日だったねえ」

この読心術は透視力に匹敵するか。そんな歌詞が、超能力と三体のしもべを扱った昔のアニメの――。

どうでもいい。そうだった。ここは病院だ。

目を向ければ、パイプ椅子に制服姿の町村がいた。

またというかまだというか、町村が何故いるのかということだけは相変わらず不明だったが、まあ、そういう人で、休日だからということで無理やり納得する。

「ああ。そうですか」

少しねばついた感じだったが、声はすぐに出た。

ゆっくりと顔を動かす。個室だった。

そう。町村もたしかにHCUと言った。

通常なら一般病棟以上ICU未満の患者が入る病室で、個室が基本だと聞いたことがあった。入ったことは、当然初めてだ。

「手は動くかい」

町村が言った。

重怠《おもだる》かったが、すぐに動いた。だいぶ鈍《なま》っている感じだ。

「なら、ホイ」

水差しを出された。

「先生が手順として、いいって言ってたから大丈夫」

受け取るとたかだかの水差しが、驚くほど重かった。手が震えた。

酸素マスクを外して飲んだ。

甘露というやつだった。少しの水だが、全身に広がってゆく感じがした。

「美味いかい」

「はい」

言葉もスムーズに出た。

「ならさて」

町村が膝を叩いて立ち上がり、窓辺に寄った。

「言いたいことから聞こうか。聞きたいことは、その補足だねえ」

新海は誘われるままに話し始めた。

言葉を繋げるとまだ、口は思う以上に動かなかったが、町村への報告と考察はさほど長いものにはならなかった。

話の流れは眠りの中で出来ていたし、これから何をどう動かそうかということも、大枠は腹の底に仕上がっていた。

「なるほどねえ」

そう言ったきり、町村からの質問はなかった。

ただ、

「全部が丸く収まるとは思えないけど、係長は、それでいいんだね」

とだけ、これが質問と呼べるならあった。

「刑事ですから」

「ああ、そうだねえ。君は、いい刑事だったねえ」

遊んでる連中、集めてみるねと言いながら、町村は窓辺を離れた。

「そろそろ、先生を呼んでこようか」

と言いながらドアに手を掛け、町村は、ああそうだと手を打った。

「ここで目が覚めたら、すぐにも一般病棟だと言われてた。もちろんここは空けなきゃなんないんだけど、君は事件の被害者だからねえ。一般はそれはそれで怖いんで、整形外科のＨＣＵに平行移動するよお。だから個室だよぉ」

「……えっ」

「ほら。僕はさ、あそこの医長とは訳ありだから」

「それで、私を捻《ね》じ込んだと」

違うよぉ、と町村は首をブンブン振った。

「君用じゃなくて、う・ち・の・署・用だよ。ほら、〈タンカ〉の増渕君とか、お得意さまっていうか常連っていうか、よく入ってるじゃない。だから、ほら、坂崎大臣のホテルの件、あったじゃない？　あれをヒントに、常に一室リザーブさせた」

「はあ」

ヒントというかまんまだが、得意げなので深くは聞かない。

「まあ、実を言えば、ここの整形外科って、あんまりHCUは使わないみたいでね。そっちに突っ込まれた。本当は豪華政治家用個室って頼んだんだけど、ささやかな抵抗をされたかな」

などと言いながら町村は出て行った。

また何やら、意識が飛んでいた内に色々とご苦労様なことがあったようだ、とは認識した。

本当に、人の知らないところでよく動く署長だ。

(でもまあ)

個室は有り難いかな、と思いながら、新海は目を閉じた。

さすがに今回は、睡魔は襲ってはこなかった。

十三

五月も終わりの、曇天の水曜日だった。その午後だ。

坂崎は一人、JR線で中野の駅に降り立った。

この日、坂崎の出発地点は鎌ケ谷だった。北総線の新鎌ヶ谷から電車に乗った。

政局がもはや間違いのないものとなり、坂崎は二十四日には長野を離れ、鎌ケ谷の実家に戻っていた。

新海が撃たれた四日後だ。いつ町村から連絡が来ても、と思った分で少しだけ帰郷が早くなった感は否めない。

実際、月末は塩尻の事務所を離れ、母のいる蓼科の別荘に入るつもりだった。それは飛ばした。

連絡を待って焦《じ》れていたわけではないが、当然気にはなった。

待望の知らせは、前夜遅くだった。午後六時過ぎに携帯が鳴った。

――もういいよぉ。

それで、すぐに瀬川にはＬＩＮＥで連絡を入れた。

まったく既読にならなかった。なったのは坂崎が浅草橋で、北総線乗り入れの地下鉄から地上に出た直後だった。手近な青果店を見つけ、見舞い用のフルーツの盛り合わせを買っていた。

〈悪い。三日三晩の宴席だった。それがこっちの、初代からの習わしだってよ。さすがに堪えたぜ。（これで漢字、合ってるか？）

新海のことは、ひとまず良かった。ホッとした。どんな様子かはじっくり見てきてくれ。

俺は土曜に帰る、らしい。多分〉

やくざもヤクザで大変だと思いながら、坂崎はJR線に乗り換えた。

中野の駅に着いたのは、二時三十分過ぎだった。そこからフルーツバスケットを下げ、ぶらぶらと歩いた。

東京警察病院に入ったのは、ほぼ計算通りの二時五十分だった。

坂崎はこういうところに几帳面だと自覚している。

東京警察病院の平日と土曜の面会時間は、午後の三時からだった。

手続きを済ませると、面会許可時間まで二分を切っていた。

エレベーターで七階に上がる。

新海の病室はすぐにわかった。

エレベーターを降りて一番奥の、真正面に見える突き当たりのドアの前に、一人の制服警官が立っていた。

フルーツバスケットを揺らしながら近づくが、特に警戒されたような様子はなかった。

それだけでも、なぜか安心できた。

「新海、どうだ」

普段より少し声を張りつつ入室すると、新海の妹の茜と、手拭いを姉さん被りにしたキユーピーのような男がいた。

新海は少し起こしたベッドの上にいて、片手を上げた。

かすかに笑う顔に、白い管が伸びていた。鼻カニューレを当てている。

見た目には入院中だからそれくらいは、というかそれだけで、他に特に大きな問題はなさそうだった。

後遺症やリハビリの如何《いかん》は知らず、取り敢えずは元気そうだ。

それ以上何か言う前に、まずは姉さん被りのキューピーが揉み手でやってきた。

「やあ。わざわざすいませんねえ。有り難う御座いますぅ」

声を聞けば、問わなくともそれが町村だとわかった。

それにしても——。

新海の容態より、町村のなんだかわからない風体《ふうてい》に対する疑問が、まずはどうしても勝《まさ》った。

それはなんなんですかと、フルーツの盛り合わせを手渡しながら聞けば、

「やだなあ」

と町村は捧げるように見舞いの品を受け取りつつ、ヘラリと笑った。

「幼稚園のお遊戯会とかでもホラ、役割で狸さんとかウサギさんとか頭にのせるでしょ。

僕はここでは、新海君のお給仕なんで」

なるほど。

——。

いや、堂々と言われると煙に巻かれる感じだが、そうなのか？　有りか？

「あれ。じゃあ、茜さんは」

目を移せば、茜はしっかりと首を横に振った。

「署長に時間指定もされて、兄の見舞いです。この件には係るなと兄にも言われてるから、かな」

「はあ」

警護が付くくらいだから、判断は正しいとも思える。

が、町村は身体を左右に揺すりながら片眼を瞑《つぶ》り、

「サービス。サービス」

と、仕草と言葉のベクトルが向かう先は、間違いなく坂崎に対してだった。

その更なる証拠に、

「じゃあ、坂崎さんが来てくれたなら私はこれで」

と茜が腰を浮かし掛けると、

「サービスサービス。サービスサービス」

と、仕草と言葉が五月蠅《うるさ》いくらいパワーアップした。

そこまでされれば、坂崎にもわかる。

「あ。茜さん。一緒に帰りましょう。下で待っていてもらえますか」

「えっ。——そうですね。そうしましょうか」

にっこりと頷いて茜が病室を出る。

新海の溜息が聞こえたが、鼻カニューレのせいで少しフガフガしていた。

「なんだ」

「兄の見舞いに来て、その目の前で妹のナンパか。昔はそんな奴じゃなかったのにな」

新海が真顔でそんなことを言った。

「そりゃあ、そうだろう」

坂崎は町村にもらったパイプ椅子を新海に寄せた。

「お前の見舞いだけで鎌ケ谷から中野は、なかなか労力だからな。もっと言えば塩尻からだ。蓼科すっ飛ばしのな」

町村は、せっかくですからねぇ、果物、切りましょうかねぇ。リンゴは面倒だから、バナナかなぁ、とほぼ役回りの手順に従って空々しく廊下に出て行った。

坂崎としては町村劇場に少し戸惑いはあったが、取り敢えず放っておくことにする。

「で、何があった」

聞けば簡単な説明をされた。町村にも所轄の刑事にも何度も話しているのだろう。

説明は簡単明瞭というより、報告文のようだった。

「犯人はわかってるのか」

肝心なことを聞いてみた。新海は鼻カニューレを揺らした。

「わからない。ただ、今年の頭から怪しい気配はあったんだ」

「気配？」

初詣でのナイフ、追儺豆撒き式の階段、と新海は言った。その後にも幾度となく見え隠れした気配、などなど。

「それで少し動いてはいたんだけどな。間に合わなかった。恨みを買うとしたら今のところ、お前の親父さんの案件に絡んだ連中、特にＨＵか。あそこの裏理事官だった宇賀神《うがじん》。今はどこにいるか知らないが、それか松濤会絡みくらいしか思いつかない」

「そうか。ＨＵ。警察庁か」

本当にＨＵか宇賀神が絡んでいるとすれば、新海のような一介の警察官ではどうやっても届かないだろう。

（さて、どう動くか）

警察庁ならまだ顔が利く。なんといっても衆議院解散総選挙終了後の新組閣までは、父坂崎浩一は内閣府特命担当大臣防災担当・国家公安委員会委員長で、つまり警察機構の監督者だ。

そんなことを漠然と考えていると、

「おい」

と、思考ごと断ち切るように呼び止められた。

「余計なことはしなくていいぞ」

新海が真っ直ぐ坂崎を見ていた。

「それは、しろってことか？」

「馬ぁ鹿。お前はまず選挙だろ。当選してから、ものを言えよ。って言うか、落選の口実にはされたくない」

「お前こそ誰にものを言っている。怪我人は怪我人らしく、大人しく養生してろ。茜さんに面倒掛けるなよ」

「そんなことはお前に――」

新海の目がハッキリと揺れた。

「まあ、そうだな」

口辺に浮かぶかすかな笑みは、諦念か。

「坂崎」

新海は言いながら壁際の引き出しをゴソゴソとやった。

「ほら」

と言って坂崎に放られたのは、もうお馴染みにもなったあのレッド・サン、ｄｏ＊ｏｍｏレッドのインカムだった。

「なんだよ」

「万が一には必要だろ」

「必要、なのか？」

新海は、少し考えたようだった。

「必要、かどうかは別にして、ならお守りだ。でも、効能は同じだぞ」

繋がり、ということか。わからなくはない。

「預かっておく」

それだけ言って病室を出た。

図ったように剝いた果物を乗せた器を町村が運ぶが、フォークは一本だけでしかも本人が持っていた。

「ありゃまあ。お構いもしませんでぇ」

特に気にせず、エレベーターに向かう。

一階に降りれば、人気《ひとけ》の少なくなった総合待合で茜がポツンと待っていた。

坂崎の足音に、立ち上がって手を振る。

愛らしい。

が、この場合、心はグッと奥底に納める。納めて頭を下げる。

「茜さん。申し訳ない」

「なんです？」

「お送り出来なくなりました。急に、行かなきゃならないところが出来まして」

「まさか、兄のことですか」

「いえ。あの――はい。これは多分、僕にしか出来ないことです。さすがに猪突猛進の瀬川でも無理。下手をすれば大火傷《おおやけど》になる。だから、僕がやります」

間近でじっと見詰められた。

なんというか、母の目に近かった。

「よろしくお願いします」

と茜は頭を下げた。

ふわりと茜の香りが鼻腔を擽《くすぐ》った。

矢でも鉄砲でも、HUでも宇賀神でも持ってこい。

「百万パワーです。お任せ下さい」

坂崎は言いながら、胸を強く叩いて、ちょっと噎せた。

十四

坂崎は東京警察病院を出た足で、そのまま霞が関に向かった。

目指すところは中央合同庁舎第二号館だった。

中央合同庁舎は各省庁の土地・建物の集約合理化を目的に建設された庁舎だ。現在は第一から第八号館まで存在する。

その内の第二号館には、総務省・消防庁・国家公安委員会・警察庁・国土交通省・運輸安全委員会・海難審判所が入居していた。

坂崎が目指すのは、二階と十六階から二十階までを占有する警察庁だった。

中でも二十階の、警備局警備企画課だ。

全国の都道府県の公安警察、警備警察に睨みを利かせる警備局の中にあって、警備企画課は特に核となる部署と言えた。

坂崎は元々が国交省職員であり、国家公安委員会にも大臣に随行したこともしばしばで、この合同庁舎第二号館は勝手知ったる場所だった。知己も多いし、警備室にも顔馴染みはいる。

それでもさすがに、顔パスで入ることは出来なかった。合同庁舎第二号館に、坂崎は〈国家公安委員長・坂崎浩一事務所付き〉というわかったようなわからないような資格で通った。

公設秘書の職を辞し、現在は〈無職〉であることを痛感せざるを得ないが、半ばわかっていたことでもある。だから議員事務所には、そんな資格で第二号館の警備室と、警察庁警備局警備企画課長辺りにアポイントメントは頼んでおいた。

――警察庁かい。何をやる気だね？

第一秘書の西岡が聞いてきたが、ええ、ちょっと、ではぐらかす。

それでも西岡は笑って引き受けてくれた。

――まあ、いいさね。自分のキャリアと命、それと坂崎の名に傷をつけることさえなければ、何事も大いに勉強だ。

有り難い関係で、得難い人達に教えを受けてきたことを、事務所を離れてつくづくと実感する。

省庁然として静かなロビーを通り、坂崎はエレベーターに乗った。

警察庁の入る二十階には警察庁長官官房や会計課、給与厚生課、外事情報部、そして警備局があるが、迷うことはない。この階には今年に入ってからも一月中旬に一度、大臣代理の挨拶回りと称して長官官房に顔を出していた。

坂崎は真っ直ぐ警備局に向かった。

警備局警備企画課は、警備警察の制度、運営、企画立案、危機管理、その他情報や画像の分析までを扱い、他にも局内の他部署の所掌に属さないことはすべて受け持つ部署だ。

有望な若手には特に、この警備企画課配属が出世競争のスタートラインという認識が強い。

要するにエリートの中のエリートが多いという意味で、下世話に言えば、鼻っ柱の強いキャリアの宝庫ということになる。

警備企画課で名前を告げると、西岡からの話はきちんと伝わっていたようで、泳ぐような職員に先導されてすぐに第一応接室に通された。

国家公安委員長・坂崎浩一の威光はさすがに絶大だと思われた。以前に坂崎がHUなどという警察庁の裏の作業班の概要を入手できたのも、その恩恵であり威力だ。

ただし、厳密に言えば恩恵も威力も、タイムリミットもほぼ選挙までだろう。次の国家公安委員長が坂崎浩一でないことは周知の事実、というやつだ。

警察機構は新しい国家公安委員長の方針の下、動いてゆくことになる。

その予兆は、早くもこの警備局の応接室で顕著だった。

「失礼します」

五分ほど待たされた挙句に現れたのは、西岡にアポを頼んでおいた警備企画課長ではなかった。

坂崎は、課長の顔は知っていた。歳経《へ》た狸、の印象だったが、入ってきたのはテラテラとした光沢のある、ブライトグレーのスーツを着た若い狐だった。まるで銀狐だ。

「お待たせしました。北塚《きたづか》と申します。ああ、お名刺は結構」

銀狐はそんな挨拶だけで、坂崎と対面のソファに動いた。

「さて、ご用件は」

性急にして、坂崎をすぐにも追い出したいのは明白だった。

対面のソファに動いただけで、北塚はいっかな座ろうとはしなかった。

癪《しゃく》なので、坂崎は取り敢えず足だけは組んでみせた。

北塚は露骨に眉間に皺《しわ》を寄せた。

「奥原《おくはら》課長は」

わざと聞いてみた。

いるのはわかっていた。奥原課長は声の大きな狸で、企画課に近づく前から共用部分に笑い声が響いていた。

「他出、ということでご容赦ください。私が応対を一任されました」

ご容赦くださいという言い回しが、いるともいないとも告げず、なんとも中央省庁的だ。

「では、宇賀神警視正は今、いえ」

裏理事官は、とだけ敢えて坂崎は言い換えた。

警備局警備企画課には、理事官として働く二人の警視正がいる。その内の一人が、極秘で動くHUのトップに座る。そのため、表の理事官に対し、HUのトップは裏理事官と呼ばれる。

「さて」

北塚は肩を竦めた。銀狐がやると、ただ気障《きざ》なだけの嫌味なポーズだった。

「そのような人間は現在、警察庁には在職しておりませんが」

知っている。前年、坂崎浩一からのスキャンダル返しをまともに喰らって以降、いつの間にか霞が関の表舞台から姿を消したことは風の噂程度には聞いていた。それ以上は、単に興味がなかった。

だからＨＵのことも匂わせて聞いてみたつもりだったが、

「それに、裏とはなんでしょう。理事官に裏も表もありませんが」

完全にシャットアウトの、門前払いだった。

「そんなことはないでしょう。ＨＵという作業班のことは――」

言い掛けると、ソファの向こうから北塚が華奢《きゃしゃ》な手を伸ばし、細い指を開いた掌《てのひら》で制した。

「あまり、深いことを仰《おっしゃ》らない方が賢明では。あなたは今、国家に関わることを口に出来るお立場にはない」

冷ややかな声だった。

「まずは全力で選挙、ではありませんか？　何をしようとされているのかは知りませんが、まずはそれからがよろしいのではないかと。羨ましいほど強力な三バンをお持ちだとは知っています。が、それでもあなたは現在は民間人。お父様も、当選しなければただの民間人です」

「――民間人」

北塚は頷いた。

「なので、とりわけ今あなたが口にしたような案件に、私達は平易な答えを持ち合わせません。どうかお引き取りを」

と北塚はドアを手で示した。

坂崎は立ち上がった。

「このことは、奥原課長は？」

「ご用件の深度によっては、こうなることは承知です。これが」

奥原の、ひいては警察庁の答えでもあります、と北塚は言った。

もはや話すべき糸口、切っ掛けは皆無と知れた。

民間と官界。すべてを繋ぐべきでもあり、切り離さざるを得ない部分も厳然として存在するとは、いつの時代にも解を見ないジレンマだ。

「お茶の一杯は欲しかったですね」

情けないと思いながらも、そんなひと言で警察庁を後にする。

我一人、我が身一つ。

(さて、どうするか)

桜田通りに出れば、背負う陽の作る孤影が足元から長く伸びていた。

「ようやく出て来たぜ」

影の先に、いくつかの足音がした。

西陽を真に受けて立つ三人の男達がいた。

初めての顔もあれば、見掛けたことのある顔もあった。

「あれ？」

警視庁浅草東署刑事生活安全組織犯罪対策課三係の面々だった。

新海の部下だ。

「係長がな、あの男なら真っ直ぐここだろうってな。まったく、うちの係長は、寝てても大人《おとな》しくねえや」

年長と思《おぼ》しき男がまず動き、坂崎の前に立った。

「中台だ」

聞いたことがあった。バツイチの金欠、と聞いていた。

「富田です」

知らなかった。ただ、知らないということが地味、あるいは無能力とイコールではないことは、今までの三係との関わりから知る。

「太刀川ですぅ」

なるほど。この男が新海が呑めば管を巻く、ちょっと気にしていた女性警官を掻《か》っ攫《さら》っていった、見掛けに寄らない凄腕か。

「あの」

声を出せば、太刀川が中台の脇に並んで頭を掻いた。

「係長のこと、私らも悔しいですから」

それだけですべては伝わった。

「有り難い。選挙ももう確定的で、身動きが取れないかもと思っていました」

「ただ、少々のお金は掛かりますが」

これは富田だ。

「えっ。――ああ」

新海に聞いたことはあった。報奨金制度というやつだ。

正式でない案件にも惜しみなく部下を使う。使えば惜しいが金が掛かる、とみみっちいことをクドクドと言っていた気がする。

「まあ、金は掛かるが実費みたいなもんだ。だから気にしないでくれ。それにこりゃあ、あんたのためじゃねえよ」

と斜《しゃ》に構えた中台が言う。

「実費？　いや、それじゃあ申し訳ない」

坂崎は首を振った。

「私のためじゃないとしても、霞が関の関係から動くと決めたのは私です。その手伝いをしてくれるなら、せめて実費の他に、最低限の日当は確保しましょう」

すると不思議なことに、斜に構えていた中台がいきなり正対して背筋を伸ばした。

「よろしくお願いしますっ。何をすればよろしいでしょうか！」

「え、えっ」

「ああ、気にしないでくださいぃ。そういう人なのでぇ」

「そうそう」

「わかりました。では――」

坂崎は西陽の当たる合同庁舎第二号館を見上げた。

「なら、この中のこと。特にHUの、元裏理事官の宇賀神義明《よしあき》が今、どこで何をしているか。くっついてた部下の照本義男《てるもとよしお》。千葉九区選出の稲尾健太郎《いなおけんたろう》の動向。同じく千葉三区の重鎮、金沢洋平《かなざわようへい》の動き。まずはそんなところでしょうか。すいません。身動きは、出来ないとは言いませんが、少し重くなると思います。宜しくお願いします」

頭を下げた。

「了解」

歯切れのよい揃った言葉に、坂崎は男達の心を聞いた気がした。

十五

坂崎の元にまず三係の面々からの最初の報告があったのは、この翌日、五月三十日の昼過ぎだった。

ホットライン、として四人用に設定したLINEのグループに、早速の記入があったのだ。

さすがに本職と言うか、いや、そんじょそこいらの本職以上に早い気がした。打てば響く感があった。

吹き溜まり、とは警視庁という組織を超え、内外に漂うように漏れ聞こえ出る浅草東署に対する評価だ。

が、新海一人を見ても坂崎にはすでにお馴染みだが、風評と言うものはときに真実を覆い隠すやら、真逆の壁で真実の伝播《でんぱ》を遮るやら。

これは取りも直さず、坂崎も肝に銘じなければならないことだ。

政治家を志す者は、常に風評の向きは読まなければならない。

そうして順風を満帆に受け、国政の荒波を超えてゆくのだ。

〈宇賀神についてですが〉

まず最初に報告を入れてきたのは富田だった。

宇賀神が警察庁を退職している、というところまでは坂崎も警察庁の職員データから理解していた。

富田が上げてきたのはその先、宇賀神の今だった。

〈裏理事官を務めるくらいですから、さすがに切れ者ですね。学生の頃にもう司法試験通ってたみたいで、今は新宿の一等地で弁護士事務所を開設してるようです。以降、周辺と客筋を当たります〉

なんと言うか、簡潔にして含みもあった。

なるほど、新海はこういう部下達と働いているのか。

すぐに返信した。他の二人も、既読の状態からすれば一、二分以内には確認しているようだった。

〈了解しました。それにしても早いですね。報奨金って、この報告にはいくらをつければいいんでしょうか。日当は確保すると言いましたが、これだけ素早く動いてもらえるなら報奨金もやぶさかではありません。ちなみに、日当の方は少ないですが、今日から終了まで、進展のあるなしに拘らず一万円を考えてます〉

送ると少し間があって、全員が既読になった。

その直後に富田からは、

〈日当だけで十分です。係長のことが悔しいとは、これは私らの本音ですから〉

と返ってきた。

いや、それじゃあと返そうとすると、ほぼ同時に中台から、

〈学生アルバイトでも昨今は一日八千円、職人の日当だと、最低でも二万は堅いところらしいが〉

と入ってすぐ、今度は太刀川から、

〈じゃあ、間を取って、諸々込々で一万五千円〉

と入り、全員が既読になってから三分待った。

ひとまず文句はどこからも出なかった。

〈では一万五千円を一週間、三人だと計三十一万五千円ですか。それぞれに入用もあるでしょうから、先払いでお渡しすることにしましょう。ポケットマネーなので、取っ払いの領収書なしで結構です。今週中に現金を、新海の妹の茜さんに、新海の病室に届けておいてもらいます〉

ということで、報奨金及び日当の件には決着をつけた。

これで全員、心置きなく作業に専心出来ることだろう。

その後、夕方になると今度は、太刀川から連絡が入った。

報告は千葉九区から出馬予定の、稲尾健太郎についてだった。

稲尾は前年、坂崎浩一を嵌《は》めようとするHUの計略に一枚噛み、事が露見した後には派閥の領袖である加瀬孝三郎《かせこうざぶろう》外務大臣に執務室に呼ばれ、言外に離党の勧告すらされたらしい。

――坂崎君を貶《おとし》めるということは、我が新自党を貶めるということだ。舐めるなよ、小僧。潰《つぶ》すぞ。粉々に。防衛省にいるという、貴様の兄もろともにな。

それで震え上がって一時は地元に〈籠《こも》った〉ようだが、三カ月ほどで派閥を党内で最も弱小なところに乗り換えて生き残りを図ったようだ。

会派も所かまわず手当たり次第で、まずは様々な若手議員の勉強会に何事もなかった顔で参加しているという。

坂崎も前年暮れに大臣の代理で参加した企業の忘年会で、同席の稲尾に握手までさせられた。

なんとも面の皮の厚い男だという、認識はそこまでで、それだけだった。

〈地元で出陣準備、というやつでしょうか。坂崎さんのところと違ってそもそもの地盤が脆弱《ぜいじゃく》のようですから、だいぶ神妙で真面目な様子でしたが、政治家の本当のところは私にはわかりませんので。あ、これはくれぐれも坂崎さんのことではありませんが。とにかく、暫くボランティアとして、稲尾後援会事務所周辺に潜ってみます〉

ごく普通にして、そのままの準備中と言うやつか。少し遅いくらいだ。坂崎も本拠地鎌ケ谷には入ったばかりだが、こちらは父が初当選したときから後援会、特に後援会長に就任した貴志川昭介《きしかわしょうすけ》が率先して、十余年の長きにわたり地均《じなら》しをよくしてくれている。

貴志川は父・浩一とは浦安時代からの竹馬の友で、後援会長就任と同時に浦安を引き払って住まいを印西《いんざい》に移したほど熱い男で、今でも熱い男だ。

坂崎は鎌ケ谷ではこれからだが、その代わり塩尻と茅野の、父の後援会事務所の設営・面通しは仕上げてきた。いつ父が入っても何の遺漏もない、はずだ。たとえあっても、小暮や西岡などの強力なサポート陣が、重箱の隅の小さな傷は探してでもすべて埋めてくれるだろう。

太刀川には、

〈お疲れ様です。くれぐれも、無理や危険のないようお願いします〉

それだけを送った。

なぜか、赤ん坊の動画が送られてきた。

――。

生まれたばかりだとは聞いた。自慢したいのだろう。

その後、夜九時を回った頃に中台から連絡が入った。

こちらは党の重鎮、金沢洋平の動きに関することだった。

〈こっちはまたずいぶんと余裕かました感じで、のほほんとしたもんだ。出れば勝つってのが当たり前なんだろうな。今夜は乃木坂で料亭のハシゴだわ。本人のでかい声を聞きたくもないが、聞くとだな。なんでも、呑んで呑んで蓄えて、それをいざ選挙戦に突入したら汗にして絞って流すとか〉

なるほど、実に、あの爺さんなら言いそうだ。

続いて中台から、

〈写真、撮ろうと思えば撮れるが、どうする？　撮っとくだけ撮っとけば、なんかのときに使えそうではあるが〉

即座に、要らない、とだけ返した。

使おうと思えば使えるだろう。使い方なら幾通りもある。父や小暮や西岡なら、それこそ悲惨度のレベルに分けて数十、数百通りも考えるかもしれない。

ただ――。

坂崎が思う、坂崎がしなければならない選挙とはそういう泥臭いものではない。

堅牢無比な三バンを受け継ぐ二世なのだ。

姑息を排除して圧倒的に、そして正々堂々、いや威風堂々と、誰に後ろ指差される隙も与えないようにして勝たなければならないのだ。

そうして初めて坂崎和馬は、国会議事堂に立つ資格を得る。

少なくとも坂崎は、誰に言うともなくそういう決意で選挙戦に臨むつもりだった。

この翌日、五月三十一日の金曜日。

午前の臨時閣議において憲法第七条に基づく解散詔書が閣議決定され、午後の衆議院本会議場に持ち込まれた。

議長による解散の宣言。

万歳三唱。

これをもって、全衆議院議員が一斉に無職となり各々《おのおの》の選挙区に散ることとなった。

選挙の公示は翌週四日、十二日間の悲喜こもごもとした選挙戦を経て、投開票は六月十六日の日曜日に予定された。

十六

衆議院の解散が宣言された二日後の、日曜日だった。

午後の一時を回った頃、手土産をぶら下げた瀬川は東京警察病院に辿り着いた。

案内によれば駅前からブラブラと歩いても十分程度のはずだったが、瀬川の場合は一時間以上も掛かった。まあ、そのうちの十五分程度は、駅前の立ち食い蕎麦屋で立ち呑みに勤しんでいたからだが。

　新海の病室は坂崎から、七階ドン突きのHCU、とだけ聞いていたが、迷うことはなかった。エレベーターを降りた瞬間に長い廊下の最奥に、瀬川とはどうにも相容《あいい》れない武骨な制服姿が見えた。

　ブルーの半袖シャツに黒いベスト。

「そうか。もう六月に入ったんだっけな」

　つまりは夏服の時期だと、そんな相容れないものからでも季節の変わり目は知れた。

　瀬川が近づくと、制服警官は明らかに胡乱《うろん》なものを見る目付きになった。

　行く手を遮るようにドアの前に立つ。

「どちらへ」

「どちらへって。こんなドン突きまで真っ直ぐきたんだぜ。ここに決まってんだろうが」

　という、自分の声がやけに廊下に響いた。

　ヤバイ、ヤバイ。

　警察と名の付くこの病院は、どうも昔から敷居が高い。それで駅前で引っ掛けてきた焼酎のボトルが、いい感じに回ってきたか。

　いやそれとも、というか、見舞い用にぶら下げてきた日本酒の一升瓶二本が、いつの間にか一本になっているのは気のせい、ではない。途次で〈分別ゴミ〉に出してきた。

廊下の声を聞きつけたか、入れよ、と中から新海の声がした。

わずかな期間の睨み合いから、警官が目を逸《そ》らして前を向いた。

「よう」

瀬川は病室のドアをスライドさせた。

「なんだ。一人か」

病室の中には少し起こしたベッドの上に、新海だけがいた。鼻にカニューレを当てているのは、前日に愛莉と見舞いに来たという静香に聞いた通りだ。

坂崎や静香から新海の様子と共に聞いていた、姉さん被りの署長は今日はいなかった。

新海の家族もいない。

「なんだ一人かって、誰を期待してんだ」

新海は身体を起こし、ベッドの上で胡坐《あぐら》を搔いた。

「期待はしてねえが、署長が古女房みてえに甲斐甲斐しいって評判だぜ。見物と洒落込む気は、大いにあったがな」

「ああ。今日は休日だからな。それに、昨日は参ったみたいだ」

新海は苦笑いをした。

「愛莉ちゃんがさ、私のせいだって泣いちゃってな。気にしなくていいとは言ったんだけど。女子高生はナイーブだからな。それでもう、署長がオタオタとして大慌てだ。ジュースだバナナだアイスだって。二人が帰った後にはもう、ひと回り小っちゃく萎んでたかな。で、今日は休みますって言ってた」

「そうか」

空いているテーブルの上に、瀬川は一升瓶を乗せた。

「つまらねえ物だけどよ」

「本当につまらないな。病院だぞ」

「元気そうだな」

「坂崎が来たときよりはな」

「おう。その坂崎に聞いた」

瀬川はパイプ椅子を引き出し、軋《きし》ませつつ座った。

「初詣でのときからおかしかったって？　んで、松濤会だって？」

「わからない」

新海は首を振った。酸素の管が揺れた。

「可能性の話だ。たしかにあそこ絡みの案件は、いくつ潰したか覚えてないくらいだ。けど、鉄砲玉って括《くく》りの話になったら、それこそ真上の鬼不動にだって、可能性云々《うんぬん》だけなら、まあ、なくはないが」

「んだよ。まさか」

「ああ。そうだな」

今度は頷いた。

「俺には、限りなくその辺に近いお前がいるからな。いくら松濤会の真上だって、そう、鬼不動はないかな。とまあ、そんな消去法で色々と考えられる中じゃあ、松濤会の可能性がな、今のところ高いわけだ」

「ふーん。――まあ、もっともだな」

顎を摩《さす》りながら、瀬川は天井を眺めた。

六月の陽射しがどこからかの反射を映して揺らめいていた。さすがに病院だ。至る所が白いのだろう。

「なんだ。その考えてます的な目は」

顔を戻せば、ベッドから見上げるような新海の目があった。

「的な目じゃねえ。任しとけ。お前の仇《かたき》、愛ちゃんの涙の仇ぁ、俺がとる」

嘘も隠しもなく、これは瀬川の生一本の本心だった。

ヤクザのど真ん中に分け入るのは、今の新海や坂崎では到底無理だ。

少なくとも、入院中の警官と、選挙活動中の無職では。

「おいおい。やめとけ。無理するな」

と、当然新海なら言うだろうが、聞く気も耳もない。逆に少々向かっ腹が立つ。

「何が無理でぇ。ああ？」

「お前はあれだ。俺も詳しかないけど」

一度ドアの外を気に掛け、新海は少し前屈みになった。

「跡目相続の盃《さかずき》事《ごと》のあれこれがあるんじゃないのか」

ふん、と鼻で吹き飛ばす。

「そんなもの大してねぇし。だいたい、俺がやらなきゃ誰がやるってな。だからよ、任しとけ」

善は急げで瀬川は立ち上がった。

もっとも、警察病院では最初から尻の据わりが悪かった。

瀬川はテーブルの一升瓶を担ぎ上げた。

「なあ、くれてやるつもりだったが、貰ってくぞ」

「なんだよ」

「つまらねえんだろ」

「――もっともだ」

背を返すと、「瀬川」という声が追ってきた。振り向くと、新海は何かを手のうちで弄んでいた。

「ほら」

と瀬川に放られたのは、あのシルバー・ムーン、Ｓｏｆ＊Ｂａｎ＊シルバーのインカムだった。

「ああ?」

「お前に万が一、はないか。とにかく、お守りとして坂崎にも持たせた」

「ふうん」

一瞥《いちべつ》し、ポケットに収める。

「預かっておく」

そのまま病院を出た足で、瀬川が向かったのは東浅草だった。

ＪＲを乗り継いでメトロに乗り換え、三ノ輪で地上に出たのは三時少し前だ。

他の行き方があるのかは知らない。とにかく瀬川には、松濤会や浅草東署と言えば、起点は三ノ輪だった。

「へっ。ヤクザの事務所を訪ねるにゃあ、上天気過ぎらあ」

などと吐き捨てはしても遠くはない。三時半には松濤会の事務所に朝森《あさもり》を訪ねていた。

日曜の午後に、働き者の馬鹿ヤクザは事務所にいた。

笑わない目、こめかみにいつも浮き上がった血管、馬鹿デカい拳に盛り上がった拳ダコのザ・ヤクザ。

それが松濤会の若頭補佐にして、実質的な運営を任されている朝森良兼《りょうけん》という四十になったばかりの男だった。

「ほらよ」

取り敢えず、応接のテーブルに一升瓶を置いた。

「なんでえ?」

朝森は笑わない目の真ん中に皺を寄せた。

「そうだな。まあ、見舞いだ」

「見舞い? けっ。いつのだよ」

いつの?

ああ、言われれば二年近く前か、たしかこの男の鎖骨と眼底をぶち折ってやったことが、あったような、なかったような。

どうでもいいことを考えていると、若い衆が茶を持ってきた。いい香りのする茶だった。

「そういや武州の。案内状、届いてるぜ。再来週の大安だっけか。襲名披露式よ。おっと――」

朝森はソファから立ち、膝に両手をつかえて中腰に構え、そこから右掌を上にして前に出した。

〈仁義を切る〉というやつだが、昨今は見ない。

見ないものは、奇異でさえある。

「この度は、でいいんかな。プロの世界へようこそ、って感じか。へっへっ。大変だぜぇ。真っ当な昼、真っ当な夜の商売だけじゃ成り立たねえ世界だ。ま、やってみりゃわかるだろうがな」

「けっ。どうでもいいや。曲げられる生き方はしてねぇよ」

朝森は肩を竦めてソファに戻った。

瀬川はかすかに、眉を顰《ひそ》めた。

朝森の態度が気になった。

機嫌がいい、と言えばそれまでだが、少し浮ついているようにも見えた。あるいは、瀬川を軽んじているような。

「ふん。なるほど。松濤会くれぇ阿漕《あこぎ》になっと、商売は真っ当な昼、真っ当な夜だけじゃ成り立たねえか。なら早速だがよ」

瀬川は膝を打ち、身を乗り出した。


なんか、やんなかったかよ。

「なんでぇ。武州の。藪《やぶ》から棒によ。勝手に押し掛け――」

最後まで言わせなかった。胸ぐらを摑《つか》む。

だが、強引にだがすぐに外された。存外に強い力だった。

舐めんなっ、と朝森は吠えた。

「偉そうにすんじゃねぇよ。手前ぇはもう志村の跡目じゃねぇか。相京の叔父貴ぁ俺から見りゃ上の格だが、そっから離れちまえば、おう、わかってんのか。お前ぇはこっちと横並びだぜ」

「んだと、横並びだ？　ふざけんじゃねぇぞ、コラッ」

「ふざけてねぇよ。なんたって俺もよ」

ここの跡目相続、決まったぜぇ、と朝森は歯を剝いて笑った。

「志村の下とうちの下ぁ、シノギのこともあっからよ。衝突はいくらでもあるぜ。手前ぇが志村ぁ張るんなら、これからぁ特に退けねぇ。横並びなら格もねぇ。今日までだぜ。これからぁ、勝手に土足で踏み込んでくんじゃねぇよ。人様の家に上がり込むにゃあ、仁義も礼儀も必要だぜ。ええ、志村の跡目よぉ」

と言われれば、そこまでだった。

頭に血は上ったが、上ってもわかるどうしようもない面子《メンツ》の話だ。

テーブルを蹴り上げるだけで誤魔化《ごまか》した。そのまま外に出た。

ビルの間から差す西陽が眩《まぶ》しかった。

「誰でぇ」

言いながら振り向いた。気配があったからだ。

狭い通りに、四人が立っていた。見たことがある奴もない奴もいたが、新海のところの三係なのは間違いなかった。

「善さん。お元気ですかね」

まず、年長の初老が聞いてきた。

「ん？」

「ここのところ、とんと顔は見てないですけど」

「ああ。あんたが」

志村の親父には聞いていた。それが星川という定年間近の刑事なのだろう。

「横手です」

「俺ぁ新井で、こっちは蜂谷だ」

そんな自己紹介めいた挨拶があった。

私らも悔しいですから――。

星川のそのひと言で十分だった。

「有り難え。手足が足んなかった。親方んとこの仲間ぁ、いや、もう仲間じゃねえからよ。使えねえしよ」

「でも、こっちも金は掛かるし、タイムリミットもありますよ」

言ったのは横手だ。

「ああ？　タイムリミット？」

「襲名、するんでしょ。そうなったらさすがに——」

　言葉は濁されたが、言いたいことはわかった。

——藤太は出てくんだろ。出てって、本職のヤクザになるんだろ。そうなったら屋台に立てない。立っちゃいけないだろ。

　女子高生にも言われたことだ。

「敵対関係、ってか」

「ハッキリとは言いませんけどね」

「ハッキリしてんじゃねえか。ま、その方が気持ちがいいや」

「そっちがそれで了解なら動くぜ。報奨金制度発令だ」

　新井が手を叩いて肩を回し、とにかく元気だった。

「報奨金？　ああ。例のお好み焼きの話か」

「え。なんです」

「なんでもねえ。おお。いいぜ、報奨金。大いに了解だ。好きなだけ食わせてやらあ」

　声だけが新井の後ろから聞こえたが、蜂谷で間違いない。

と、言ってはみたが全員が無言だった。

「冗談だよ。お前ぇらには通じねえか？」

数拍置いて、

「よくわからねえ。なあ」

とは新井で、背後を振り向けば同調するように蜂谷が肩を竦めた。

さて、と仕切り直しに瀬川は手を打った。

「ま、なんでもいいや。とにかく、ならよ」

背後を指さす。

「朝森の動き、二十四時間でいけるかい？」

もちろん、と新井と蜂谷の声が揃った。

「それから、そうだな」

花園神社の鬼不動組総本部、と瀬川は空に呟いてみた。

「一応よ。新海から名前、聞いちまったしよ。何もねぇってことの証明ってやつな」

聞いた以上、何もしないではいられない。

それにしても、鬼不動の総本部は関東ヤクザの総本山だ。

頼れるとすれば星川かと思いきや、

「じゃ、その辺は私が」

気負いも衒《てら》いもなく、横手がノソリと手を挙げた。

さすがになんとも、呆《あき》れるほどに新海の部下には、駒が揃っているようだった。

十七

翌日、月曜日の夕方だった。

瀬川は池袋本町にある、志村組総本部近くにいた。

池袋と名はついても本町は、駅としては東武東上線の下板橋が一番近い。昔は商店街もあってずいぶん栄えたらしいが、今はマンションばかりが立ち並ぶ閑静な住宅街だ。吹く風といえばビル風ばかりで、緑の匂いも人の匂いも少なかった。

すぐ近くに池袋氷川神社があることだけが救いといえば救いだが、それにしてもそれくらいで、池袋本町は瀬川にとって、息が詰まるだけの場所だった。

ある意味、噎せ返るばかりの都会だ。

(へっ。詩人かよ。俺ぁ)

そんなことを思いつつ、瀬川はごろ寝のベッドで寝返りを打った。上半身は剝き出しの裸だった。

一つしかない窓の外に、遠く池袋の夕景が見えた。六時を回っても外はまだまだ明るかった。

陽がこの一カ月で驚くほど伸びていた。もうすぐ各地から、夏の便りも聞こえてくるだろう。

（へっ。だから詩人かよ。俺ぁ）

この日、瀬川が無聊を託っているのは、土地の所有区分上で言えば志村組総本部近くに間違いないが、世間の目からすれば志村組総本部そのもの、と言って過言ではない場所だった。

六階建ての総本部ビルの裏手に構える、志村組組長・志村善次郎の自宅だ。正確には、その離れということになる。

都心の一等地にある五百坪の敷地を分けるように、瀬川の跡目相続が決まってすぐ、善次郎が瀬川の居住用に手配してくれたものだ。新潟から帰って後はもう、そこが瀬川の住まいだった。

鉄筋コンクリート三階建ての、外観はどこから見ても、〈デカい一の目のサイコロ〉のイメージだ。窓が極端に少なかった。各面に一つ、乃至《ないし》二つ。

そのせいか、部屋数からいえば広い４ＬＤＫということになるが、内部は照明がないと寂しいほどに暗かった。

「俺が言うのもなんだが、防犯の面で色々あってな。ま、勘弁しろよ」

最初、善次郎はそんなことを言いながら瀬川の肩を叩いた。

実際、志村の自宅自体が瀬川用の〈デカい一の目のサイコロ〉の、ほぼその倍はある、〈馬鹿デカい一の目のサイコロ〉だった。

組を張るってなぁ、窮屈でもあるんだ、とも言った。

相京親方のところでは考えもしないことだったが、すでに瀬川も身に染みていた。

親である四神明王会への新潟詣で。

格や順列に従った、関係各組織への挨拶回りの数々。

すべてはすでに、窮屈だった。

せめてベッドで手足を思いっきり伸ばし、瀬川は立ち上がった。

松濤会というか、朝森、どちらも同じことだが、昨日帰ってから母屋に顔を出し、〈志村の親父〉に聞いてみた。

「ああ。松濤会な。朝森っつったか、その若頭の跡目ってなあ、本当のことだぜ」

開口一番、志村はそう言った。

そう言ったが、ただよ、と続けた。

続けたがロックグラスを掲げ、呑むかとも言った。

今は要りやせんと答えた。

「このところ、あそこぁいまいち宜しくねぇ。だから跡目ぁ、上が押し付けたか下でケツ捲《まく》ったか。下からだったんなら、上にしちゃあ渡りに船だったんじゃねえか。放り出すわけじゃねえってことで、鬼不動への面子も立つしよ。昔の威勢は影も形もねえや。そんでシャブにも手ぇ出しやがるしよ」

「シャブ？」

「ん？　ああ、いや。シャブがいけねえってんじゃねえ。シノギきれんならそれでもいいや。ただよ、扱いが雑なんだな。ルートもブツも手当たり次第ってぇか、あれぁ、見栄えが良くねえ」

　でまたロックグラスを掲げ、呑むかと聞いてきた。

　今は要りやせんと再度答えた。

　どうにも志村善次郎には、こういうしつこい所があった。

「シャブかよ」

　独り言《ご》ち、瀬川は素肌に柄物の開襟シャツを着た。季節的にはいつもならTシャツ一枚だが、開襟シャツはこのところの正装のようなものだった。

　鏡の前に立つと、尻のポケットで携帯が振動した。

　新井からだった。昨日の今日だが、特に驚きはしない。

　新海の部下は新海の部下だけあって、さすがに仕事が速い、のは毎度のことだ。

――今、いいかい。

「ああ」

答えはしたが、実際には時間はあまりなかった。

現状は、ひょこりと顔を出したふうの三係の星川と善次郎が、母屋で久し振りの対面をしているから束の間の時間が取れ、離れに戻れただけだった。

本来なら組長付き、ようするに秘書役の久慈《くじ》が運転する黒塗りのベンツに乗り込んで、今頃は首都高速を走っているはずだった。

古参の若頭補佐である駒ヶ根《こまがね》に、昼飯のときにそんな予定を告げられていた。

久慈は瀬川より五つ年下だが、本当は五つ年上なのではと思わせるほど落ち着いて如才なく、五十を超えているはずの駒ヶ根は、ひょろひょろとした骸骨《がいこつ》のような男だった。

その駒ヶ根は新潟以降、〈瀬川係〉を自任しているようで、折りあらば必ず寄ってきては今後の予定や動きを細かく指示してきた。

当初は煩わしかったが、毎朝毎昼毎夕のことになると、さすがに瀬川ももう慣れたというか、諦めた。

「俺ぁね、志村善次郎によ、ゴミ屑《くず》の中から拾われた男だぁ。だから志村善次郎に、いつかぁ全部を返すんでぇ」

駒ヶ根は瘦せぎすな身体を丸めては、口癖のようにそう言った。

ちなみに、志村組にこれまで若頭という序列が存在しなかったということは、最近になって初めて知った。

いた例はたしかになかったが、それは不在であって初めからいないとは知らなかった。知ってからはつまり、若頭補佐の駒ヶ根が実質、他の組の若頭に相当するとわかれば、なんとなくその〈先生〉のような口煩さも納得出来る気はした。

〈志村組に若頭不在〉は、志村善次郎が頑健ということや、鬼不動の柚木達夫《ゆのきたつお》個人や武州虎徹組の相京忠治も後見に立つなど、様々な条件が満たされた結果として容認されたようだが、とにかく〈子供がいない〉という志村夫婦の悩み、特に奥方を慮《おもんぱか》る善次郎の心が、公私を敢えて混同して前面に出た、暗黙の了解だということで間違いないだろう。

——いつかよ。

これは志村の口癖だったようだ。

——いつかよ。跡継ぎが出来たらよ。

その結実が、瀬川藤太という好漢のようだった。

新井の電話を取りながら、瀬川は鏡の前で身支度を整えた。

新井の上司、星川と志村の対面も五分ほど前には終わり、星川は下板橋の駅に向かったようだ。

その直後に母屋の方から、そろそろ出るぜぇ、と志村のやけに通る声が掛かっていた。

この夜は横浜のみなとみらいまで出向き、向こうで志村組三次の神奈川連合体との会食というスケジュールだった。

その中には、今回の選挙で六回目となる五回生議員に繋がる私設秘書の親族と、現神奈川県知事に縁の深い、とある団体の理事もいるという。

どうにも、本式のヤクザになると決まってから、かえって坂崎に近くなったという実感があるのが瀬川には笑えた。

――松濤会の朝森だけどな。愛人のマンションでしっぽりだ。昨日は動かなかったな。今日も組に顔出してから、今さっきよ、今度は別の愛人にやらせてる渋谷のクラブにご出勤だ。

「愛人？」

新井の言葉に、瀬川は少し引っ掛かった。

「おい。奴は独り者じゃなかったか？　愛人ってのはおかしいだろ」

つまりは、そういうことだ。

――ん？　ああ。そう言やそうだ。けどな、あの男は中途半端なバツイチだからな。知ってるかい？

「バツイチ？　いや。初耳だ」

――フロント企業の受付嬢じゃなかったかな。相当の美形らしいぜ。一年もしねえで別れたはずだがよ。どっちもどっちで離れ難いんだか、結局よ、別れた後の今でも、朝森の定宿はその元女房の千住の家なんだ。もっとも、買ったのは朝森だけどな。

「ほう。さすがに詳しいな」

――その辺りの監視監督が俺達の本業だからな。で、朝森だが、言った通りで今のところ何もねえ。引き続きで行確続行だ。

「おう。頼むわ」

――了解だ。報奨金タップリだからな。K点どころか、ジュリーディスタンスもぶっ千切ってヒルサイズ越え確定ってな。どこまでも頑張れるぜ。

と言われても瀬川には、ジュリーと言えば相京親方が好きだった沢田研二しか思い浮かばないが、要は、新井はやる気満々、ということだろう。

昨日別れ際に、取り敢えず手持ちの現金と近くのコンビニATMで引き出した分の都合五十万を、三係の連中に押し付けておいた。

一気にボルテージが上がった気がしたのは気のせいかどうかは知らないが、とにかく、どこまでも頑張ってくれるらしい。

「けどよ、無理すんなよ。寝てねえんじゃねえのかい」

――おっと。嬉しいこと気遣ってくれるねえ。うちの係長とは財布も気配りも段違いだぜ。

「そりゃまあよ。これでもテキヤの差配だからな。怒鳴るだけじゃ、人は動かねえ」

――もっともだ。うちの係長は怒鳴りもしないけどな。いつもこう、ヘラリヘラリとしてよ。

「苦労掛けてんな」

——あんたに言われる筋合いじゃねえよ。俺らの係長だ。

「そうだったな。ま、とにかく無理はしないでくれよ」

——へっ。大丈夫だ。こっちゃあ、いつ寝てんだかいつ帰ってんだか、どこまで顔広いんだか、なんでそんなとこに潜入出来るんだかってなぁ、摩訶不思議な女と適当にコンビ組んでんでな。

よくはわからないし興味もなく、通話中に着信があったから適当で切った。

ショートメールが一件入っていた。横手からだった。

〈鬼不動の総本部、まったく動きなし。一応報告。報奨金分〉

なかなか、率直な物言いだ。こういういちいちの律義さは瀬川にはないが、一般の世の中には必要なのだろう。

「なんだっけか。浅漬け、キュウリ、ほうれん草か。——なんでほうれん草だっけか？浅漬けってえより、茹《ゆ》でて花かつお振って醤油《しょうゆ》垂らした方が美味ぇけどな」

そのときだった。

「おおう。藤太ぁ。まだかぁ」

善次郎のやけに通る声が、母屋の方からまた聞こえた。

ちっ、と舌打ちを漏らし、瀬川は壁に寄った。

真新しいインターホンがあった。スイッチを押す。

「今行きますけど、これなんのためのインターホンっすかね」

「面倒臭くてよぉ」

とやけに通る肉声がまた、母屋の庭先から聞こえた。

十八

予定された通り、六月四日・火曜日になって、衆議院の解散に伴う総選挙が公示された。坂崎和馬は鎌ケ谷の実家兼選対本部で、拳を突き上げない地味な出陣式を行った。

坂崎は他人が握った拳を突き上げると、苛《いじ》められた日々のフラッシュバックを発症する。トラウマというやつだ。どうしようもなく硬直し、場合によってはひっくり返る。

父の公設秘書になった初年度、とある県議会議員候補の陣中見舞いに出向いた折り、

――えいえいおーっ。

のエールで大勢が一斉に拳を突き上げた瞬間、坂崎は卒倒してその場に倒れた。これがこの年の年末テレビの『面白映像百選』で、顔はぼかされていたが流れたのは、本人にとっては今でも苦い思い出だ。

どこぞの向こう傷男は放送をしっかりDVDに焼き、『永久保存版』などというラベル

を貼っていたりする。

とにかくそれ以来、どこの誰の応援に行っても坂崎の前に拳を突き上げるコールはなく、それがいつしか自然になった。

代替というわけではないが、鎌ケ谷の出陣式はどこの選挙事務所より多い、道路まで溢れる役員とボランティアによる拍手が天にまで響いた。

「有り難う。皆さん、有り難う」

坂崎はマイクで礼を述べた。

このマイク一本取っても、父が好んだという音割れを最小限にするマイクだった。決して高いわけではないが、経験と実績によって選び抜かれている。

その他にも、ポスター、選挙看板、選挙カー、ウグイス嬢、レンタル備品、街頭演説の予定、講演会会場の予約、ｅｔｃ.

立候補と選挙に必要な物は届け出と許可も含め、この朝までにすべてを遺漏なく、出来る限りのもので整えた。

いや、正確には、精一杯のもので整えてもらった、だ。

なんといっても後援会長の貴志川昭介を筆頭に、選挙に関わる後援者達は長く浩一を支え、もう選挙というものに慣れていた。歴戦の強者揃いと言い換えてもいい。

言えば立候補者の、坂崎和馬本人が一番不慣れだった。

（地盤があるとは、有り難いことだな）

自分には今、名などはない。ただし、強固な地盤だけはある。

それだけでも、いや、それだからこそ、あとは流れに乗っていれば、衆議院議員としての自分が誕生するとは恐ろしくもあり、不思議でもある。

（父さんは、どうしているかな）

比すれば、長野四区立候補の坂崎浩一には現在、地盤はまったくない。

けれど浩一には、ライバルがいたとしても、少々の地盤なら難なく蹴散らすほどの知名度があり、党と県連の絶大な後押しがある。小暮信二と西岡雅史《まさし》という、得難い大小の懐刀もいる。

すべて今の坂崎にはないものであり、それこそ、党を引っ張るような圧倒的大差で選挙に勝ち続けるには、いずれは手に入れなければならないものだ。

（無い物強請《ねだ》り、かな。性急は欲望を前に押し出す。忘れないでおこう）

出陣式を終えた坂崎はそのまま、選挙区の基幹となる複合施設前に移動した。

そこでの演説を皮切りに、十二日間に及ぶ国政選挙戦に突入する。

手応えは最初から抜群だった。というより、〈坂崎〉を担ごうとする地盤というものの力だ。

（選挙とは、簡単なものだな）

父の今までに自分の今を重ねると、そんなことを錯覚してしまう。

すべて父の労苦の産物だと頭ではわかるが、実感としての手触りは今のところまるでない。

戒めるには、さて——。

(やっぱり、小暮さんや西岡さんの小言だな。小言だけど長いヤツ)

思えば笑える。

だいたい、前夜には小暮から細かい注意の電話があった。

主に議員会館の事務所での継続業務を守る西岡とは何度か連絡を取ったが、小暮の声を聞くのは久し振りだった。

長野四区での初めての選挙戦は、さすがに百戦錬磨にしても気が抜けないものだろうに、さすがに行き届いた気配りだ。

「あれ。小暮さん、やっぱりそっちは大変ですか」

——なぜですな。

「疲れてるようなので。だいぶ声も荒れてますし」

——ああ。そうですな。選挙に楽はありませんからな。あれもこれもと、思いつけば際限がありません。ただ、こちらよりそちらですな。貴志川後援会会長はバイタリティの塊のような人ですが、あの人のイケイケドンドンは、行きっ放しで細部の仕上げが大いに甘いですからな。

小暮はそれから、いくつかのポイントを列挙した。

たしかに最初の演説から次の演説に掛けて、とあるボランティアグループの動きに少々無理を強いる時間帯があった。二日目の予定も同様だった。

細かくトレースすれば、別の場所で暇にしているグループが複数見つかった。

上手く当て込めば、それで問題は解決だった。

——人は財産でもあり、爆弾でもありますな。口に戸は立てられませんし、不平不満の芽は摘むものですな。

「すいません。気が付きませんでした。って、あれ？　なんでそんなことまで小暮さん、わかってるんですか」

——そっちの事務所に、私が遠隔で動かせるPCを一台もらってますな。金銭の出納から事務所の様子から、すべて把握しておりますな。

ぐうの音《ね》も出なかった。

すべては小暮という、ハニワの掌の上に乗っているようだ。

「はあ。なんかすいません。何から何まで」

——仕方ありませんな。選挙は生き物ですからな。その生き物を御するために、私ら秘書が、特に政策秘書がいるんですな。それ以外に私らの、特に私の価値など、どこにもありませんな。

言い方は少し気になったが、選挙に臨む覚悟、というものを言いたいのかもしれない。

黙って聞いた。

なんにせよ、小暮のチェックのお陰で順調な滑り出しになった。後援会役員やボランティアの、みんなに笑顔があった。

それでいい。

いいスタートだった。

ただし、この日は昼過ぎになると、順調な選挙戦のスタートに影を差すような連絡も一本入った。

富田からのＬＩＮＥだった。

〈聞いてビックリ、見てしゃっくりってやつですが、今朝方から動き出した宇賀神が、武蔵村山に入りました。向かった先は、坂崎大臣の領袖でもある、加瀬外務大臣の選挙事務所です。東京二十区でしたっけ。目的は出陣式のようで、そのまま恐らく顔見知り、仲間、その辺の調べはこれからですが、何人かと連れ立ってさっき、結構高そうな寿司屋に入りました。事務所のバタバタに紛れて聞き込んでみましたけど、もともと宇賀神の地元はこっちで、要は地元も大学も加瀬大臣と同じで、遠い先輩後輩らしいです。顔見知り、までは間違いないですね。その先の調べもこれからですが〉

これにはさすがに、坂崎も意表を突かれた格好だった。

選挙カーに乗っていて唸った。唸りがマイクに乗って慌てた。

「何か」

と、ドライバーを務める貴志川後援会会長の息子が聞いてきたが、軽くいなしてＬＩＮＥに集中した。

〈それは、何か二人の間に裏がありそうだということですか〉

〈わかりません。ただ、権力のド中枢にいる人間と、そういう権力に使役される側にいた人間が、今でも選挙の事務所に顔を出すくらい近かったわけです。何もない、ただの地元が同じ大学の先輩後輩の関係だけ、とする根拠の方が薄いような気はします〉

〈わかりました。引き続きで宇賀神を追ってみて下さい。大臣の線は、すぐに何が出来るとも断言は出来ませんが、私の方からも追ってみます〉

了解、とすぐに返信が来てこの件は終わりかと思ったが、図ったようにこの直後、太刀川と中台からＬＩＮＥに加わるような連絡が立て続けに入った。

まず太刀川から、

〈稲尾は選挙戦に集中のようで、精力的に動き回ってます。かえって動き回ってるってことで、当初目的の案件に対するような不審な動きはありません。シロでいいと思います。なので、こっちを離脱して、富田さんの方に合流します〉

ときた。

続けて中台からは、

〈重鎮の金沢はようやく、都内から重い腰を上げて選挙区の市原に向かった。遅ればせながら、俺も選挙区に入って聞き込んでみる。確認程度になるだろう、とこれは俺の勘だが、あまり外れたことはない。その後なんなら、俺も富田の方に向かう〉

とあった。

LINEを個別ではなく、グループで組んでおいてよかったと思う。

三係は、種を蒔けば自分で水を遣《や》り、育て、収穫まで出来る連中だと改めて実感する。

（ああ。そう言えばあそこの屋上、野菜作ってたな）

今度食べさせてもらうかと、どんな味がするかと、そんなことを思ったら笑えた。

笑いがマイクに乗って慌てた。

運転席から貴志川ジュニアが、血走った眼で坂崎を見た。

十九

（へっ。面倒なこったが）

衆議院議員総選挙が公示され投開票日が決定したことにより、嘘のような本当の話だが、瀬川の襲名披露式もはっきりとした日時が決められ、慌ただしさを増した、ようだ。

六月二十一日の大安、だと志村善次郎は鼻息荒く言っていた。

志村組クラスになると、襲名式やらなにやらのとにかく盃事《さかずきごと》・祝事には、繋《つな》がりのある衆議院議員との〈祝儀〉の遣り取りがあるという。

もっとも、当然のように何も表には出しはしない。

特に今回は招待状ではなく代表者交代案内状だし、金銭や物品の授受も議員の遠い関連から組のフロント企業を通じて、など最大の気配りをしているらしい。

選挙の公示段階ですでに、〈出馬イコール当選〉が確実な大物には完璧な案内状が送付済みだった。

中堅クラス以下には、〈ご当選の暁にはぜひ〉の注釈をつけ、選挙戦中間日の消印で投函する手筈《てはず》になっているようだ。

落ちたら来るな、とは言外の意としてあからさまだ。

が、言わぬが花にして、そう書いても誰からも文句が出ないのは当然、鬼不動組二次筆頭の志村組だからであり、当落ギリギリの議員連中にも盆暮れの義理を欠かさないのも、志村組ならではだろう。

瀬川はこの日、群馬の嬬恋《つまごい》カンツリー倶楽部にいた。志村組の舎弟と正式な顔合わせを兼ねた、二泊三日のゴルフ旅行会だった。

一般に間違われやすいが、舎弟とは組長に対する子分のことではない。組長の兄弟分のことを指す。

志村組では舎弟と言えば主に二次団体の組長や、上部組織、つまり鬼不動組の直系の親分衆だったりする。

つまりこの舎弟連中は、瀬川の現在の立場からいけば、絶対に頭が上がらない者達のひと固まりと言えた。

その関係をいずれ志村組組長として仕切り直すのが、手っ取り早く言えば襲名披露式であり、その中の〈盃直し〉の儀式だった。

この三日間はゴルフ旅行会と称し、この舎弟連中が一堂に会した。

ついでに言えば、月曜日に池袋本町に顔を出した三係の星川も、そのときに志村に誘われ、それを二つ返事でOKしたとかで、このゴルフ会に参加していた。

まあ、そんな刑事が一人交ざったところで、当然、残りのプレイヤーが全員ヤクザなのだから、ゴルフ場は借り切りだ。

昨今は、紋々ヤクザがプレイ出来るゴルフ場など滅多にない。

この嬬恋カンツリー倶楽部は、裏を言えば今回の旅行会の幹事を仕切る群馬の〈叔父貴〉が理事長を務める、いわば〈フロント企業〉だった。

意識もプライドも会員権も高い、名門と謳《うた》われるコースほどバブル以降、打つ手無しの経営危機に陥り、倒産するか大手グループに買収された。

嬬恋カンツリー倶楽部も大筋では同様だが、大手傘下に入って伝統のコースを再編されることを潔しとせず、密《ひそ》かに対抗馬としてこの叔父貴の〈フロント企業〉を頼り、身投げのように身売りをしてきたのだということだった。

距離のある森林コースで攻略の難しいコースらしい。そんな説明を群馬の叔父貴は鼻高々にしていた。

名目上は、瀬川のための親睦ゴルフ会だ。

当然、瀬川は本来ならゴルフのメンバーの方に組み込まれる人間だったが、

「自慢じゃねえっすけど、生まれてこの方、ゴルフクラブなんざ握ったことは一度もないっす」

と自慢したら、群馬の叔父貴の溜息に流されるようにして除外された。

ゴルフ場に来てゴルフをしないと、普通ならとてつもなく暇になるものだ。瀬川もそんなつもりでいたが、これがすぐにはそうはならなかった。

この日は実際、舎弟連中は本当にゴルフだが、と同時になかなか込み入った話がお付きの者達の方にあったからだ。

舎弟がそれぞれに構える組の若頭以下が、ぞろぞろと雁首《がんくび》をそろえて、運転手やら付き人としてこのゴルフ場に集っていた。

ゴルフは、どちらかと言えばその会合の隠れ蓑《みの》だったりもした。

お題は、〈志村組襲名披露式・式次第について〉だ。

挨拶の順番、席の並び、入場の順列。

これらは年齢や格だけで決められるものではない、らしい。

組同士の現在の関係、商売上の対立あるいは上下関係、人間としての仲不仲。

それらも坩堝《るつぼ》に放り込んで交ぜ合わせて、純度を高めて式次第に反映させる、のだと誰かが滔々《とうとう》とくっちゃべっていた、ような気が遠くでした。

（けっ。面倒臭ぇ）

藤太も交ざっときな、と駒ヶ根に言われたが、チンプンカンプンでいると、

「もういい。ただ居られても暑苦しいだけなんで」

となってお役御免になった。

そうなるともう、今度は本当に暇だった。

レストランで午前酒が、そのまま気が付けば昼酒になった。

パーティごとに上がってくる舎弟衆に、その都度相伴に与《あずか》ってさらに呑む。

瀬川と舎弟との顔合わせ親睦ゴルフ会なら、逆にこの方がよかったかもしれない。

――おう。いい呑みっぷりだ。

――忠の叔父貴の仕込みだってな。いい目だ。

——兄弟ぇもこのご時世に、いい俠《おとこ》を拾ったもんだ。

まあ、ヤクザにヤクザっぽいことを褒められても、あまりどころか全然嬉《うれ》しくはない。かえってこれが二泊三日で続くことを思えば少々うんざりもした。

それでも呑めば呑むほどに、酔えば酔うほどに、ゴルフ会も会合もやがては一つになって全員でどうでもよくなり、大宴会へと突入する。

それはそれで、無礼講の名のもとに楽しい会ではあった。

翌日は朝から、二日酔いで酒臭い連中がフラフラしながらコースに出ていくのを瀬川は平然と見送った。

お付きの連中も、大半が下を向くと危ないとかなんとかで、会合自体が少し遅めの始まりということになった。

二日酔い組の中には、駒ヶ根も入っている。前夜はたしかに、星川と膝を突き合わせて呑み、泣いていた。

泣かされたわけではない。駒ヶ根は極度の泣き上戸だ。

この日は、ゴルフ組全員のカートを送り出した直後に新井から連絡があった。旅行会ということを弁《わきま》えてか、メールだった。

裏を返せば、急ぎではないということでもある。

〈朝森、連日転々。いったい何人の愛人がいることやら。元女房の家には一度も戻らず。

見疲れた。交代して寝る。現状、なにごとも無し〉

なるほど、いかにもメールで十分な内容だった。

で、その五分後に、

〈追伸。夕べ、松濤会のフロントの先がやってる恵比寿の違法カジノにガサ入れがあったらしい。所轄に知ってるのがいるんで、あとで色々聞き込んでおく〉

と入ってきた。

よく働く男だと感心もする。刑事だということを思い出せば、後々は要注意だ。

それに比べて星川は、という気は、しないでもない。午前のハーフから上がって来たときには、いい感じに陽にも焼けていた。

ゴルフ組が順繰りにまたフラフラと午後のハーフに向かった後、今度は横手からメールが入った。

〈今、いいかな〉

これは要するに、メールよりは急ぎか複雑、ということだ。

ほろ酔いも手伝い、暇だったのでこっちから掛けた。

「ほいよ」

――やあ。いい調子だね。

「いい調子になるしか、することがなくてよ」

――ご機嫌さんの愚痴かい。ややこしいね。

「もっともだ」

――鬼不動、探ったよ。特に気になることはなさそうだけど。ああ、医者もそんな診断になるかな。

「ん？　なんだそりゃ」

――理事長の達夫は、昨日から三泊四日の人間ドックだってさ。これは毎年の恒例らしいよ。で、倅《せがれ》の京介《きょうすけ》は同日から、家族旅行でグアムだね。

「へえ。――って、おい。あんた」

瀬川は口元を引き締めた。

「んなこと、よくわかったな。簡単に聞こえて、そりゃあ鬼不動のトップの行動スケジュールじゃねえか」

敵対組織が知ったなら、ヒットマンを飛ばせる。そんな情報だ。冗談ではなく、そんな組織なら横手に一千万、いや、一億払っても惜しくないだろう。

それを横手は、

――昔馴染みが一杯いるからね。

とさらりと言った。

「一杯って、どこに」

――この業界に。違った。そっちの業界の、あっちにもこっちにもって感じかね。

「あっちこっちって、そんなにいんのか？」

――そうだね。自慢じゃないけど、十人いたら一人は昔馴染みかな。

それくらいの計算なら瀬川も出来る。

千人いたら百人。万人いたら、千人だ。

「凄《すげ》ぇな」

瀬川の素直な感嘆に、しかし、横手はおそらく自嘲した。

――自慢じゃないって言ったよ。本当に自慢じゃないし。

「なんでだよ」

――救ってやれなかった奴らだから。

「……ああ」

そう言えば聞いたことがあった。更生した半グレの喫茶店巡り。それが横手の趣味だったか。

ひとまず横手の報告を聞き終え、これまで聞いた話を順繰りに肴《さかな》にして呑んでいたら、一組目のパーティが上がってきた。志村と星川を含む組だった。

「おう、藤太ぁ。蟒蛇《うわばみ》なのは昨日でもいやってほど思い知らされたが、本チャンは今夜だぜぇ。それまであんまり、呑み過ぎんじゃねえぞぉ」

そんなことを上機嫌に言って、志村は風呂に向かった。

見計らうようにして、星川が寄ってきた。昼よりさらに焼けていた。

「四日ほど見聞しましたがね、志村組には、どうやら今回の関係は認められませんね」

「んだぁ？」

瀬川は睨《にら》むような目を星川に向けた。

「俺ぁ、こっちの懐なんざ、覗《のぞ》けって頼んだ覚えはねえけどな」

「なぁに。不公平にならないよう調べただけです。これも報奨金のうちです」

平然と星川は受けた。

「じゃあ、私はここまでで結構。ヤクザの本式の宴会なんて、身体《からだ》が保《も》ちませんから。久し振りに楽しかったですが、帰ります」

「なんだよ。こりゃあ、一泊二日の慰安旅行じゃねえぞ」

星川は振り向き、にっこりと笑った。

「一泊二日だからこそ、このくらいまでなら別途請求でいいですよね」

星川は片手を上げ、風呂に向かわずそのままロビーに出て行った。

もしかしたら、この星川が三係で一番食えない男かも知れないと、見送りつつ瀬川は胸に刻んだ。

二十

次に坂崎の元に、捜査のプロ達から確からしい情報が上がってきたのは、八日の土曜日だった。

朝から北総線沿線をなぞるように駅前を移動して演説を行い、柏《かしわ》のターミナルで有権者との触れ合いをアピールし、午後からは飛び地のような富里《とみさと》と印旛《いんば》に回って市民集会を三つばかりハシゴする。

そんな予定の一日だった。

現場ではフレキシブルな対応を求められることもあって、細かな日々の時間割りを策定するのは後援会会長の貴志川だが、メール等の遣り取りで小暮のチェックは受けているという。

なるほどと大きく頷《うなず》けるほど、こう言ってはなんだが、候補者を生かさず殺さずの、実に過密にして余力を残させない見事なタイム・スケジュールだ。

（まあ、普通ならそろそろ、喉が潰《つぶ》れるな）

坂崎は移動の選挙カーの中で、飴《あめ》を舐《な》めながらにこやかに沿道に向けて手を振った。

普通なら潰れる頃、かも知れないが、坂崎は余裕だった。

新海達には言っていないが、坂崎は大学時代コーラス部だった。しかも、思う以上に体育会的な部で腹式呼吸や喉の筋肉だけでなく、体幹まで鍛えられた。お陰で今の自分の、三パーセントくらいはコーラス部時代の成果で出来ていると思っている。

少なくとも二週間足らずの選挙戦くらいで、喉は潰れない。

この日、三係からまず連絡を入れてきたのは太刀川だった。午後二時を回った辺りだ。途中で簡単に昼食を済ませ、富里の公民館に向かう車中だった。

二日前の木曜日には、富田と合流したという報告も太刀川から受けていた。

そういう一つ一つを逐一報告してくるのは、おそらく警察、ではなく、新海という上司の賜物《たまもの》だろう。部下を知ることによって、改めて新海という男の有能さを認めざるを得ない。

私もボランティアで潜り込んでみますね、とは前日、金曜にあった連絡だ。

これは同金曜の朝、坂崎が議員会館の加瀬孝三郎事務所に掛けた電話の結果を受けてのことだった。

このときは、もともと坂崎とも顔見知りで歳も近い、加瀬大臣の公設第二秘書が対応に出た。

加瀬大臣は当然のように不在だった。武蔵村山ではないことは分かっていた。聞けば党の公認候補者の応援演説で、加瀬孝三郎大臣は現在、福岡だという。

党や行政府の役付き、人気を誇る有名人候補になると、自分自身の選挙は出陣式と第一声、数回の街頭演説くらいで、後は後援会や支援者達に任せるのが通例でもあった。最終的な開票作業時にも、自身の選挙区ではなく党本部に詰めたりする。

もっとも、高い確率で当選が見込めなければこの限りではないが。

加瀬大臣の場合は、当選は確実だった。間違いなく開票作業前の出口調査だけで、マスコミはどこも真っ先に当確の印をつけるだろう。

折り返させますね、という第二秘書の言葉を信じたが、加瀬大臣から坂崎の元に電話が掛かってきたのは夕方だった。

――なんだ。

この一声だけで坂崎は眉をひそめた。普段聞き知った声より、少し荒《すさ》んで聞こえた。

応援演説で喉が潰れたとか、そういうことではない。

「ああ。大臣、お忙しいところ申し訳ありません。少し、お話を伺いたい件がございまして」

――そうか。ちょうどいい。こっちにもある。では、そうだな。

加瀬の声が暫時《ざんじ》途絶えた。考えているようだった。

――なら、君の応援に入ろうか。形としてはそれが自然だ。細かい時間などは後援会長から連絡させるが、取り敢《あ》えず三日後ということだけは確定させておこう。この日は東京に戻る日で、党本部からのお仕着せ業務も何もない。

ここなら空いている、ここだけだがな、と言って電話は切れた。

内容をＬＩＮＥに書き込んだら、直後に太刀川が反応した。

この日の連絡はその結果も含んでだろうが、潜ってみる、となってからまだ二十四時間も経過してはいない。

こうなってくると気持ちいいを通り越し、坂崎としても勉強になる思いだ。

〈武蔵村山の選対のスケジュール管理担当に、それとなく触ってみました。今日となっては二日後の、大臣の行動には大いに問題ありですね。東京に戻る日だったのはその通りですが、本来なら羽田からそのまま武蔵村山に戻って、ミニ集会に四つほど顔を出してもらう手筈になっていたようです。それが、大臣のひと声で全部キャンセルになったと、選対では担当が頭を抱えていました。少なくとも、空いているっていうのは嘘です〉

なかなかキッパリとして、かえって訝《いぶか》しい報告だった。

次いで中台からの書き込みがあったのは、坂崎が次の市民集会に顔を出している間だった。

〈千葉の重鎮も、太刀川が捨てた稲尾議員と一緒で、もうこっちから動かないな。腰を据えて選挙事務所の奥で呑んで、クダ巻くように偉そうなことくっちゃべってる。重鎮ったって、長いだけってのが取り柄の議員だしな。酔っ払いをただ見てるのも芸がないんで、加瀬大臣の噂をそれとなく、本人の調子のいいところで聞いてみた。どうにも、裏での評判はあまり良くないみたいだな。というか、裏表がはっきりしているってことで、政治家はそれでいい気もするが、この重鎮に言わせれば、裏が有り過ぎるってことのようだ〉

そして、最後に富田の情報が上がってきたのは、坂崎がこの日のスケジュールをすべてこなし、選挙事務所から仕切りなしの〈自宅〉に戻った後だった。

富田もＬＩＮＥではまどろっこしいようで、電話だった。今日の選挙活動は終了していると踏んだのだろう。

たしかにもう、ほぼ日付が変わろうとする深夜だったが、内容は目が覚めるようなものだった。

――宇賀神、銀座のクラブで大学の同窓生と会ってます。これも別途で後請求になりますがね、私も入りました。役得ですかね。

「いえ。ご苦労賃、ということでいいんじゃないですか」

――すいませんね。ただ、昔よぉく〈知ってた男〉が店長だったので、格安ですから。その辺はご安心を。行く気なら私の自腹でも行ける程度です。

きちんと話すのは初めてだが、坂崎は妙に落ち着いた。

信念と自信のある捜査員とは、そういうものか。

おそらく中台も、太刀川もきっとそうなのだろう。

「それで？　どうしました？」

——ええ。同窓生はデータベースで当たる限り、大手外食チェーンのCEOってやつですか？　加瀬大臣の後援企業で、宇賀神の弁護士事務所の顧客でもある男で、これは確認が取れてます。で、店長にちょっと遠くから聞こえる便利な機械をね。テーブルの下に、ちょっとですね。

言葉を濁すが、坂崎にもわかる。

新海と瀬川と付き合っていれば、盗聴器などはある程度お馴染みだ。

「構いませんよ。ハッキリ言ってもらって。そういう〈備品〉には慣れてますから」

——ああ。〈備品〉ね。そうですか。では、とにかくそんな物を仕掛けさせました。そんな物だから、後でなんの証拠にもなりませんがね。ただ宇賀神と同窓生ですが、二人して結構、大きなこと吹いてましたよ。

中でも宇賀神は、いずれ国政に出る、と何度も口にしたらしい。

「へえ」

——場所は、いくつか言ってましたね。千葉三区、同九区、そして、埼玉八区。

坂崎は口元を引き締めた。

千葉三区は金沢洋平の選挙区で、九区は稲尾健太郎の地元だ。そして埼玉八区は、今回が最後の出馬と言われている、党最年長議員の選挙区になる。

ただ、その意味を吟味する間もなく、富田は言葉を繋いだ。

――それと千葉十三区、長野四区だそうです。

「えっ」

――坂崎王国、ですよね。同窓生に本当かと問われて、宇賀神はどうだろうとはぐらかしていましたがね。

暫時、息が止まった。思考が巡りに巡り、呼吸を忘れたからだ。絶句、と言うやつだろう。

継ぐ息は、喉の奥で鳴った。

「どういうことでしょうか」

――さあ。答えるための判断材料を、私は持ち合わせません。叩けば埃《ほこり》は出るでしょう。間違いなく。ただ、これは多分に政治的な、暗闘の部類ですかね。加瀬大臣も含めて。そうなると部署も違うというか、さすがに私達では手を出しかねる部分、なのかも知れません。

「そうですか」

――すいません。なんかハッキリしなくて。

「いいえ。持ち分の話です。気にしないで下さい」

――いずれにしろ、報奨金制度の分は働きますよ。私と太刀川はこのまま宇賀神の行確を続け、中台さんは加瀬大臣の周辺を。

「大丈夫ですか」

――ダメなら引きます。報奨金制度は、命まで張る制度ではありませんから。いや、坂崎さんの額だと、中台さんなら張っちゃうかもしれませんけど。

「なるほど。――富田さん。最後に一つだけ」

――なんでしょう。

「こういう場合、新海ならなんて言うと思いますか?」

――頑張っても三千円止まりですからね、かな。

新海の顔が浮かんだ。笑えた。

「ああ。言いそうだな」

少しの間があった。

――坂崎さん。こちらからも最後に一つだけ。先程のご質問に答えられなかった代わり、と言ってはなんですが。

「はい」

――係長に対する事件に対してのみの判断、とお考え下さい。その判断を刑事的勘で言わせていただくなら。

宇賀神はシロですね、と富田は続けた。

――飽くまで私見ですが。一応、私ども三人共通の判断です。

「了解しました。有り難う。色々とお願いするにも、少しだけ気が楽になりました。せめて新海が退院するまで、いえ、選挙が終わるまで、引き続きよろしく」

――了解です。

電話を終える頃、遠くで祖父自慢の柱時計が、零時を知らせて重く響いた。

二十一

少しだけ時間を遡《さかのぼ》った、午後十一時半過ぎのことだった。

この夜、新海は富田からの連絡を受けた。基本的には常に電話だ。部下を動かしている以上、報告連絡くらいは二十四時間体制が、せめて出来る上司の務めだろう。ただ、待機場所が署のデスクではなく、病院のベッドというのがなんとも情けない。

消灯時間は大きく回っていたが、ＨＣＵというか、このリザーブの個室は一応、四角四面な病院規則の適応外らしい。

と、そういうことで最初から町村が話をつけておいてくれたことは、とにかく有り難かった。

——宇賀神はいずれ国政に出るとか言ってました。で、同窓生の方が資金は任せとけ、持ちつ持たれつだとかね。呑んだ勢いにしても話はデカくなってましたが、それにしても、宇賀神のヤツがどこから出るとかって、係長なら推測出来ますか。

「そうね。まあ、千葉十三区、長野四区辺りかな」

即答すれば、ぐえっ、と富田は驚愕《きょうがく》をそんな音で表現した。

——な、なんでまた。

「ああ。当たりですか」

——ズバリです。知ってたんですか。

「いやぁ。富田さんが言う通りの、推測の域を出ません。病室の域ってところですね。まあどこにも出られない病室な分、色んな情報を色んなふうに考えて、繋ぎ合わせてってのはありますが」

——はあ。さすがに係長だ。鋭いですね。

「でも当たったんで、ちょっと割り引いて千五百円」

——当てられたんでしょうがないと、納得はしておきましょうか。

「してませんよね」

——普通しないでしょう。

「えっ。どっちがですか？」

——両方です。減額も納得も。

「なるほど」

少し間があった。電話の向こうで富田の長く吐く息が聞こえた。

溜息には程遠いが、深呼吸であるわけもない。

——けど係長。どうにも尻の据わりが悪いんですが。

「何が」

二重取り、と富田は言った。

そう。

坂崎や瀬川についた三係の二班は、実は新海がそれぞれに割り振り、それぞれの指示を重視して動くようあてがったものだ。当然、真の差配は新海であり、どちらの班も坂崎や瀬川に上げるより先に、ほぼ同じ情報を新海にも伝えた。

この、

〈重視して動く〉

ということと、

〈ほぼ同じ情報〉

という言葉は重要だった。

〈重視して動く〉はつまり、言われるままでないということを意味し、〈ほぼ同じ情報〉は当然、情報はときに操作加工されるということを意味する。

坂崎や瀬川には悪いが、身動きの取れない自身の現状を逆手に取ってそれとなく宇賀神や松濤会を示唆し、新海では届きそうにない、それぞれの世界の奥にまで手を差し入れる役割を担ってもらった格好だ。

それがもしかしたらモコでの相京忠治、肉フェスでの小暮信二に対する答えになるかもしれないと、世話焼き・お節介の血が、撃たれた激痛とは別の場所で疼《うず》いたのもまあ、口にはしないし、しても理解されないのは目に見えているが事実だ。

だからこそ、坂崎と瀬川、二人にはまんまと乗ってはもらったが、飽くまで捜査の主体は新海自身のつもりだった。起こり得るすべてに対する、責任も含めてだ。

と、これは全体、撃たれた直後に大枠だけを町村に伝え、目覚めてから詳細を煮詰めた私案ではあった。

私案ではあるが署長の町村も、

──係長は、それでいいんだね。

と了承とも黙認とも、曖昧だが返事はくれたので、いつもの感じの案件として三係の面々に披露した。

当然、報奨金制度の対象として発令した。

新海からも、瀬川や坂崎からも。

富田が言う二重取りはそんな辺りのことで、尻の据わりが悪いとは、後ろめたいということだろう。

なんと――。

後ろ暗いことも多い刑事という職業にあるまじき、正直者め。

しかし、

「じゃあ、止《や》めさそうか」

と素直に尋ねれば、

――ああ、いえ。止めるなら、ですね。ははっ。どちらかと言えば、係長の方が有り難いんですが。

「なんで」

――微々たるもんだし、そもそも今回こそは係長、本物の自腹じゃないですか。懐具合が心配だっていうか、忍びないっていうか。

と、正直者というものは、ときにナイフの切れ味で心を刺す。

「ズバリだけどね。気にしなくていいですよ。いざとなったら了承の黙認の署長を巻き込みますから」

――そうですか。じゃあ、ひとまずその辺を信じて安心をしたつもりで。

うーん。正直者はどうにもしつこい。

病室の外に足音がした。

所轄が配備する警護員の、交代の時間のようだった。

「とにかく、引き続きよろしく」

――了解です。

通話を切り上げて目を瞑《つぶ》る。

二十四時間体制の気概はあるが、さすがに署ではなく病院で、上司ではあっても病人で間違いなかった。

すると、病室の外の引継ぎが済んだ頃にメールの着信音がした。

今度は蜂谷からの報告のようだった。

〈朝森の愛人がママをやっている渋谷のクラブに潜入中。ちょうど知ってる娘が、ワンフロア下で働いてたので（ここ、系列でした）。結構、ママに気に入られて盛り上がってます。そこで聞いたんですが、明日からママ、朝森と旅行のようです。場所は神戸。一週間は店を休むそうです。その間、お願い出来ないかしら、とか言われちゃってます。どうします？〉

「神戸？」

思わず声になって出た。

神戸は、四神明王会と敵対して日本を二分する〈西日本連合蘭力坊《らんりきぼう》〉の息が大いに掛かっている場所だ。

そんなところに物見遊山とは。

大いに気になった。それで、

〈いいね。三千円〉

と送ったあと、

〈じゃあ、明日にでも〉

と、思い付きを書こうとした所で、メールではなく着信があった。

新井からだった。メールは書き掛けにして出た。

――起きてたかい？

「寝てはなかった、くらいですが」

――だよな。病院だもんな。じゃあ、早いとこ済ませようか。まずひとつ目だ。ガサ入れの方の違法カジノの店長が言うにはだが、ついてねえって言ったそうだ。

「ついてねえ、ですか」

――そう。なんでも松濤会じゃあ、全般に手持ちのカジノは閉めてる最中なんだとよ。

「閉める？　ああ、そんな関係もね」

――なんだい。なんかあるのか。

「いえ、単なる思い付きです。することもなく寝てばかりいると、あれやこれや考えるもので」

――そうか。

「話の腰、折りましたかね。続きをどうぞ」

――おう。んで、今回の摘発はな、所轄の連中が、この閉店作業や残材処理やらのドタバタで漏れ出た臭いを嗅ぎ付けたらしい。そんなんがなきゃ捕まらなかったって店長がよ。なんでも、今まで五年も続いてたんだってよ。

「五年。へえ」

睨まれもせず五年の営業は、昨今ではなかなかない。

――この店もよ、あと一週間で閉店だったんだってよ。だからついてねえってな、店長はぼやくんだな。

「なるほど。たしかに」

――だがよ。カジノも競合ばっかで旨みも少なくなってるってのはわかるが、閉めてどうするってのはよくわからねえ。そっから先の供述はねえ。てえか、この店長はただの下っ端だな。組のシノギをどうするかって以前に、明日から自分が何をするのかもわかってなかったようだ。

と、新井の話はそこまでのようだった。

三千円、と告げた。

だろうな、と新井は受けた。

――そういや、係長。リハビリはいつからなんだって？

「もう少しずつ始めてますが、本格的な復帰に向けてのリハビリは、来週の水曜以降らしいですね。今はまだ、簡単な柔軟でも息が上がるくらい、情けないほど身体は鈍ってますけど」

――ま、焦らねえこった。そのために俺らが代わりに動いてる。あの二人もな。

そう言われて、新海は書き掛けのメールを思い出した。

蜂谷より、新井の方が適任に思えた。

「ちょっとお願いしてもいいですかね」

――お願い？　今んとこなかなか忙しいが。

「三千円」

――言ってみろ。

「まあ、新井さんにもウラ取りしてもらってからにはなりますけど」

新海は、先ほど蜂谷から聞いた話を伝えた。

――ああ？　神戸だあ？　てぇか、今さっき俺んとこにも蜂谷から入ったわ。まあ、係長が行けってんなら行くのは構わねえが、どんだけ別途になんだよ。

「そこです」

──さすがにあのテキ屋も文句言うだろ。俺なら言うな。

「そこなんです。だから、操縦のコツを教えましょうか」

まずは、瀬川に考える暇を与えないこと。つまり、出発直前に言うこと。

──そんだけか?

「もう一つ」

考える暇は与えないが、瀬川の頭をくすぐること。つまり、気持ちだけ前のめりにさせること。

新海は一つの情報を新井に伝えた。メールに書き掛けていたことだ。

──朝森が? 本当かよ? どっからの情報だ。

「そう言われると、ですね。ええっと、東京警察病院HCU発、かな」

電話の向こうで、新井が鼻で笑った気がした。

──ガセってことかい。

「中《あた》らずとも遠からずって言うか、火のないところに煙は立たずって言うか、五十歩百歩って言うか。でも五十歩と百歩って倍も違いますよね」

──ガセだな。

「動かすためです」

――けど、ガセだよな。

「ああ、そうだ。新井さん、これは特命個別案件なんで、五千円です」

――了解。

新井は向こうから電話を切った。

（うーん。ガセ、なのかなあ）

たしかに、言い様によってはガセではある。見様によってもガセだ。

ただ、ガセという呼称は別にして、これは新海にとって、自分が動くかどうかだけでなく、他人にも行動を促すかどうかの指針でもある。新海自身はこれを、自分の思考の持って行き方だと思っている。

こうこう何某《なにがし》、だったらどうなるか、どうしようか。

この、こうこう何某というイマジネーションを、もしも、という現実に突き付けたところにポイントと解を求める。

自分が動くときも新海はこの、今は〈ガセ〉と言われている思考の指針に従って動いた。三係の面々にも同じことだ。今回はそこに、瀬川も坂崎も巻き込んでみた。

言えば瀬川や坂崎に、宇賀神が松濤会がと洩らした言葉さえガセ、ということになるだろう。

宇賀神本人や松濤会の誰かを、特に目撃したわけではないのだ。

「ああ」

思いついて新海は思わず手を叩いた。

「刑事の勘、ね」

自分が動く場合には刑事の勘、人を動かす場合にはガセ、ガセネタ、出任せ、そして、嘘も方便。

ただ、今回は普段とだいぶ様子が違った。

自分が動けない分、刑事の勘の出番は無し。

ガセオンリーつまり他人オンリーは、つくづく金が掛かると初めて知った。

二十二

前夜、土曜日の遅くになって瀬川は、池袋本町の現在の住処《すみか》に帰り着いた。

志村と舎弟連中はゴルフに酒に加え、併設の温泉宿にコンパニオンも入れて、酒池肉林と言うやつだ。

誰もがゴルフのスコアを抜きにすれば、終始ご機嫌さんだった。

さすがに、そんな連中に代わる代わる付き合わされた二泊三日の呑み続けは、瀬川の全身に軽い倦怠感《けんたいかん》として残っていた。巡る血流の中の、半分がアルコールなのではと思われるほどだった。

それでか、帰り着いた翌日の瀬川には、ほぼ日課のようになっていた挨拶回りやら顔合わせやらの予定が最初からなかった。それは前夜のうちから分かっていた。

（有り難ぇ有り難ぇ）

久し振りにゆっくり起きようかと、普段の時間にいったん目は醒めたが、そのままもう一度タオルケットを頭まで被《かぶ》った。

その、わずかに一時間後だった。

「藤太、朝だ。朝は起きるんだ」

旅行会から一緒に帰ったはずの駒ヶ根はこの日も、日曜日にも拘《かかわ》らず朝からやってきた。

「今日はだな、特に決まりきった予定はなし。特になしということの変更もなしだ。要するに、オフだ」

「……へーへー」

オフならわざわざ来ることもない、と思うが、そんな文句は言えなかった。

実はオフなのは組長と瀬川だけらしく、駒ヶ根は同じく旅行会帰りの久慈が運転する車に別の何人かを伴い、瀬川にオフを告げたその足でそのまま、新宿の花園神社に出掛けていった。

花園神社は、鬼不動組総本部の符丁だ。

目的は旅行会で志村組が、組として跡目相続の襲名披露式に関して舎弟連中と詰めた話し合いの内容を、鬼不動組の担当らと再吟味・再構成するためだという。

見る限り本式のヤクザ達というものは皆、なんというか、想像もしなかったほどに呆《あき》れるくらい勤勉だ。

ただし、頭が下がる、というわけではない。瀬川もある意味では勤勉だ。

「おおう。藤太ぁ。呑むぜぇ」

午後に入ると、志村のいつもの、やけに通る声が母屋の方から聞こえてきた。

声も恒例なら、内容も分かり切っていた。

「へいへい。今行きますよ」

と母屋に出掛けて一献が二献になり、三十献も超えればいい調子になってどこかの繁華街に繰り出す。

それが平日も休日もない、瀬川のスケジュールだった。

開襟シャツを肩から羽織るようにし、母屋に向かおうとすると携帯が鳴った。

新井からの連絡だった。

電話は急ぎの合図だ。

吉凶はさて。

「どうした」

すぐに出た。

——おっ。早いね。助かる。

何事かと思ったが、新井の声はすこぶる穏やかだった。

それで少し安心はしたが、

「助かるなら早くしてくれや。そのために早く出たんだ」

こちらも早ければ助かる。それが本音だ。

母屋の志村が吞むぜというときはいつも、すでにオンザロックの一杯目が仕込まれた後だった。

——ああ。じゃあ、まずひとつ目だ。この前話した、松濤会のカジノな。その店長が言うにはよ。

以下、新井は所轄の連中が聴取した店長の供述を口にした。

「ついてねえってか。なるほど。そりゃ、たしかについてねえな」

——だよな。あ、いや、職業柄、俺は言えねえけどな。

「まあ、そうだわな。——で、そっからふたつ目に続くってかい？」

——お。冴えてるな。

「そっちの話し方に慣れたってだけだろ。で、早くしろ。怒鳴られる」

——おっと。じゃあふたつ目、本題だ。昨日よ、朝森が女にやらせてるクラブに潜り込んだ蜂谷が取ってきた情報だ。ウラを取ってたんで連絡は日をまたいだが、電話にしたのはだな。

別途請求になるかもしれねえ話だからだ、と新井は前置きした。

——朝森が、今さっき愛人の四号だか五号だか知らねえが、女連れてマンションを出た。

一週間程度の旅行だってよ。

「旅行だぁ？」

瀬川は眉をひそめた。

「どこに」

——神戸だってよ。

「神戸？」

眉間の皺《しわ》はさらに深く刻まれる。

神戸には、志村会の大親元である四神明王会と敵対して日本を二分する、西日本連合蘭力坊の太い二次組織がある。

東のヤクザなら普段でもなかなか行かない。

加えて、親である鬼不動組の面々も列席の、志村組の跡目相続の儀式も近い。

そんな時分に、わざわざ何故、西のヤクザの濃いところに。

少しだけ考えたが、

「うーん。わからねえ」

思考が浅い分、瀬川の諦めは滅法《めっぽう》早い。

昔から深く考えるのは、新海や坂崎の役回りだ。

瀬川の諦めを〈気《き》っ風《ぷ》がいい〉などと褒めそやす他人もたまにはいたが、どちらかと言えば、〈もう少し考えろ〉、と坂崎辺りなら必ずそっち方向の文句を言う。

――それと、これぁどう取るかはあんた次第だが。

新井がそんな言葉で話を戻した。

――奴は、茶ぁばっかりねだりに来る浅草東の三日月野郎も、暫《しばら》くいねえことだしな。清々すらぁ、って言ってたとかでよ。もちろん、係長が撃たれたことも入院していることも、公には発表してねえ。

「なんだぁ」

こちらは考えなくとも分かった。

朝森はなぜ、新海の現状を知っている。

「おいおい。本当かよ」

――おうよ。これも、店に潜り込んだ蜂谷が取ってきたんだ。間違いねえよ。

と太鼓判を押す理由はわからないが、満々の自信が窺《うかが》えた。

三係の刑事が自信を持って言うなら、そうなのだろう。そこに疑いはない。持ちようもない。

――てぇことで、諸々《もろもろ》引っ掛かったままでよ、行確がえらい遠方にまでなるようになった。だから金が掛かるって寸法の電話だ。あとでよろしくな。

三人分だ、と最後に早口で囁《ささや》くように新井は言った。

さすがにこれは聞き咎《とが》めた。

二人分と三人分では、瀬川でもわかるほど金額は大きく変わる。

「ちょいちょい。待てや。三人分ってなぁ、なんだ」

――俺と蜂谷と星川さんだ。てえか、星川さんは、なるほど神戸ですか、って呟《つぶや》いたと思ったら、その場からもう向かっちまった。

「向かっただ？　おいおい、金主の許可もとらずにかよ。そいつぁ、ちょいとばかり了見違いってな――」

――見失うよりゃ、よくねえかい？

「そりゃまあ、よ」

と、母屋の方から、

「おおい。藤太ぁ。氷融《と》けるぜぇ」

と、案の定の志村の声が掛かった。

タイムリミットは近い。

　なぜなら――。

　氷が融けたら、オンザロックが不味《まず》くなるからだ。

――ま、決めるのは今自分で言った通り、金主のあんただ。俺らぁ使いっ走りだからよ。だから、あんたが出さねえってんなら行かねえし、出すってんなら今すぐにでも向かう。てぇか、今すぐ向かわなきゃ、同じ新幹線に間に合わねえんだ。

「そうかい」

　長く吐く息、一つだけ。

　長考は苦手だ。

「朝森がキナ臭ぇってんなら仕方ねえ。行け――って、こういうとき、新海ならジャイアント〇ボ、とか言いやがるんだろうな。あん畜生め」

――あん畜生めかこん畜生めかはよくわからないが、いいんだな。

「ああ」

――では、段取る。じゃあ。

　新井の電話は、〈いそいそ〉という表現が相応《ふさわ》しい簡潔さで切れた。

　瀬川は思わず舌打ちを漏らした。

「どんだけ金が掛かるんだ。こりゃあ新海も、言いたかねえが、ああいうふうにみみっちくもなるのもわかるってもんだ」

じっと見詰めた携帯をおもむろにズボンの後ろポケットに仕舞い、母屋に向かおうとすると尻が振動した。

今度は横手からのメールだった。

瀬川は苦笑いで、真新しい部屋の天井を見遣った。

「まったく、三係の連中はよ。全員揃《そろ》って、どっかから俺の行動を見張っててんじゃねえのか」

そんな言葉も出ようかというものだ。

メールの内容を確認する。

〈鬼不動、特に動き無し。達夫の検診の結果は、おおむね良好。尿酸値が少し高いくらい。で、医者と休肝日を約束。本人、渋々〉

なるほど、鬼不動組理事長、柚木達夫は少し尿酸値が高いのか。

いや――。

「怖えな。どんな情報網だよ」

暫時、携帯の画面をじっと眺めた。

「あ、いけねえ。こんなことしてる場合じゃねえ」

慌てて動き出そうとすると、こっちも見張ってんじゃねえか、というタイミングで声が掛かった。

「おおい。藤太ぁ。氷融けたぁ」

志村の声は大いに調子ッ外れで、瀬川としては少しだけ笑えた。

二十三

選挙戦も一週間となった月曜日だった。

この日は朝から、生憎《あいにく》の雨が降り続く一日となった。

何かにつけて運を口にする貴志川後援会会長は、この雨も同様にして大いに喜んだ。

外を回る予定の日だと最悪だったが、この日はもともと選挙区内のいくつかのホールを借り切り、朝から選挙期間中最大の連続講演会を催す予定になっていた。

人気度・注目度と言っては驕《おご》りかもしれないが、一つのバロメータとしてどのホールも、支援者や応援者の予約だけで定員をはるかに超えたようだった。

夕刻からは鎌ケ谷の、駅前市民ホールを押さえてあった。

加瀬大臣がやってくるのは、この鎌ケ谷のホールの予定だった。

党本部にこちらのスケジュールを打診した結果、昨日になってようやく、向こうの後援会会長から連絡があった。

帰京の時間に鑑《かんが》み、そこに〈政治家の思惑あるいは習性〉を加味すれば、答えは最初から自明だったろう。

駅前市民ホールはこの日いくつかの講演会中、最大人数を収容する、地元では一番のホールだった。

六時から始まった講演会の終盤に、応援演説の態《てい》で加瀬孝三郎は現れた。

「いや、応援演説などとはおこがましい。私もね、お集まりの皆さんと気持ちは同じで、我が新自党のホープ、いや、政界のニュースターをね、どうしても近くで見たくて、自分の選挙を放りだして駆けつけたんですよ。――いい男だよねぇ」

この一言で会場は大いに盛り上がった。さすがに新自党の顔だ。

ロマンスグレーのダンディで売る柔和な顔立ちと、端整な坂崎とのツーショットは、〈映《バ》える〉と貴志川後援会会長などはえらく満足げだった。SNS用の写真をずいぶん撮っていた。

そんな加瀬大臣の登場もあり、この日の連続講演会は成功裏の内に幕を閉じた。

講演会直後、謝辞を述べるという名目で坂崎は、加瀬大臣の控え室に顔を出した。

加瀬は一人で、アイスコーヒーを飲んでいた。

ぞんざいな感じがした。

「ことごとく打ち返してくれたな」

声も、先ほどまでとはトーンが変わった。

低く響くが、雑だった。

「えっ」

「いや。文句を言っているわけじゃない。こちらとしても君の手腕を試してみたいとな。別に罠《わな》に掛けようとか、そういうことじゃないんだが」

何を言っているのか、まったくわからなかった。

推測も憶測も出来ない。

思考の取っ掛かりさえない。

そうなると人とは、フリーズするものだ。

加瀬の顔つきが一気に引き締まった。

「そうか。やっぱりな」

さすがに、次期総理を自他ともに認める男だ。貫禄は桁違《けたちが》いだった。

「やっぱり小暮か。そうだと思った。そうでなければ君は化け物だ。いや、小暮もたいがい化け物だがね」

加瀬がテーブルにグラスを置いた。

置いて、小暮はどこにいる、とテーブルに吐き掛けるように言った。

「なんのお話でしょう」

「惚《とぼ》けてもらっては困る。もうずいぶん前に離職しているだろうが。そのときは、私のところにも挨拶に来た。蓼科で次の選挙のための地均《じなら》しをすると言っていた。時期もちょうどのタイミングだったから納得はしたが、あれはポーズだったか。一昨日、ふと気になって長野の県連に問い合わせた。坂崎君のところの政策秘書は、四区で精力的に頑張っているか、とね。だから私は知っている。答えは簡単だった。長野四区には徹頭徹尾、小暮の痕跡は皆無だった」

なんとも、坂崎にもすぐに答えられる話ではなかった。

ただし、驚愕を素直に表していい場面でもない。

加瀬孝三郎は、一筋縄ではいかない男だと改めて腑《ふ》に落とす。物見遊山にわざわざ、空いていると嘘をついてまで来るような男ではない。

利と裏を行動原理に、そしてエネルギーに、政治家とは、そんな生き物か。

坂崎は、努めてゆっくり動いた。

視線を真《ま》っ直《す》ぐ加瀬にひた当てた。

冴えた光をこそ、心掛ける。

「ポーズか、ポーズでないか。さて、その判断は、余人に委《ゆだ》ねるべきものではないと考えますが」

「ほう、よく言った」

加瀬は鼻で笑い、口の端を歪《ゆが》めた。

「寝た子を起こしたかな。ま、それならそれでいい。有能なら使う。無能なら堕とす。私の基本姿勢は変わらない。我が新自覚は、有能な新人を大いに歓迎する」

劇場型の典型のように、そう高らかに宣言しつつ加瀬は立ち上がった。

「ただし、よく覚えておくといい。私は君のお父上の、ありとあらゆる負の部分を握っている。そのための駒も揃っている。逆らわないことだ」

少し癪《しゃく》に障った。

今まで、これからの国の舵取《かじと》りはこの男で間違いないと思っていたが、それは錯覚だったか。

自分の目の不確かさ、いやその前に父が、小暮や西岡がこぞって坂崎の前に立ち、いわば防波堤や消波ブロックとなってくれていたのかもしれない。

思った瞬間、腹に落ち、これまでの数々が泡沫となって浮かんでは消えた。

これからは、自分が先頭に立つのだ。

諸手を広げて。

(俺もこれから、千葉十三区の有権者を背負うんだ。舐めるな)

内なる闘志に火がついた感じだった。胸の奥が熱い。

「駒？　ああ。その一つが例のＨＵ、宇賀神ですか」

一瞬、加瀬の顔色が変わった。

「なんのことだ」

「同郷、同窓。ずいぶん昔からのお付き合いのようで。そして、今も」

「それは、私と戦うという意味かな」

加瀬は目を細めた。

「いえ。売り言葉に付ける、消費税のような物ですか」

そのとき、控え室のドアがノックされた。

――和馬君。そろそろ撤収の時間だが、どうだい？

貴志川後援会会長の声だった。

加瀬は一瞬の内に表情を変化させ、いつもの柔和な顔つきで進み、ドアを開けた。

「政界での活躍、楽しみにしている」

それから貴志川とひと言ふた言の挨拶をし、加瀬は足早に立ち去った。

この後、ホール直近のイタリアンレストランで反省と打ち上げを兼ねた夕食会となり、明日のスケジュールを確認してから解散になった。

後援会会長差し回しの車で家路についたのは、午前零時になろうとする頃だった。倒れ込むようにして後部座席に座った。

色々とハードな一日だった。

「お疲れさん」

家に着くなり、運転手が声を掛けてきた。

「なんか、政治家になるってのも大変だな」

見れば、今日の運転手は柏井だった。全総エステートに勤務する、坂崎の同級生だ。そんなことも気が付かなかった。

「明日も俺が来る。じゃあな」

「ああ。おやすみ」

3LDKの住居に入ってネクタイを緩める。窓の外を見れば、5LDKの母屋兼選挙事務所には、もう恒例となった夜通しの明かりがついていた。

貴志川以下、みんなまだ頑張っている。

「それにしても、小暮さん」

思わず思考が呟きになった。

先ほどの加瀬大臣との会話は、一体なんだったのだろう。

新海の襲撃事件から宇賀神を辿《たど》り、宇賀神の陰に加瀬大臣が見え隠れする構図になったが、三係の情報から坂崎に考え得る範囲はそこまでだった。

小暮のことなどは慮外にして、当然のように選挙戦の参謀として父に付き従い、塩尻の選対本部事務所に入り、長野四区に睨みを利かせているとばかり思っていた。

ならば、どこにいるのだ。

柏井の運転する車中で小暮の携帯に掛けてみた。

繋がらなかった。留守電にもならない。おそらく電源が切れていた。

なんなのだ。

自分だけが蚊帳《かや》の外にいるような疎外感が満々だった。

おもむろに携帯を手に取った。

勝手知ったる番号を押す。

——どうだった。

もうすぐ深夜の一時になるところだったが、父はすぐに出た。

坂崎は、笑えた。

父はどうした、ではなく、どうだったと聞いてきた。

色々、坂崎が電話を掛ける前からわかっていたようだ。

加えて、深夜一時近くの電話にも即応するのは、間違いなく息子から掛かってくると踏んでのことに違いない。

(敵《かな》わないな)

だから笑えた。少し楽になった。

「そっちは、どうだい?」

自分の声が、自分で聞いても少しばかり軽かった。

同じ衆議院議員の立候補者でも、秘書でもない。父に対する、息子の声だ。

――問題ない。

「母さんはどう？」

――寝た。

「そうじゃない。夏風邪とかさ」

――ああ。いたって元気だ。選挙の手伝いもしてくれている。久し振りだってな、昔はずいぶん無茶もしましたっけって、喜んでくれてもいるようだ。かえって元気なくらいだな。

「そう」

――で、どうだった。

加瀬大臣は、などとは付け足さない。せめて当意即妙に受ける、といった感じだ。

「小暮はどこだって言ってた」

――そうか。

一瞬間《ま》が空き、

――そうだな。行ったなら、そんな話になるだろうな。

と、父は納得げだった。

坂崎浩一の負のすべてを握っている、とも加瀬は言っていたが、坂崎はそのことは口にしない。

そんな話になるだろう、という父の言葉の中にはおそらく、裏表の様々なことが含まれている。

海千山千という言葉が浮かぶ。

海に千年、山に千年棲《す》み付いた蛇にしか、竜になる資格はないのだ。

深夜にも拘らず、どうしても父に電話を掛けなければいられなかった理由の疑問・疑念の中心核は、

「で、実際、小暮さんはどこにいるんだい？」

そう、ただこの一点だった。これだけでも聞きたい。

ただ、

──聞いてどうする。

と、父の答えは素っ気なかった。

「そういう質問返しをする意味こそ、なんなのかな」

──それは、そこに小暮さんの意志が働いているからだ。

「意志？」

──そう。政治的理念、信念、諸々。小暮さんのすべてだ。

「よくわからない」

──わからないのが政治家とその眷属《けんぞく》だ。

「それは、詭弁《きべん》だね」

――当然だ。だが、詭弁の向こう側に手を伸ばそうとするなら、自分で足掻《あが》く、汗を掻く。それも政治家とその眷属だな。そしてこれは、詭弁ではない。現実だ。

「つまり、どうしても言わないってことだね」

父さん、と坂崎は言ってみた。

これこそ、小難しい政治家を割るキーワードだ。

間があった。溜息もあった。

それでも父は、頑として小暮の所在を明らかにしなかった。

ならば、それならそれでいい。

自分で足掻け、汗を掻け。

父がそう言ったばかりだ。

坂崎は話を変えた。

遠くから柱時計が、午前一時を知らせてきた。

「さっき、いきなりどうだったって聞いてきただろ？　最初からわかってたよね。加瀬大臣のこと」

――ん？　そうだったか？　まあ、各大臣の動きくらいは、事務所に残ってる西岡さんから逐一連絡が入るからな。

「心配じゃなかったかい。相手は加瀬大臣。父さんの領袖で、いずれ総理を噂される人だよ」

――ああ。別に。お前だからな。

「わからないね。それも詭弁かい？」

――そんなことはない。

「じゃあ、なんだい？」

お前を信じているから、と父は即答した。

――自分で考え、自分で動く。実際、すでにそういう道に足を踏み出している。だから選挙区を譲ったのだ。お前はもう喜びも悲しみも、感嘆も苦悩も、一身に受け止めて政治家の孤高に立てる、と私は信じている。

「えっ」

――つまりな。お前は私の、息子なのだ。

坂崎は何も言えなかった。いや、声にならなかった。

――もう遅いから寝るぞ。和馬、お前も寝なさい。お休み。

坂崎は暫時、携帯を耳に当てたままだった。

お休み、父さん。

携帯の向こうに、答える声はもうなかった。

二十四

襲名披露式まであと十日を切り、慌ただしくなるかと思いきや、度を越して大いに慌ただしくなった。

ただし――。

跡目相続に関する披露式の関係ではない。衆議院議員総選挙の関係でだ。

政治家とヤクザ。

それぞれの〈仕事〉としては真反対にも思えるが、真反対とは実際には表裏と同意であり、コッソリ穴を開ければどんな遣り取りも自由自在にして、持ちつ持たれつという関係に雪崩《なだ》れ込む。

となるとまさに、〈仕事〉はタネも仕掛けも大ありのマジックのようなもので、ならば政治家もヤクザも、職種の括《くく》りは同じマジシャンということになる。

だから襲名披露式とは、瀬川にとってマジシャンとしてのデビューと言うことに他ならない、としたら新海なら笑うだろう。

志村組親睦ゴルフ会から戻って以降、瀬川もマジシャン見習いとして大いに忙しくなった。

三日にも出向いた神奈川の五回生議員の、私設秘書の親族が主催するパーティは当然のこと、この他にも都内で二人、千葉・埼玉・栃木で五人、都合七人の立候補者に、何某かの関わりのある団体に寄付なり献金なり、裏金なりで善次郎とともに、それこそ東奔西走の勢いで動き回った。

無論、寄付なり献金なり、裏金なりをただでくれてやるわけはないから、志村組としては瀬川藤太という、志村善次郎の後釜との顔繋ぎを兼ねるということになる。

その他全国的にも、なんらかの関わり合いのある候補者にはフロントを通じ、十全の正体隠しの後に、決して少なくない資金をくれてやっていた。

こういう金は主に取っ払いが安全ということで、志村会では駒ヶ根を筆頭とする若頭補佐クラスが、〈仕事〉として懐に大枚を仕込んで全国に飛んでいる。

そんなこんなで志村組は全体として慌ただしく、大いに忙しかった。

大親分でありながら志村善次郎も、おそらく瀬川に輪を掛けて忙しくあり、また、望んで忙しくしてくれているようだった。

四神明王会への新潟行きも志村組親睦ゴルフ会も目的は瀬川の跡目相続にあり、いつもなら子分衆に任せっきりだという選挙関連の慌ただしさも、志村が自身買ってでも動くのは、瀬川を各所の要人に引き合わせるためだ。

姐《あね》さんになる千鶴子《ちづこ》に言わせれば、

「気ぃ、張ってるわねぇ。ううん。張るのはいいけど、後が心配。藤太に譲ったら、なぁんか抜け殻になっちゃわないかねぇ」

と別の心配にも繋がるようだ。

情が心底に染み入るようで、有り難い、と思う。

不思議なものだった。

(任侠だよなあ)

グワッ、と独特の鼾《いびき》が瀬川の耳に、隣の任侠から聞こえた。

この日、志村は車中の人になる度に、落ちるようにして眠りを貪《むさぼ》った。

千鶴子の言葉の証明ではないが、よほど疲れているのだろう。

再度、有り難いと思えた。

だからせめて、そっと涎《よだれ》を拭いてやった。

(介護かよ)

思いながら笑えた。

ほのぼのとした気分でもあった。

このときはちょうど、千葉から組本部に戻る途中だった。湾岸道路上だ。

事故渋滞にはまったようで、葛西の観覧車が見えていたが、かれこれ三十分は見えたままだった。

そこにメールが来た。新井からだった。

〈朝森と愛人五号（断定）に、特に目立った動きはない。本当のバカンスかと錯覚する。が、ホテルに潜り込んだ蜂谷の調べでは、部屋自体は十日間もリザーブされているらしい。神戸は街自体、まったく小さな横浜だ。その分、バカンスなら十日もいる必要はない（俺はすでに飽きが来た）。

周辺にまで観光で足を延ばすつもりなら、神戸三宮を拠点とするのも有りっちゃ有りだが、それにしてもメリケン波止場近くのホテルじゃあ少なからず解せない（これは勘だが）。

何かするつもり、の匂いだけはプンプンだ。

もう少し粘る。てぇか、最後まで粘る。なんにしても襲名披露式前までだ。朝森だって、それまでにはどうしたって帰るだろうからな〉

とあって、現在までの追加料金が、領収書やらレシートやらで添付されていた。

宿泊、焼き肉、タクシー料金、明石焼き、カラオケ店ｅｔｃ.

まあ、朝森を張るなら、その行動をなぞるような飲食は仕方ないだろう。逆に、目を光らせて離れない証拠ともいえる。

ただし――。

この神戸港クルージング二名ってのはなんだ。同じような時間にカラオケ店の領収書があるのはどうしてだ。

この神戸フランツの魔法の壺プリン十セットってのはなんだ。どう見てもお土産だろうが。レシートの下の方に、送料って書いてあるぞ。

「野郎。送っちまえばこっちのもんとでも思いやがったか。舐めやがって」

こっちから追及の電話を掛けるか、などと考えていると電話が鳴った。

まさにその新井からだった。

隣に善次郎、運転席に久慈はいるが、仕方ない。

「ああ？」

武州虎徹組の若い衆とでも電話しているふうを装うように、出来るだけ偉そうにして出た。

――偉そうだな、おい。

当然、そう思われても仕方ない。

――まあ、いつものことだけどよ。

思わず舌打ちが漏れた。取り繕って損した気分だった。

――今、いいのか？

「なんだよ。電話に出たんだから、いいに決まってんじゃねぇか」

――そうだけどよ。なんか、どこにいんだかってな。その、近くでグワグワ聞こえるのはなんだい？　鴨《かも》か？

　鴨ならネギを背負う。志村なら、さて何を――。

　いや、どうでもいい。

「なんでもねぇ。で、なんでぇ」

――なんがなんでぇってなんだよ。面倒だな。ええっとよ。今し方、蜂谷が仕込んできたんだがよ。例の朝森の愛人五号が、チェックアウトしたそうだ。

「ああ？」

　瀬川は携帯を握り締めた。

「なんだぁ。もう帰りかよ。刑事の勘も当てになんねえなぁ、おい」

――馬ぁ鹿。そうじゃねえよ。帰んのは愛人五号一人だけだ。

「一人？」

――そうだ。ゴロゴロとキャリーを引いて駅だってよ。品川までの新幹線の切符買ったらしいぜ。ちなみに朝森ぁ、六甲建機レンタルのよ、モータープールってのか。そこで会社の連中とバーベキューだ。帰る気はねえな。

「ああ？　六甲だって？」

――おっと、声色が変わったな。そうだ。さすがにまだテキ屋でも知ってるか。そう。親玉の系列のよ、フロントだ。

六甲建機レンタルは瀬川も知る、鬼不動組がゼネコンと持ちつ持たれつの関係で、主に東日本に展開するフロント会社だ。たしか神戸には、その営業所があった。

同様に、西日本連合蘭力坊の二次組織が裏に噛む建機レンタル屋も、関東以北に何カ所かの営業所を持つ。

この辺は、暗黙の了解というやつだ。

「ふうん。鬼不動か。……てこたぁ、なんなんだ？」

考えたが、諦めまではふた呼吸だった。

――なんかはわからねえ。ただ、なんもねえってこたぁねえなってな、なんとなくの勘だがよ。

「ふん。そっちこそなんもねえがねえのなんとなくって、なんだそりゃ」

――細かく部分的に根に持つんじゃねえ。とにかく、伝えることは伝えたぜ。ああ、蜂谷がよ、愛人五号の行確に付いた。暫く張り付くってんで、一緒んなって東京に戻らあ。そっちの土産に、神戸プリンでも買って持ってかせるかい？

「ああ。あの、手前ぇが十セットも送った壺プリンとかってやつか？」

――うおっとっと。また連絡すらぁ。

一方的に電話が切られると、その間に蜂谷からのメールが入っていた。新幹線の号数と到着時間だった。

携帯を握ったまま前方に目を据える。

事故渋滞は一向に解消しないようで、フロントガラスの外に、観覧車の大きさがあまり変わらなかった。

暫く睨んでいると、またメールが入った。

「喧《やかま》しいな」

また新井か蜂谷かと思えば、意表をついて今度は横手だった。

〈鬼不動の跡継ぎがグアムを離れたらしい。けど、行先は羽田でも成田でもなく、香港の模様〉

「ほう」

全身を巡る血が熱くなった気がした。

遅々として進まない渋滞のもやもやも一気に吹き飛ぶ。

「へえ」

なにやら、キナ臭くなってきた。

〈よくわかったな。それも業界調べかい〉

と返信した。すぐに返事が来た。

〈いいや。グアムの喫茶店調べだよ〉

〈なんだそりゃ〉

〈わからなくて結構。堅気の話だからね〉

ああ、そういえば。

〈そうか。喫茶店か。昔のやんちゃも、今はグローバルってか〉

〈そうなるかね〉

〈香港に、喫茶店はあるんかい〉

〈生憎。台湾にはあるけど〉

〈じゃあ、この線は終わりだな。ご苦労さん〉

〈終わりだけど終わらない。蜂谷さんが帰ってくるみたいだから、向こうが手薄かね。で、代わりに向かってるので、別途請求でよろしくお願いします〉

〈ああ？　なんだそりゃ〉

〈久し振りに、六甲のコーヒーも飲みたいもんで。以上。問答無用に返信不要〉

文面を睨み、

〈そりゃ、あれかい。六甲建機に昔馴染みがいるとか。それか、神戸の街でも喫茶店調べが出来るとか〉

と入れてみたが、問答無用に返信不要なので反応はなかった。

その後、しばし瀬川は腕を組んだ。

「けっ。行くったってよ、爺いばっかじゃねえか。敬老会かよ」

やおら身を乗り出し、運転席の久慈に声を掛けた。

「おう。悪いが、品川駅に回ってくんねえか」

その声で、

「ああ？　んだぁ？」

志村がむっくりと起き出した。

「なんでもねえ。野暮用っすよ」

「ほお。そうかい？　ならまあ、いいがよ」

伸びをして欠伸《あくび》をして、志村は窓の外に目をやった。

あんまり進んでねえなぁと呟く。

瀬川は身体を、志村の方に捻《ね》じった。

「野暮用だが親分。ことと次第によっちゃ、何日か留守にするかもしれねえ。いや、襲名式が近えのはわかってる。忙しいのもわかってる。けどよ。すまねえが」

頭も下げた。

狭っ苦しいなあ、と志村は苦笑した。

「なあ、藤太。なんにでも首突っ込むと、身体も命もいくつあっても足りねえぜ。これからぁ、お前ぇの背中に何千、いや、親類縁者まで含めたら、何万もの人間が乗っかってくんだ。身体も命も、気ぃ付けろよ。もっとも、俺ぁお前ぇの正々堂々とした無鉄砲に惚《ほ》れたんだし、お前ぇからそんな気っ風を取ったら、ただの馬鹿しか残らねえがな」

褒められているやら、いないやら。

「ま、好きにしな。馬鹿ぁ極めんなら今のうちだぜ。ぶっ飛んだ馬鹿ぁ、いっそ気持ちがいいや。なんだか知らねえが、どこへでも行ってきな」

志村はそう言うと目を瞑り、すぐにまた、グワッと鴨のような鼾を掻いた。

二十五

十三日は、そぼ降る雨の一日になった。

この日、気象庁は関東地方の梅雨入りを宣言した。例年より五日遅いという。

貴志川が組み小暮がチェックした、毎日呆れるほど澱《よど》みのない完璧なスケジュールをこなし、この日坂崎がフリーになったのは夜の八時半過ぎだった。

実際に選挙活動では、街頭演説や選挙カーの利用は朝八時から夜八時までだが、いつもはそれでフリーになるわけではない。他にも選挙に向けて熟《こな》すべき努力目標はいくらでもある。

この日は、私用を理由に強引に時間を作ったものだった。

〈うちの小暮が行方不明だ。探して欲しい。下手をすると、加瀬大臣以下、宇賀神も小暮

後だった。

　そんな依頼を、三係とのグループＬＩＮＥに入れたのは、父・浩一との通話を終えた直後だった。

　午前一時過ぎは迷惑かとも思ったが、返信は三人の男達全員からすぐに来た。さすがに新海の部下、というか、〈暇なし〉の警視庁に奉職する者達だ。

　それから、真夜中にも拘らずいくつかの質疑応答になった。

　父が知っているようだということと、小暮本人の意思が働いているようだということは伏せた。正確にははぐらかした。

　ＬＩＮＥに送った文面は少しばかり危機感を煽《あお》る格好になったが、加瀬大臣が小暮の所在を知りたがっているのは事実であり、その態度や口調から、小暮の身に降り掛かる危険がないとは誰にも言えない。

　とまあ、この辺の思考は言い訳めいているが、なんにしても、全体は小暮に会えば分かることだ。

　宇賀神周辺から富田が、加瀬周辺から中台が離脱して捜索に当たることになった。太刀川だけはそのまま宇賀神の行確に残った。

　朝になってから、坂崎は貴志川後援会会長にそれとなく、小暮の所在を聞いてみた。

　貴志川と小暮なら、今も繋がっているかもしれないと思ったからだ。

――そっちの事務所に、私が遠隔で動かせるPCを一台もらってますな。金銭の出納から事務所の様子から、すべて把握しておりますな。

選挙戦開始前夜、電話で話した際、小暮はそんなことを言っていた。

「小暮さん？　そりゃあ、大臣のとこに決まってるんだろうに。長野四区。塩尻の選挙事務所。いきなりジュニア、おかしなことを言うねえ」

貴志川はなんの疑念も持たず、小暮は長野と、そう思っているようだった。

あまり深掘りはしない。選挙戦の真っただ中だ。掘って穿《ほじく》り返して、わざわざ不安にさせることもない。

それから選挙戦に没頭して一日が過ぎ、坂崎はこの日は朝から、絹のような雨の中で街頭演説に立った。

梅雨入りだということを知ったのは昼過ぎだった。一旦《いったん》戻った実家兼選挙事務所のシャワーで汗を洗い流し、昼食を取っているときだ。

中台から連絡が入ったのは、その直後だった。

〈見つけた〉

LINEへの書き込みはそれだけで、すぐに電話を掛けた。

中台は南房総の城下町、大多喜町にいるようだった。

そう聞いてもしかし、坂崎には心当たりも土地勘も、まったくない場所だ。

何故、と聞いた。

——小暮信二の生家がある。刑事の勘って言やあ格好いいが、我ながら良く思いついたもんだ。こういうとき実家ってのはセオリーみてえなもんだが、この選挙戦のクソ忙しい最中に陣営を離れるってのは、誰にも盲点だったろうな。理由も不明だし。ただよ。来てみりゃわかるが、いや、わからねえ奴にはわからねえだろうが、茅葺《かやぶ》きの古民家みてぇな家のくせに、庭の垣根から何からよ、えらいセキュリティが張り巡らされてる。それで勝手には入れねえしメーターも調べられねえが、小暮がいるのは間違いねえ。さっき出前持ちの兄ちゃんが来た。それとなく聞いた。中にいるのはハニワかって聞いたら、はいハニワですって言ってた。ああ、因《ちな》みにハニワの注文はざる蕎麦《そば》だったってよ。

捲《まく》し立てるように中代は言った。

いずれにしても聞くだに、情報の確度としては申し分なかった。

特にざる蕎麦は、知る人ぞ知る小暮の好物というか、主食だ。

それで貴志川に言って、強引に夜を空けてもらった。

九時過ぎに新鎌ヶ谷を出て電車を乗り継ぎ、JR外房線で大原まで出た。午後の十一時を回っていた。

その先、大多喜までのいすみ鉄道は当然のようにもう終わっていた。

新鎌ヶ谷を出るときにはまだ降っていた雨は、止み加減だった。

「へへっ。待ちくたびれたぜ」

駅前では、あらかじめ手配したレンタカーで中台が待っていた。

「どうだい。これぁ、別報酬かね」

「そうですね。じゃあ」

三万、と宴席のご祝儀めいた金額を口にすれば、中台はまるで過呼吸のようになって自分の胸を叩いた。

三係の面々は、常になんとも面白い連中だ。

小暮の生家は、駅前から約二キロのところにあった。夷隅川《いすみがわ》を越えて大多喜街道に入り、道がもう一度、蛇行する夷隅川を渡った辺りだ。

街道沿いにドライブインや蕎麦屋などの飲食店が何軒かあったが、民家はあまりなかった。

典型的な日本の原風景だ。早くも蟬《せみ》の声が、喧しいほどだった。草いきれも濃い。

「ここだよ」

小暮の生家は街道沿いの森に、抱かれるようにして建っていた。

レンタカーのライトが注ぐ明かりに垣根が浮かび、その奥に茅葺き屋根の全体像が見えた。

たしかに、古民家然とした佇まいだった。

見る限り、敷地内から外に漏れてくる明かりは皆無だ。

「じゃ、行きます」

道端に停めた車中に中台を待機させ、坂崎は一人でレンタカーを離れた。

垣根は割竹で組まれた建仁寺垣だった。玄関への木戸口の柱にインターホンが設置されていた。

押すと、垣根の奥の方で赤いランプが灯《とも》った。監視カメラだろう。

――おや。ジュニアですかな。

すぐに、十日振りに聞く小暮の声がした。

選挙戦前日よりさらにしわがれて聞こえたのは、スピーカーのせいではないだろう。

「入れてもらえませんか」

――来たなら、仕方ありませんな。

遠隔で木戸が解錠された。

敷地の中に入ると、軒先に小さな明かりが灯った。玄関までは一本道の石畳が誘導するようだった。

周りは暗くてよくはわからないが、ずいぶん背の高い草に覆われていた。伸び放題の雑草だろう。そういう青臭さが強かった。

坂崎が玄関前に立つと、木製に見える扉からはすぐに解錠の音がしたが、内側に人の気配はなかった。玄関も遠隔のようだ。

セキュリティというか、ＨＡ（ホームオートメーション）として万全のようだが、たしかに、ただの古民家然とした家には過ぎた設備かも知れない。

玄関に入ると、その思いはますます顕著になった。

玄関そのものの外観は木製に見えたが、見える外装を施しただけでそれは頑丈な鉄扉だった。一歩足を踏み入れた屋内も、外観には似つかわしくない鉄骨材の補強が各所に施されて全体を繋ぎ、壁は板材や漆喰《しっくい》ではなく、内側は剝《む》き出しの鉄板ですべてが覆われていた。

外からの明かりは入りようもない。各所に設置された屋内灯だけが頼りだった。

これではまるで、シェルターだ。

いや、父の随行で三、四度ばかり入ったことのある、銀行の金庫室に近いか。

「入ったら閉める。これは鉄則というか、躾《しつ》けの部類ですな」

奥から小暮が現れた。

見たことのない姿だった。囚人服のようなストライプのパジャマだ。いや、見たことがないのはパジャマ以上に、その瘦せ方だった。縦ストライプの錯視ではない。

丸く小さいハニワが、まるでムンクの叫びだった。

目が離せなかった。

「ああ。これですかな」

小暮が寄ってきてパジャマの襟元を摘《つ》まんだ。

「二年前、商店街の歳末大売り出しの福引で当たりましてな。普段は着ないのでこっちに置いておきましたが、まさか袖を通す日が来るとは。まあ、助かってますが」

どこの商店街だ、という疑問はこの際どうでもいい。

聞きたいことは山ほどあった。

小暮はまず、先に立って奥に向かった。整然と並べられた段ボールやらプラスチックケースやらの間を抜けていくと、電動リクライニングの白いベッドが置かれていた。

その周りにだけ、いやに濃い生活臭があった。

百リットルクラスの冷蔵庫、四十五インチオーバーのテレビ、四人掛けの食卓の上には、飲み掛けのお茶のペットボトルと書き掛けのルーズリーフ、食パンとトースター。

壁際には昔懐かしい、青いビニールカバーのファンシーケース。

ベッドの足元方向には最新型のＯＡデスクと、オールインワンのデスクトップＰＣが三台と、Ａ３型のレーザープリンタが一台。

それらはデスクごと引けば、ベッド上に覆い被さるようにスライドすると思われた。

全体を見回し、坂崎は目を細めた。

どうにもわからなかった。

小暮はここで、何をしているのだろう。

「最近はあまり出歩きませんので、すぐ疲れましてな」

小暮はそう断り、食卓上のペットボトルを持ってベッドに上がった。リクライニングは起きていた。

ペットボトルのお茶を飲み、一息つく。

「私がここだと、よくわかりましたな」

小暮は、ベッドの上に斜めに横たわって聞いてきた。

やけにその佇まいが似合った。まるで、長年寝付いた老人の風情だった。

坂崎は食卓から椅子を一脚寄せ、小暮のベッドの脇に座った。目の高さが小暮と同じになった。

「こっちもビックリです。全然別の流れだったんですけど」

「流れ、ですかな」

新海が撃たれたことから始まる一連の流れ。

「ほう。撃たれましたか。撃たれて流れを作ったとか。ほう。それで、ですか。先送りを前倒しに。なるほど。お節介の真骨頂ですな」

小暮はぼそぼそとそんなことを呟き、少し遠い目をした。

「どうしました？　何か？」

「いえ。大したことではありませんな」

小暮は首を横に振り、坂崎に話の先を促した。

三係の面々に拠《よ》る捜査。

宇賀神、稲尾、金沢、そして加瀬。

「ほうほう。やはり、加瀬孝三郎が直々《じきじき》に寄ってきましたか。いやいや、離れた、と言うべきでしょうかな」

このときは、目には怖いくらいの光があった。

もう一度ペットボトルのお茶を飲んだ。

「さて、何から話しましょうかな」

「何からでも。いえ、何から何まで」

「と言われてもですな、わざわざこんな田舎まで出向いてもらっても、話せることと話せないことはありますな」

「話せないこととは?」

「ジュニアには必要のない話、ですな」

「僕に必要のない話とは?」

「そうですな。私がこのまま墓場まで持っていく話、ということになりましょうな」

坂崎は口元を引き締めた。

この会話だけでもわかることは大いにあった。

小暮が知っていて坂崎に必要ないなら、父に関する某かの話ということになり、墓場まで持っていくと断言するなら、当然それは後ろ暗い話になる。

「父は、わかっているのですか」

「私の思いは、ご存じですな。詳細についてはさて、聞いたこともありませんので」

坂崎は頷いた。

この所在不明には、小暮の意志が働いていると父は言った。

意志は政治的理念、信念等、小暮のすべてだとも言った。

父と小暮の信頼関係、絆を思うばかりだ。

二人の間にのみ存在する暗黙の了解を、坂崎が知ることの意味、価値は、おそらくない。

喉の渇きを覚えた。

そう言えば夕方から飲まず食わずだったことを思い出す。

「私も、もらいますよ」

坂崎は冷蔵庫に向かった。

開けて目を細めた。

冷蔵庫の中には他に、大量の栄養ドリンクと真空パックの食料しか入っていなかった。

二十六

坂崎は冷蔵庫からペットボトルのお茶を一本取り出し、椅子に戻った。半分ほどを一気に飲み、ひと息ついて気分を変えた。

「小暮さんの実家って、こっちの方だったんですね。知りませんでした」

「田舎の田舎ですな。けれどジュニアの鎌ケ谷も、昔はここと大して変わらない田舎でしたな」

「えっ。そうなんですか」

「そうですな。けれど、田舎には田舎の味もあると、ようやく最近では思いますな。歳ですかな」

小暮はほっそりと笑った。

「私は米農家の跡取りでしてな。ただ父親が常々、米作りは俺の代までたくさんだ、などと言っておりましたな。自分も嫌だったんでしょうな。都会への憧れと言いましょうか。私もそれを、当然として受け止めていましたがな。けれどそれも、いざ都会に出て揉まれ続けると、思いますな。野菜でも作って自給自足と、そんな暮らしがしてみたいと。他人《ひと》事《ごと》ではありませんな。昨今の流行も、実感としてわかるというものです。私らの年代、いや、広く私ら以降の者達は、皆疲れておるんですな。ジュニアには是非、そんな社会を大いに改革して頂きたいものです」

父と小暮ほどではないが、坂崎も小暮とは長い。わかることも多い。

長広舌は、あまり小暮らしくなかった。

「体の具合が、あまり良くなさそうですね」

聞いてみた。無回答かとも覚悟したが、小暮は頷いた。

「糖尿やら肝臓やら、色々問題はあるようで、大分前から入院と言われてはいますな」

「だいぶ前って、いつ頃からですか」

「そうですな。まあ、ジュニアが議員事務所を離れる前、ではありますがな」

ああ、としか言いようはなかった。驚きは特にない。体調の悪さはそれで納得だった。

どうして入院しないのか、は聞くまでもない。

選挙中だからだ。

「昔から、悪さばかりしたツケでしょうな」

「あれ？　小暮さんにもそんな頃があったんですか？」

「当たり前ですな。人並みには」

それから暫時、小暮の昔話になった。武勇譚でもあったか。

加瀬孝三郎の名がよく出てきた。

加瀬と小暮の付き合いは、小暮と父の付き合いとほぼ同じ年月のようだった。つまり、父が国政に登壇して以来、ということだ。

ずいぶん遊び歩きもしたらしい。〈悪さ〉もだ。

〈悪さ〉の内容について、小暮は多くを語らなかった。

坂崎の脳裏で、加瀬に相京忠治が重なった。貫禄もなるほど、似たようなものだった。

「とはいえ、今までのはすべて、表面の話です。それ以上の話こそ、多くは私が墓場まで持っていくもの、ジュニアには必要のない、いえ、百害あって一利のない話になります。ただ、敢えて言うなら、加瀬孝三郎には、気を付けることですな」

小暮の昔話が、いきなり今に繋がった。

「えっ。それは?」

「百害に甘んじても、大きな一利を得るための話、ですかな」

小暮は、腕を伸ばし指先で足元のOAデスクを示した。

促されるままに坂崎は顔を向けた。

PCは三台とも起動していた。一台は、モニターに細かい数字の羅列があった。何かの表計算のようだ。

別の一台には、監視カメラの映像が十六分割で映し出され、街道沿いに停車した中台のレンタカーも映っていた。

もう一台も同様に十六分割だったが、どう見てもそれはこの場所ではなかった。人がワサワサと動いていた。見た感のある外部と内部の映像で、一瞥《いちべつ》で理解された。映し出されていたのは、鎌ケ谷の実家兼選挙事務所の内外各所だった。

そんな監視カメラの所在を、坂崎は知らなかった。

いや、間違いなく年末の大掃除のときにはなかったはずだ。坂崎が自ら掃除した神棚からのアングルもあった。

「ジュニアが蓼科に入ってすぐ、私が設置させましたな」

小暮は事も無げに言った。

何故、と坂崎が聞く前に小暮は、それが答えでもありますな、と続けた。

「長野四区と千葉十三区の、総選挙における党の方針は決まっていましたからな。坂崎浩一と私が長野で、マッサンが議員会館だとしたらさて」

マッサンとは選挙戦現在、一人で議員事務所を守る公設第一秘書の西岡雅史のことだ。小暮と西岡は、互いを信ちゃん、マッサンと呼ぶ。

「鎌ケ谷で一人になったジュニアを、加瀬孝三郎という男がどう扱うかと思いましてな。敢えてジュニアには何も言わず、色々仕込ませてもらいましたな。私が表に出ないシチュエーションは、私自身の身体のこともありましたが、一石二鳥というやつでしょうかな」

坂崎は頷いた。というか、聞くしかない話の内容には、頷くしか出来ることはない。

「そっちのモニターも、同様ですな。合わせて見れば分かるものもあります」

小暮が示すのは表計算の画面だった。

よく見れば、何かの出納帳のようだった。

話の向かう先を考えれば自《おの》ずと分かった。

それは、坂崎和馬選挙事務所の、選挙運動費用収支の原本に違いなかった。

「毎日の人の出入り。金銭の出納。私はここで見ていましたな。特に人の出入りは、もう二カ月になりますかな」

「二カ月、ですか」

「そうですな。長いと思うかもしれませんが、それが細心の注意というもので、加瀬孝三郎という男には必要な注意でしょうな。まあ、結果として」

色々当たりました、と小暮は満足げに言った。

「普段の人、普段の金の流れ。まずはそこら辺を頭に叩き込む必要がありました。坂崎浩一という傑物なら、一度見れば忘れないんでしょうが、私は不器用ですからな」

そんな話なら去年、小暮に聞いたことがあった。父の事件絡みで浅草寺の豆撒きの映像を見たときだ。一度見て小暮は違和感を覚えたと言った。それを父なら違和感どころではなく、一度で見抜くとも――。

坂崎は未《いま》だ、その域には届いていない。

「ジュニアはこれからですな。ジュニアはまだ立候補者であって、政治家ですらありませんな」

先回りするように小暮はそんなことを付け加えた。

「叩き込んだ後、選挙が見え始めてからうねり始める後援会事務所への人の出入りと寄付、出納。選挙戦突入後の選挙事務所への人の出入りと寄付、コッソリ置かれる陣中見舞いまで。うっかり見落とせば公職選挙法違反の材料になり得る小細工は、掃いて捨てるほどありましたな」

「えっ」

さすがに、坂崎は一瞬絶句した。

「気付きませんでした。大甘ですね」

「いやいや」

小暮は緩く首を横に振った。

「掃いて捨てるほどはありましたが、貴志川会長をして見過ごすほどの周到さでもありましたな。加瀬という男の老獪《ろうかい》さ、しつこさの表れでしょうが、そんな男の〈罠〉が気になりましたからな。だから今回の選挙は、特化して見張り番をしていましたな。そうでなければ、私でも、さて、ですな」

「いえ。でも、私の選挙事務所のことです。すべてを把握するのは私の責務です」

「その意気や良し、ですな。甘いと反省する部分があると自覚することは、ジュニアがこれからまだまだ伸びるということですな」

「そう、でしょうか」

それ以上の言葉はなかった。

「あの、ということは、今回のことを貴志川さんは」

「私の所在については知らないというか、長野だと思っているのではないですかな。特に聞かれないことは口にしないのは、秘書の鉄則ですからな。ただ、加瀬孝三郎が何かしてくるかも、とは知ってますな。というより、私が巻き込んだ形でしょうか。金銭関係の閲覧は貴志川会長からネットワークのパスをもらいましたし、人物・現物に対する対処は私が見つけ次第、彼に連絡しました。顔で笑って、今回の選挙ばかりは、会長親子は寝る間もなかったのではないですかな。まあ、それ以上に、私もたいがい寝ませんが」

いつの間にか、項垂《うなだ》れている自分がいた。

それさえ、まるで気づかなかった。

それだけ選挙戦に集中していたとも、新海の一件に集中が乱れていたとも、選挙事務所の関係者を信頼していたとも言えば言えるが――。

どれも言い訳に過ぎない。

伸びる余地、と小暮は言ってくれたが、余地とはやはり、つまるところ未熟と同意だ。

小暮がペットボトルのお茶を飲んだ。空《から》になったようだった。

「まあ、小細工は人からも物からも、加瀬大臣の名が出るようなものはありませんでした。抜かりなしですな。ただ、写真であったりデータであったり、ネタはこちらにとっては死活に直結するものばかりでした。それを使って、笑顔で人を騙《だま》し、誑《たぶら》かし、抱き込み、囲い込み、そして笑顔で突き落とし、切り捨て、踏み躙《にじ》る。加瀬孝三郎は、そんなことが平気で出来る男なんですな。つまり――」

言って小暮は、おそらく、笑った。

「立派な、政治家ですな」

ああ。

ああ。

それが、立派な政治家か。

思わず目を閉じ、溜息を一つ。

次いで目を開けると、ベッドの上に正座した小暮がいた。ライトの光量が落ちた気がした。その分を、影のような小暮が吸い込んだか。

「少しだけ、深い話をしましょうか。折角、先送りを前倒しにされたのですからな。そう、話せることと話せないことの、間の話にはなりましょうが」

「――はい」

自然、坂崎の背筋は伸びた。

それから、二、三の話をした。小暮の一人語りに近かったが、内容は濃かった。濃い、グレーだ。

この場所の意味、おそらく、その大枠程度。

父の選挙資金の流れ、おそらく、その入り口と出口。

それだけで、小暮が詳細はすべてを墓場まで持って行ってくれるという言葉が有り難かった。

そうして、愕然《がくぜん》とした。

(有り難い？　有り難がったのか？　今、俺は)

ああ。

涙が出た。

これはきっと、駄目な政治家だ。

小暮は、坂崎の頰を伝う涙の行方を、最後まで見ていた。

「さて、こんな田舎までご足労頂きましたがな、私の話はこんなところで終わりです。もう、帰った方がいいですな。明日に差し支《つか》えます。選挙は、もうひと踏ん張りの時期ですな。ここで気を緩めてはいけません。最後の最後、最後のその一言で、情勢を良くも悪くもひっくり返した候補者を、私は何人も知っていますな。天国と地獄の分かれ目は、どこにでもあって最後まであるのですな」

「はい。了解です」

　坂崎は立ち上がった。

　ふと気づき、自分と小暮の空いたペットボトルをゴミ箱に捨て、冷蔵庫から新しい冷えた一本を取り出して小暮のベッドサイドに置いた。

　一礼をする。

　小暮は糸のような目を三日月形に緩めた。

「私は、生きていました。お父さんに拾ってもらって、ジュニアと一緒に仕事が出来て、実に生きていましたな。楽しかった、と言っておきましょうかな」

「ははっ。やだなぁ。小暮さん。それじゃまるで、最後の挨拶みたいじゃないですか」

「なんの、まだまだ。お父さんに拾ってもらったときはお父さんに願いを託しましたが、それが達成されると、人の欲望は際限がないですな。次が出来ました」

「なんでしょう」

「まずは、ジュニアを一人前の代議士にすること。望みは、その変貌を私の手で仕上げること。それを成し遂げること」

　坂崎は思わず、手を差し伸べた。

「頑張ります」

「頑張らなくても成るのが、一流の政治家ですな」

小暮の手は小さく痩せて、冷たかった。

「選挙が終わったら、病院へ」

「勝ってから考えることです。いえ、ジュニアは考える必要のないことですかな。些末《さまつ》なことです」

ここで失礼しますな、という小暮をベッドに残し、外に出た。

背中でオートロックの音がした。

雨が上がっていた。

ただ、月はもう西の端《は》に沈んだようだった。星だけが綺麗《きれい》だ。

中台がレンタカーの外に出て、助手席のドアに寄り掛かっていた。

近づいて坂崎は頭を下げた。

「ありがとう。これはいい情報でした。別途に五万円です。いや、十万円。それでも足りないくらいだ」

飛び上がる、かと思ったが、坂崎の神妙な様子を見てか、〈あの〉中台にして静かだった。

運転席側に回り、中台はドアを開けた。

「この後は、どうします？　俺らぁ、今はあんたの指示で動く駒だ」

「富田さんにも言いましたが、選挙が終わるまで、特段の案件がなければこのままお願いします」

「このままとは？　加瀬の方かい」

「いえ。ここです。ああ、ここも、かな」

「ここ？」

坂崎は助手席のドアを開けて一度、顔を来し方に振り向けた。

「ときどき、気に掛けてください。もしかしたら――」

坂崎は言葉を飲んだ。

喉の奥に痛い、苦く、棘《とげ》のある言葉だった。

強引に飲み落とした。

清濁、併せ飲む。

いや、なんでも飲み込む。

それが、一流の政治家になる、ということなのかもしれない。

顔を上げれば、ないはずの月が、上天に見えるようだった。

二十七

六月十六日の日曜日は、衆議院議員総選挙の投開票日だった。

新海は病院のベッドの上にいた。壁際のテレビには民放の選挙特番が映っている。病院の早い夕食を済ませた新海は、七時からこれまで、民放各局の特番を流し見していた。とにかく野党に勢いも一体感もない、ということで、どの局のコメンテーターも意見は一致していた。

今回の選挙は選挙戦突入以前から、坂崎浩一・和馬父子の二代議員誕生か否かが、マスコミお得意の煽りの中心だった。

逆に言えば、そんなことでも話題にしなければ盛り上がりに欠けるほど、与党新自党の圧勝は揺るがないということだ。

時刻は間もなく投票終了の、午後八時になるところだった。

「なんか長かったようで、あっという間だったな」

選挙期間中、新海はずっと病院の中だった。正確に言えば、病室とリハビリテーションルームを行ったり来たりだ。当然、期日前投票など考えようもなかった。

病院の付近を慮《おもんぱか》ったかどうかはいざ知らず、選挙になると風物詩のように聞く選挙カーからの候補者指名連呼すら、ほぼ聞いた覚えはない。

ということで、坂崎が出馬しているということがなければ、今回の選挙は新海にとって別世界の出来事と言っても過言ではなかった。

「でも、身体はずいぶんよくなったじゃない。車椅子が歩行になったでしょ。――はい」

ほぼ毎日のように病室に顔を出す茜が、リンゴを切って差し出した。

「うー」

ウサギに切られたリンゴを耳から口にして、新海はかすかに顔をしかめた。

美味《うま》いか美味くないかとか、甘いか酸っぱいかとか、そんな味覚の前にそろそろ飽きが来ていた。

が、わざわざ来て切ってくれる妹に、そんな情け容赦のないことは言わないというか、口が裂けても言えない。

相手は刃物を持っているのだ。

そもそもその前に、町村がリクエストをしたらしい果物の詰め合わせ群から、まずリンゴが大いに余ってもいた。そろそろ、賞味期限の問題がある。

この投開票の日のことは、茜には三日前の仕事帰りに寄ったときに何気なく尋ねておいた。

「日曜日は、あれか。坂崎の事務所に行かなくていいのか？」

即座に真顔で返ってきた答えは、

「なんで?」

だった。

以降、この特に兄として心に引っ掛かる微妙な問題に関しては聞いていない。

まあ、茜が居ようが居まいが、当選する奴は当選して、落ちる奴は落ちる。

かえって、落ちたときに稀人《まれびと》の疫病神扱いで茜を非難する支援者でもいた日には、兄として瀬川でも誘って殴り込みの算段をしなければならないのも、よくよく考えれば実に面倒だ。

リンゴのウサギを三羽嚙み砕けば、投票締め切りの午後八時になった。

どの局も一斉に、それぞれの〈総力〉を結集したとかの出口調査を披露し始める時間だ。

ちょうど新海が見ていた局で、まず一番に当確マークが打たれたのは東京二十区、現職の加瀬孝三郎外務大臣だった。

が、おそらくこれは、どの局を見ても同じだったろう。

なんといっても次期総裁候補だ。さすがに強いと言わざるを得ない。

新海の記憶にもこれまでなら、続けざまに鳴る当確チャイムの二番目か三番目で、坂崎浩一に当確のバラが付いた気がするが、この夜はそうではなかった。今回に限っては少々遅めだった。

地盤を息子に譲ったということの下方修正、割り引きはやはり必要ということか。

単純な落下傘候補ではないが、本人の全国的な人気と、新自党県連の地力に結果を委ねざるを得ないのは間違いないところだ。それで各局とも、一拍や二拍の様子を見るところはあるのだろう。

画面内では、まずは加瀬孝三郎事務所から本人の当選の弁がインタビュアーも困惑顔をするほど長々と続いた。三分はあっただろうか。

その間にも、当確のチャイムが何度か鳴って氏名が画面の情報を賑《にぎ》わせた。

さらに一分が経過した頃、ようやく軽やかなチャイムに続き、画面上に〈坂崎浩一　新自党　現職　当確　開票率十七％〉と出た。

――ええ。加瀬大臣、今後もなお一層のご活躍を期待いたします。本日はお忙しいところ有り難うございました。そしておめでとう御座いました。

番組のMCが、強引に映像をスタジオに引き取った。

切り替えの瞬間、残像のように一瞬だけ映った加瀬の悪相は見物だった。新海がディレクターなら、年末の『面白映像百選』に回すだろう。

画面内ではスタジオでコメンテーターが何か言っていた。

それもまたMCが強引に引き取り、

――さて、息子さんである坂崎和馬候補に地盤を譲っての出馬となりましたが、選挙区を移っても、さすがに現職の中でも好感度一位、二位を争う大臣です。早くも当確が付きました。では、塩尻の坂崎事務所には赤石アナウンサーが行っています。赤石さん。

生中継が塩尻の坂崎浩一選挙事務所に変わった。

久し振りに見る坂崎父は、威厳のようなオーラが以前より増しているように感じられたが、それ以上に若々しく見えることに驚かされた。

離れ離れだった妻が寄り添ってくれるだけで、と考えれば、坂崎父はもとより、男はいくつになっても単純な生き物なのかも知れない。

坂崎父と番組MCの絡み、さらにはコメンテーターからの質問があった。

——ご当選、おめでとう御座います。

——有り難う御座います。

——選挙区を移られたわけですが、率直な今のお気持ちを。

——移った感じも積もりもありませんよ。ここは私達一家と昔から縁の深い土地で、安らぎを与えてくれたところで、それはこれまでも、これからも変わることはありません。

——それにしても生まれ育った、あっと、これは政治家としてという意味で捉えていただいて結構ですが、その生まれ育った場所を離れるということに変わりはないように思われますが。

——故郷は遠きにありて思うもの、とも言います。捨てたわけではなく、しっかりとそこは継ぐべき者に継がせた、という自負もあります。今、私は故郷を離れ、当選という結果を受け、終《つい》の棲家《すみか》に迎え入れられた、許されたのだな、という感覚です。

など、坂崎父は端的に明快に、一つ一つの質問に答えた。

長々としゃべられるより、一問一答は見ていても聞いていても、いっそ気持ちがよかった。

「こりゃあ、加瀬大臣より親父《おやじ》さんの方が上だな。また好感度アップしたりして」

新海がそんなことを呟きながら、リンゴのウサギ五羽目を処理したときだった。

また、当確のチャイムが鳴った。

「おっ」

新海の口から思わず声が漏れた。

〈坂崎和馬　新自党　新人　当確　開票率十一％〉

坂崎の当確だった。

最初から疑いようはなかった。マスコミの論調も同様だった。

だが、実際に画面上にも、党本部のボードにも当確のバラが打たれると、自分が出馬したわけではないがホッとする。

と同時に何か、坂崎という男の存在が遠くなった気もする。新海の中で希薄になったとも言おうか。

ふと見れば新海の脇では、茜が自分の身体を自分で抱き締めていた。

少し、震えてもいた。

（ああ）

そういう心理も、あるだろう。

――坂崎大臣、息子さんにも当確が出ました。おめでとう御座います。

ＭＣが言えば、坂崎父は頷いた。特に笑顔はなかった。

――有り難うございます、というべきでしょうか。私にすれば、私の故郷を譲ったのですから、不遜《ふそん》かもしれませんが、ここまでは当然の流れです。これから本人が、支持してくれた有権者に何を返すか。この国をどこに運ぼうと望むか。私はそちらにこそ、希望も不安も感じるばかりです。

――さすがと言いますか、手厳しいですね。さて、申し訳ありませんが、中継を引き取らせていただきます。大臣、これから息子さんの事務所にカメラを移します。後ほど、今度は二元で繋げればと思ってますが、今すぐ何か、ご本人に伝えたいことはありますか？

――特には。同じ土俵に立った以上、失敗も成功も、栄光も挫折も、これからのすべては本人次第です。私に出来ることはもう、何もありませんから。

――有り難う御座いました。

――いえ。こちらこそ。

坂崎父は軽く頭を下げた。

画面が切り替わる一瞬は、加瀬孝三郎のときとはまったく違う一瞬になった。

坂崎父の口元に中継の間で初めて笑みが浮かび、かつ、柔らかく見えたのは、そうは言ってもやはり親、だからだろうか。

(これはこれで、年末の映像百選でいけるかな)

六羽目のリンゴのウサギを口にしながら、新海は漠然とそんなことを思った。

二十八

ＭＣは引き取った映像をスタジオで繋いだが、次の準備はすぐに整ったようだった。

――さて、今選挙の目玉でもあった坂崎ジュニア、坂崎和馬候補に初当選の当確です。現場には、ええと、三沢アナウンサーがお邪魔しているようです。お願いします。

すると画面にはまず新海もよく知る、坂崎の実家兼選挙事務所の、選挙事務所側の夜景が映し出された。外にまで事務所内の、まるで地鳴りのようなざわめきが聞こえてきた。

夜の闇から、明るい光の中にゆっくりとカメラは入っていった。

途端、画面の映像は間違いなく、一瞬震えた。

事務所内はとにかく、うねるような喜びに満ち溢《あふ》れ、万歳三唱の嵐だった。

そのど真ん中の壇上に、坂崎和馬が一人で立っていた。

「ん?」

リンゴを齧りながら、新海は眉をひそめて身をテレビの方に乗り出した。

なにか、坂崎の雰囲気が今までと違う感じだった。

よくはわからないが、どこかが硬い気がした。

緊張という意味ではない。

硬質、という意味だ。

鋼の硬さは、強さか。

三沢と呼ばれた女性アナウンサーがにこやかに、当確が決まった瞬間の事務所の様子を伝え、そのまま壇上に上がった。

――おめでとうございます。

マイクを向けられた坂崎は、型通りに頭を下げた。

――有り難うございます。

――初の選挙、初の当選。いかがですか。

――素直に嬉しいです。と同時に、改めて身の引き締まる思いもしますね。

――お父様も当確です。

――知っています。先ほど、後援会会長から聞きましたから。素直に、おめでとうございますと言いたいです。

――ご自身の当確はお父様に少し遅れました。そのことについて何か。

――特には。いえ、そうじゃないですね。いつかは越えなければ。それが正しい答えでしょうか。継ぐとは、いずれ越えること、その覚悟を持つことだと、立候補を決めたときから胸に刻んでいます。

――厳しいですね。

――そんなことはないですよ。私の支持者、事務所スタッフ。多くの、本当に多くの人達に支えられ、その願いと祈りを国政に反映すべく、ここに立たせてもらっています。叱咤激励、刻苦勉励こそが、政治家として生きるこれからの私の糧《かて》でしょうか。

――話し方も、ずいぶんお父様に似てらっしゃいますね。

――そこら辺はやはり、親子ですから。

実績のない新人議員だからか、以降も漠然とした質問が多かったが、坂崎は冷静に、丁寧に受け答えた。

端整な顔立ちとも相まって、印象はまったく悪くなかった。

むしろ好印象で、ランク付けするなら加瀬孝三郎より遥かに上で、新人に対する一般的な興味という点も加味すれば、もしかしたら坂崎父にも勝るかもしれないほどだった。

「へえ。やるなあ。さすがに――」

坂崎だと言おうとしたとき、ふいに新海の携帯が振動した。

中台からのLINEメールだった。

何気なく目を通した。

それだけで――。

「なっ」

思わず口から、強い驚愕が言葉になって漏れた。

体内の血潮が一瞬にして沸騰し、逆流を始めたような気さえした。

額の向こう傷だけが冷たく、このときばかりは冴えはせず、ただ凍るように冷たく感じられた。肩も落ちた。

「……なんだよ。……それ」

「えっ。何？　お兄ちゃん、どうしたの？」

茜の声も視線も、このときは捨て置きだった。

新海は目を見張り、画面を睨むようにして固まった。固まらざるを得なかった。

その間に中継はいったん鎌ケ谷を離れ、何人かの当確議員のインタビューに移ったが、新海はベッドの上でそのままだった。

茜がただただ、心配そうに新海の様子を見ていた。

番組は進み、坂崎親子の二元中継になったようだった。

坂崎浩一・和馬親子の直接の会話もあったようだ。

ただ――。

耳から音声は入ってくるが、新海の目ははっきりとした画面の像を結ばなかった。虚《うつ》ろだった。

やがて塩尻の坂崎事務所を中継が離れ、鎌ケ谷の事務所だけが映った。

――それでは、まだまだお忙しい坂崎議員です。そろそろこちらも最後の質問にさせていただきたいと思います。

中継はまとめに入るようだった。

新海の携帯がまた振動した。

中台からの続報だった。

それでようやく、新海は我に返った。

目を通した。

中台は事実だけを、淡々と伝えてきた。

少しだけ落ち着きが戻った。

戻ったのは人としてではなく、新海の中の刑事の部分が、だったろう。

――ジュ、ジュニアッ。

テレビから、聞こえる誰かの叫ぶような声がした。

音声は耳にクリアだった。

見れば画面の中に下手《しもて》から、血相を変えた後援会会長が走り込んでくるところだった。たしか、貴志川という名前だったか。

そのままアナウンサーを押しのけるように壇上に登った貴志川は、坂崎に勢いよく抱き付いた。

正しくは、抱き付くようにして何かを耳打ちした。

ほんの短い時間だったが、間違いなく坂崎は、愕然とした表情を見せた。

――あの、ちょっと。

アナウンサーが立て直そうとするが、その横で坂崎は天を仰ぐような姿勢で固まった。

「おい」

新海は思わず、画面に向かって声を掛けた。

新海には、坂崎の豹変《ひょうへん》の理由がわかっていたからだ。

おそらく貴志川が坂崎に耳打ちしたのは、中台から新海の携帯に入った一報目と、大まかには同じ内容だろうと思われた。

逆にそれしか考えられなかった。

〈小暮信二、猟銃自殺。セキュリティ会社と駐在が確認し、現在現場保全中。いずれ、勝浦警察署からPCと鑑識が到着の予定〉

初動にして、けれどこれがすべてだった。

続報は、一報を裏付けるものでしかなかった。

〈PC、鑑識到着。事件性なし。事故の線も、限りなく細い模様〉

還せないものが、還ることはない。

なぜそうなる。

新海の思惑は、そうではなかった。

（いや）

小暮の思うところは、そうだったのかもしれない。

（いや、違う。だからって、なんだ）

それにしても、ならばこそ、失われようとする命を救わなければいけないのは、警察官としての新海の使命だ。

いや、それこそ生来の、お節介の真骨頂というものだ。

思いは慚愧《ざんき》を連れ、新海の中を巡りに巡った。

――あの。坂崎議員。

画面の中では、アナウンサーが坂崎に声を掛けていた。

中継のタイムテーブルは、すでに不測の域に入っているに違いない。

――繰り返しになりますが、最後に、これから国政の場に向かわれることになるわけですが、改めてひと言、お願いします。
坂崎の様子などお構いなしに、女性アナウンサーが質問を投げ掛けた。
そのときだった。
一人の男が会場に現れ、大きな花束を抱えて壇上に上がった。
髪を七三に分け、満面の作り笑顔を浮かべたスーツの男だった。
抱える花束は、溢れ返るほどの真紅一色のバラだった。
——うわぁ。素敵なバラですねぇ。どなたでしょうか。
アナウンサーが男にというより、バラの花束に興味を示してマイクを向けた。
少なくとも当確祝いに訪れた何者か、ということだけはわかる。
——おめでとう御座います。
男は大仰に姿勢よく腰を折った。顔はマイクの方向だった。
——加瀬孝三郎の秘書を務めます、工藤《くどう》と申します。
坂崎がゆっくり頭を戻した。
新海は唸った。
坂崎の顔が、あまりにも表情に乏しかったからだ。
小暮の自死の、あまりの衝撃か。
工藤という加瀬の秘書に対する、無関心か。

――ささやかではございますが、加瀬よりのお祝いでございます。お受け取り下さい。

機械仕掛けの人形のように、坂崎が差し出される花束を受けた。

事務所内に割れんばかりの拍手が沸き起こった。

工藤は両手を上げ、一同の拍手に同調する態度を見せた。

それで拍子を合わせて主導権を握る、とか。

なかなか手慣れているように見えた。さすがに、加瀬孝三郎という狐狸の類《たぐい》の秘書だ。

では皆さん、と工藤は事務所内を広く見回した。

――万歳三唱は、もうお済みでしょうか。

――たっぷり済んでるよぉ。

と誰かの合いの手が掛かった。

工藤は頷いた。

目に少し、色の濃い光が宿ったような気がしたのは、新海の気のせいではないだろう。

――では、坂崎和馬君の初当選を祝し、勝ち鬨《どき》を上げたいと存じますがいかがでしょうか、皆さん。

「なんだって！」

新海の尻が思わず上がった。

他人事ながら、それがどういう結果を生むかは、おそらく新海には誰よりもわかっていた。

「え、それって大丈夫なの？」

茜でさえも口元に手をやり、不安そうに呟いた。

だが坂崎の事務所内は、

――いいぞ。

――そうだぁ。

と囃《はや》す者もいて大いに盛り上がっていた。

盛り上がってしまった。

「やばいだろ、おい」

新海の言葉とシンクロするように、画面の中でも後援会長の貴志川が慌てて動いたが、工藤はどう見ても、それを敢えて無視したとしか思えなかった。

逆に片手を伸ばし、貴志川の動きを封じる格好だ。

――それでは、皆さん。

工藤はもう一方の手を引き、拳《こぶし》を握った。

――ご唱和ください。

「待て待てって」

――エイエイ。

「うわ」

新海は思わず目を瞑った。

泡を吹いて卒倒する坂崎は、二度と見たくなかった。

――オー。

エイエイ、オー。

エイエイ、オー。

しかし、画面の中からも茜からも、何かの異常を目《ま》の当たりにした様子は窺えなかった。

エイエイオー。

新海はゆっくり目を開けた。

目を開け画面を見据え、息すら止めた。

エイエイオー。

画面の中で、坂崎は泡を吹きも、卒倒もしていなかった。

勝ち鬨と突き上げられる拳の屹立《きつりつ》の中、口を真一文字に引き結び、支持者達の勝ち鬨を真っ向から受け止め、実に堂々と立っていた。

「——坂崎」

新海は思わず、忘れていた息を言葉にして大きく吐き、坂崎の姿に見入った。

やがて一同を睥睨《へいげい》するように顔を動かし、それからゆっくりと頭を下げた。

下げて戻る顔つき、その表情に、一瞬だが坂崎父が重なった。

鋼の印象だった。

その隣で工藤が、かすかに首を傾《かし》げた。

やはり坂崎のトラウマをわかっていたに違いない。

その醜態を全国に晒《さら》そうとしたのだ。

逆に貴志川はどう受け止めていいかわからないようで、不思議な泣き笑いの表情だった。

工藤が怪訝《けげん》な表情を隠せぬままに壇上を降りた。

その正面にカメラがあることを失念していたようだ。

口の端を歪めた悪相が、全国放送の電波に乗った。

慌てて作る笑顔は無様を通り越し、滑稽ですらあった。

カメラもそんなものをいつまでも映したくはないのだろう。すぐに壇上の坂崎にパンアップした。

坂崎がアナウンサーのマイクに近づくところだった。

――国政に向けてひと言、と言うご質問でしたね。

声もトーン自体が変わったようだった。含みのあるいい声だ。

坂崎和馬が、一皮剝けた。

そんな生易《なまやさ》しい表現で追いつくか。

――国を思う心を天に向けて。天に恥じないように。天に笑われないように。

――えっ。それはどういう。あの、神様にってことですか?

アナウンサーが一瞬、狐につままれたような顔をした。

坂崎は笑い掛けた。

惚れ惚れするほど、決まる所作だった。

――私の尊敬する方々、敬愛する人達。そんな意味ですよ。深くも難しくもありません。まずは、働く人達に優しい社会。少なくとも、勤労者が疲弊しない社会。私の敬愛する一人の人は、私にそんな社会を願いました。私は、目指します。お約束します。どうか、見ていてください。

小暮さん、という言葉が新海には聞こえるようだった。

坂崎が静かに頭を下げた。

一挙手一投足が、万華鏡のように場の雰囲気を搦《から》めて作り替えるようだった。

わずかな静寂の後、辺りは割れんばかりの拍手に包まれた。

――以上、坂崎和馬選挙事務所からでした。

アナウンサーの声は、マイクを通しても途切れ途切れだった。

ほう、と聞こえたのはだから、テレビではなく茜の吐息だった。

「なんか、坂崎さん。すごく変わったわね。お兄ちゃん。そう思わない？」

そうだな、とは言えなかった。

良くも悪くも、いや、良くだとすれば切っ掛け、悪くなら引き金、どちらにしろ作ったのも引いたのも、もしかしたら自分かも知れない。

髪に手を差し、掻き回した。

額の向こう傷が、少し熱を帯びて感じられた。

決めておもむろに、新海は茜に顔を向けた。

「茜。明日からだけどな」

「うん。何？」

「回復が順調なんで、明日からハードなリハビリだってさ。んで、一般病棟の方に移ることになった。個室は個室だよ」

「え。聞いてないよ」

「忘れてた。だからもうさ」

　来なくていいよ、と新海は言った。

「ええ。なんでよ」

「なんでって、大丈夫だからだよ。わからないなあ。普段なら嫌がるのに」

「なに言ってるのよ。撃たれて入院だなんていう非日常の、どこに一般的な普段があるのよ」

「ごもっとも。でもさ、本当にもういいよ。なんたって」

　新海はベッドの上で胡坐《あぐら》を掻いた。

「リンゴがさ、ようやく終わったからね」

　詰め合わせのバスケットを見る。

　残っているのは、後は桃とパイナップルの缶詰だけだった。

「――そうね。よく剝いたし、よく食べたわよね。これも一種の非日常っていえば、まあ、非日常だったかしら」

　溜息とともに、茜は細い肩を竦めた。

回想一

「私、実は脾臓癌《ひぞうがん》なんですな」

四月五日、新海が初めて小暮と酒を呑んだときの話だった。

「ステージはⅡ期だそうですがな、切れないと言われました」

小暮が語る二、三の、繰り言のような話の中に交ぜ込まれたひと言だった。

「えっ」

唐突な告白に、新海は絶句した。

数えるほどしか会ったことがない、しかも二人きりなど初めてという人間から、普通なら聞かされる話ではないだろう。

だが、千人にも万人にも会わなければならない、会うのが仕事のような政治家の秘書なら、他人から重い陳情や苦情を聞かされる分、ときには自身の、そんな重い打ち明け話もありなような気もするから不思議だ。

いや、そもそもが、小暮の醸す雰囲気か。

「聞いた方がいい話なんですよね」

「そうですな。いや、君には聞いておいてもらった方が有り難いと思いましてな。肉で釣ってみましたが」

「ああ。たしかに釣られましたね」

苦笑いしか出なかった。

当然、それからの酒はただ泡のようで、肉も紙のようになった。

『そもそも私が、議員だった叔父の秘書をしていたのはご存知ですかな？　国政ではなく、千葉の県議会ですが。

そう、くすぶりの時期、でしたかな。米作りは自分までで終わりだと、幼い頃から父にはさんざっぱら吹き込まれましたからな。自分でもそういうふうに思って漠然と思っていましてな。で、頑張ってW大に入ったんです。父はたいそう、喜んでくれましたな。

卒業と同時に叔父の事務所に連れていかれ、カバン持ちになりました。父が頭を下げて頼み込んだからですな。いずれは議員先生、などと父は思っていたんでしょうな。まあ、なりたい、と父に言ったことがあったのもたしかです。中学の頃の話でしたが、父は覚えていたんですな。

テレビで選挙速報をやってましてな、正確にはそれを見ていた父に、信二もこんなふうになりたいかと聞かれて、なれるならと答えただけの気もしますが。

私は昔から口が上手《うま》いわけではなく、見た目もそんな父譲りで船底のように地味でしたからな。

え？　船底ではなくハニワ？

新海君、酔いましたかな。

けれど、正解です。甘んじて受けましょうかな。もう、耳が自然に流すくらいに、その言葉には聞き馴染みがありますな。

同じくらい、父の口から政治家、議員先生という言葉を聞きました。

そうすると、腹に不思議と溜まるもんですな。

青雲の志、と言えば格好いいですが、まあ、そんなものも、心に生える産毛程度の感じですが、なくはなかったですな。今思えば赤面ですがな。

繰り返しになりますが、叔父のカバン持ちの頃は、本当にくすぶりの時期でした。カバン持ちから何年経《た》っても昇格せず、そのうちに父は亡くなりましたな。

青雲の志などどこへやら、でした。このまま叔父の下働きで終わるかと諦め掛けてもいた時期でしたな。

そんな私を志ごと拾い上げてくれたのが、県議会の坂崎浩一議員でした。しかも、共に戦いませんかと誘ってくれた先は、市政でも県政でもなく、なんと国政でした。本当に、本当に、血が滾《たぎ》りました。

結果は、現在が示す通りですな。初当選の、あの鎌ケ谷のご実家の、当時はもっと狭かった選挙事務所での興奮は、今でも忘れられませんな。

そのとき私は、私の総力を挙げ、全身全霊を傾けて、この議員に一生を捧《ささ》げる、そう誓ったものです。

誓って、すべてを一手に引き受けたんですな。

何をかと言われれば、まずは政治資金ですな。

大臣のお父様、坂崎剛造《ごうぞう》様と坂崎開発興業の資金は、それは当時から与党でも上位に入るくらい潤沢でしたがな。その代わり、当時はよくあったことですが、地上げで儲《もう》けた金ですから、決まっておりますな。

煤《すす》がついているどころかグレーどころか、真っ黒でしたな。

銭金は文字通り札束だけでなく硬貨に至るまで、何段階ものヤクザがビッチリとついておりまして、その辺の洗浄が私にとっては最初の、それこそ命懸けの仕事ではありましたな。

――どうれ。坂崎君、困ったことがあったらなんでも言ってきなさい。細かいことは秘書に任せればいい。大きく国を語るのが政治家だよ。

坂崎浩一という新人議員の将来に大臣、あるいは自分の片腕たる資質でも見抜いたか、まず誰よりも早くに声を掛けてくれたのが、現外務大臣の加瀬孝三郎でしたな。

掛けてきた、ではなく、このときは掛けてくれた、と本当に思いました。

厚顔と思われようが、大げさではなく加瀬議員が帰ったその後を追い掛けるようにして、私はすぐに頼りましたな。

——小暮君、か。なかなかいいね。いずれ大きくなる政治家は、端《はな》から敏腕な秘書に恵まれるというものだ。坂崎君共々、君も買おうじゃないか。実にいい。

私に言わせれば商談、は上手くまとまりましたな。

加瀬議員、——どうも遠い感じがしますな。新海君、外務大臣で話を通していいですかな。

そう、その外務大臣の動きは、今思っても圧倒的早さでした。

なんといっても、窓枠に列を成すてんとう虫のように、ビッチリと〈坂崎〉についていたヤクザが、これはもう見事に一人残らずいなくなりました。

そこは間違いなく、箒《ほうき》も叩《はた》きも振るったのは、新潟の四神明王会ですな。会長と外務大臣は、実は東大の同窓だと聞きました。少し後ですがな。

これは当時の、インテリヤクザというものの走りだったでしょうかな。さすがに四神明王会、早い、と思ったものです。

とにかく外務大臣は大物ヤクザを使い、坂崎浩一という将来有望な若手議員を手の内に収めよう、あるいは、縛り付けようと思ったんでしょうな。

このときは、いずれ間違いなく負い目になるとわかっても、他に考える余地はありませんでしたな。まずは議員生命を太く長く。願うことはただ、その一点でした。

そんな覚悟と甲斐もあって、坂崎剛造様と坂崎開発興業の資金は、ゆっくりとじっくりと、掻き混ぜるように洗浄されました。初期の頃は、土地にしろ証券にしろ債券にしろ、おそらく濾過《ろか》のために十カ所以上は通したんではないでしょうかな。

このとき、主に洗浄を請け負ったのは関東の、鬼不動組のフロント金融でした。だから三度ほど、私も理事長の柚木達夫に会ったことがありますな。古い時代の話ですが。今の、ありとあらゆる電波が張り巡らされたこの時代には、まったく考えられないことではありますがな。

時代に間に合った、と言っては不遜が過ぎましょうか。

けれど、先ほども言いましたがな、私は私の総力を挙げ、全身全霊を傾けて、この議員に一生を捧げる、そう誓ったものです。

そのためなら神も仏も騙し、鬼とも悪魔とも組むべき時は手を組むと。

そんな覚悟で誓って、すべてを引き受けたんですな。

一手に、この手に。

なので、四神明王会の先兵が鬼不動組のフロントなら、坂崎浩一議員の窓口はすべて私で統一しました。マッサン、ああ、私より古参の秘書の西岡さん、西岡雅史さんにも触らせはしませんでしたな。

金のことだけではありませんよ。そんな気概を以《もっ》て頭を下げたら、さすがにマッサンも切れ者でしてな。

——わぁったわぁった。皆まで言うな。全部任せた。信ちゃんよ、いいか、今後一切言わねえ。金輪際口にしねえ。だから、よく聞いとけよ。

苦労掛けるが、頼むわ、とね、言ってもくれました。

それでマッサンは、全部を言わなくとも私に政策秘書の座を譲ってくれたんです。実際、大物ヤクザ達と対等にして窓口になるには、秘書ナンバーワンの席にいることも大事でしてな。

確立されたルートで洗浄された資金は常に現金で受け取り、そのたびに、まず私の家で塩漬けにしましたな。

千葉の大多喜は、ご存知ですかな。

田んぼに近い離れ小島のような場所の一軒家でしてな。そのときもう両親共に亡くなってもいて、一人暮らしでしたから、どうとでもなりました。

普通の人間には一生見ることのないような金に、当時は始終、私は埋もれていましたな。

議員会館が職場になり、当然のように都内に住まいは、そう、椎名町の方に確保しましたが、どちらかと言えばそちらはカムフラージュのようなものでしたか。ほぼ毎日のように終電で大多喜に戻り、始発で出てくる毎日でしたな。今思えば、よく保《も》ったものだと自分でも感心します。

余談ですが、そんな生活のそんな家に嫁など入れられるはずもなく、せめて一般家庭への高度なセキュリティの普及がもう少し早ければ、というのは、一応、この歳になっても独り者の、本気の愚痴として聞いていただきましょうかな。

本当に余談の、愚痴ですが。

塩漬けした金は時期を見て、様々な状況に照らし合わせながら一番自然な形で、場合によってはささやかな個人献金を名目にしながら、必要に応じて積み上げましたな。

そのとき常に最大の注意を払ったのは、

〈坂崎浩一を汚さないこと〉

でしたな。これは今でも、間違っていなかったと自負しておりますが、まあ、人に言わせれば詭弁かもしれません。しかも今は、そんな詭弁すらもう通用しない世の中ではありますな。

先程も申しましたが、時代に間に合ったということですな。

坂崎浩一が汚れている証拠は、どこを探してもありません。万が一があったとしても、どう調べられても、ロンダリングした金は抜かりなく、私で止まるようにもしてあります。

それで、いいんですな。それで私は満足でしてな。

ただし――。

これからはもう、いけません。これからはそんな柵《しがらみ》すら、一切を絶たなければいけません。ここから先は、そういう時代なのですな。

ちょうど、そんなことで少しずつ少しずつ、私の足跡も消し始めていたんですな。きれいな資金は残しつつ、泥臭い物、薄汚い物は少しずつ、少しずつ。そうすると敵、と言っていいものかどうかは置くとして、トラップとして発動したのが、例の去年の、うちの大臣の愛人事件ですな。

ＨＵの裏理事官、もっともらしい理由はつけていましたが、本当の目的は坂崎陣営の、言わば私への、外務大臣からの警告だと受け取っています。

妙な動きをするな、ですかな。

あわよくば坂崎浩一という議員をあからさまに縛ろうとか、その辺の駆け引きで、同時にジュニアも釣り上げようとか。

前回は失敗に終わりましたが、それで尻尾を巻くような人間でないことは骨の髄まで弁《わきま》えて居ります。案の定、今回の選挙ではジュニアの陣営に、うんざりするほどのトラップを仕掛けてきましたな。

もっとも、その一切を私が通しはしませんでしたが。

ふほほっ。新海君、口が開きっ放しですな。さすがにＨＵのことは、君でもいささか意外でしたかな。

裏理事官、宇賀神といいましたかな。あの男、外務大臣と同郷で、大学も同じですな。つまり、四神明王会の会長ともつながっているやらいないやら。そこまでは私にも定かではありませんが。

新海君は、その動きを潰しました。気を付けた方がいいと、これは私からの忠告ですな。恨みを買うかも、ではなく、買っていると思った方が自然ですな。

表ではニコニコして豪快に振る舞っても、そういう政治家こそ、裏はネチネチで些細なことにまで執念深いものです。

さて、話が長くなりましたかな。もともと、私は酒は強い方ではありませんでな。唯一、うちの大臣といて閉口したのは、この酒ですな。大臣は蟒蛇《うわばみ》どころか、底の抜けた十升瓶のようなもので。

おや、このたとえはあまり上手くありませんでしたかな。失礼。

とにかく、今度の選挙が私には最後です。最初に膵臓癌と言いましたな。この癌は、初期でも五年生存率が四十パーセント程度らしいですな。ステージⅡで二十パーセント弱、ステージⅢになると六パーセントを切るそうです。

それにしても、私にはなんら悲しむところはありません。むしろ、この時期によくぞと、幸運にさえ思うところがありましてな。

坂崎浩一と言う代議士と共に、政治の中枢に生きてきました。それだけですでに十分なのです。

そのうえジュニアの当選まで見届けられれば、それは望外の喜びというものですな。

見届けられれば、満ち足りましょうな。

満ち足りれば私は、公表出来ないすべての裏事をその責まで背負って、いつ黄泉路《よみじ》に旅立っても悔いはないですな。

ああ、いや。ただ凡々と死んでいく気はありませんな。ご心配なく。

願わくば、代議士となるジュニアに政界の怖さ、柵の危うさをキッチリ残していければとは思いますがな。

なんでも君は、底抜けのお節介だそうですな。額の向こう傷のことも含め、ジュニアにはそう聞いておりますな。

新海君。その辺のこと、色々と頼めましょうかな。

え、なんで自分でしないのかって？

ふほほっ。ずっと、話してきたではないですかな。

多少の手助けは、置き土産のようなものです。

私が私の総力を挙げ、全身全霊を傾けて、この議員に一生を捧げる、そう誓ったのは、ジュニアではなく、坂崎浩一という議員なんですな。

ということで、新海君、ジュニアをよろしく。

ああ、そうそう。

そんなこんなで、ジュニアには全体、どうぞご内密に。

そのための肉ですな。

もっともっと、ほれ、この筋っぽいところなど、私は噛み切れませんので、どうぞどうぞ』

二十九

「着いたぜ」

運転席で新井が口を開いた。

浅草東署三係の面々と瀬川を乗せたレンタカーが目的地付近に到着したのは、夜の十時過ぎだった。

住所的には、神戸市兵庫区の吉田町になる。兵庫運河が近く、前方遥かには、ヴィッセル神戸のホームグラウンドであるノエビアスタジアム神戸の威容が夜に浮かぶようだった。

大通り沿いに停車した１５００ccのセダンから降り、瀬川はそのデカい身体を夜風に曝《さら》した。

道路は中央分離帯のある片側二車線で、両側にそれぞれ自転車専用レーンもあった。

「いてて。ったくよ。小っちぇえ車は、身体に悪ぃぜ」

歩道に上がり、腰を伸ばすようにして瀬川は夜空を見上げた。

十三夜の月が、ほぼ南中して星々のど真ん中にデカかった。

「ああ。月がでっけえや」

近くを流れる兵庫運河から、潮の匂いがした。

神戸に入って、丸四日が過ぎた夜だった。

水曜に品川で、愛人五号を行確中の蜂谷と少しばかり話をしたが、その場では特に、新井から聞いたところから情報は更新されなかった。

そのまま、瀬川は新幹線に乗って神戸に入った。

翌日には三係の星川と横手と合流した。

この木曜日は、朝森は六甲建機レンタルの連中とゴルフだということだった。新井はそちらに張り付いていた。

星川と横手は、新井から連絡があればすぐに動ける態勢ということでホテルで待機だったが、この日の朝森に変わった様子はなかったらしい。終始ご機嫌なゴルフだったという。

金曜日も、朝森は朝からゴルフだった。今度は横手が行確についた。

この日も、朝森はただゴルフに興じただけのようだった。

「があ。まどろっこしいや」

焦《じ》れに焦れて、三係の面々の制止も聞かず、瀬川が朝森を目掛けホテルを飛び出そうとしたときだった。夜の九時半は回っていた。

携帯が振動した。ＬＩＮＥメッセージだ。蜂谷からの情報だった。

この日から愛人五号が店に出たようだ。そこで何気なく旅行のことを聞くと、

——こっからぁゴルフ三昧だ。俺ぁ、日曜日に客と会わなきゃなんねえから、それまでこっちだしよ。お前ぇは一人でどっか回るか、別に飽きたら帰ってもいいぜぇ。

と言われたらしい。

「客だぁ？　客って誰だよ」

この情報は瀬川の足を、少なくとも日曜まで縫い留めるのに十分な威力を持っていた。

三係の面々も気になったようで、土曜日は三人が三様に動いたようだ。

特に横手は多くを語らないが、神戸にもコーヒーを飲みに行きたい喫茶店があり、どうやら六甲建機に昔馴染みもいるようだった。

こと、〈こちら〉の世界に限り、驚く限りの付き合いのネットワークの広さだ。

朝森はこの日もゴルフだった。そちらに付いたのは星川だったが、他の二人も夜までホテルに帰らなかった。

その間にまず情報を上げてきたのは星川だった。

——明日のバーベキューな。頼むぜ。こっちが本番なんだからよ。焦げ焦げの肉ぁ、もう勘弁してくれよな。

ハーフ上がりのランチで、朝森がそんなことを言ったようだ。

言葉のウラを取りに動いたのは横手で、手回しよくレンタカーを用意したのが新井だっ

た。

そうしてこの日、夜になってから瀬川と三係の面々は動き出した。

バーベキューの場所も時間も、前日のうちには確認済みだった。

ただし、客に対する詳細だけはどうにも知れなかった。

横手のネットワークを駆使しても、この夜のバーベキューの開催止まりで、集まる人間の素性や数までは誰も把握していなかった。

「月ぁ、でっけえけどよ。乗り掛かって月に向かう船ぁ、俺プラス爺い連中ってな。もっとも、漕ぐのは俺だけか」

瀬川は肩を回した。ゴキリと太い音がした。

「じゃ、見てくらあ。――おっと待った」

瀬川に続いて車から降りようとする浅草東署の面々を、瀬川は両手を広げてその場に制した。

「ああ？　んだってんだよ」

言ったのは、運転席から出ようとしていた新井だった。

「客ってのが、おい、ヤベぇスジの客、そんな取引だったらどうすんだ。手前ぇの出番どころじゃねえ。こっちの管轄だぜ」

元本庁の捜一だと言うだけあっていい迫力だが、この場合は空回りだろう。瀬川には通じない。

「管轄？　ふん。笑わせんな。手前ぇらの出番でもねえだろうが」

凄《すご》みだけなら、かえって瀬川の方が本職だ。

「ここぁ、兵庫県警の縄張りだぜぇ。あんたらぁ、管轄外もいいとこだ。なんかあってもよ、あんたら、手前ぇで手前ぇのケツも拭けねえだろうが」

珍しく正論にして、誰からも反論は出なかった。

「ま、警視庁の人間は、窮屈なレンタカーの中で大人《おとな》しく待ってろよ。言い方ぁ変だけどよ。悪ぃようにはしねえよ。俺ぁまだ、正義のテキ屋だからよ」

「ちっ」

新井はそのまま、運転席に戻って雑にドアを閉めた。

片手を上げてその場を離れ、瀬川は直前に車内で星川にレクチャーされた道に入った。

広い一方通行の道路だった。

左右にはマンションやアパート、戸建ての民家も散見された。商住一体の、古い街なのだろう。

一方通行の奥、T字路の真正面にあるのが目的の、六甲建機レンタルだった。

三階建ての営業所が中央に位置し、左右にバリケードのようなフェンスが各三十メートルは広がっていた。

建物の裏側、いわゆるモータープールと呼ばれる建機置き場が夜にも拘らず煌々《こうこう》と明るかった。

サーチライトのように投げ上げられる光の帯もあり、まるで地方空港の管制塔のように浮かび上がって見えた。

建設重機のレンタル屋とはどこも、二十四時間営業なのだろうか。

「へっ。なら、俺には向かねえや」

気負いも衒《てら》いもなく、そんなことを口にしながら近づいた。

左右開きの入り口のゲートは、全開放されていた。

その両脇に男らが立っていた。右に立つ年嵩《としかさ》の方は、見たことのある男だった。

五年ほど前、相京忠治のお供で出掛けた鬼不動組の集まりの、端っこにいた若い衆だった。

名前はたしか、大木《おおき》といったか。所在ないのはお互い様で、そのときに意気投合した覚えがあった。

以降は鬼不動の集まりでもその他でもまったく会う機会はなかったが、

（そうかい。フロントに回されてたかい）

それが証拠に、二人が身に着けていたのは、〈六甲建機〉の文字の入ったツナギだった。

懐かしさもありつつ、歩きながら片手を上げた。

「よお」

しかし、瀬川が近寄ると男達は顔つきを引き締め、間を狭めて行く手を塞《ふさ》いだ。

知らない方、痘痕面《あばたづら》の若い衆は、背丈だけは瀬川と同じくらいあるようだった。

「ああ？　大木ったっけか。そりゃあ、なんの真似だぁ？」

凄んでみたが、塞がれた道は開かなかった。

大木が、苦笑交じりに首を横に振った。

「通せねぇっすよ。関係ねえのは通すな。そう言われてますから。通せるわけないっしょ」

ちっ、と瀬川は舌打ちを漏らした。

「水臭えこと言うなよ。仲間ってえか、俺だって身内じゃねえか」

大木はまた首を横に振った。

「仲間、みてえなもんすけど、まだ身内じゃないっしょ。それに身内ってなあ、俺にはこいつだけっすから」

大木は顎《あご》を、歳の若い方にしゃくった。

瀬川は歯を剝いて笑った。

「いいねえ。その考えは大事だぜ。けど悪ぃな。今は急ぐもんでよ」

笑顔のままに、瀬川は右のストレートを大木の顔面に叩き込んだ。

声もなく大木は後ろに吹き飛んだ。

「てっ。んなろぉっ！」

痘痕面の若い方が血相を変え、瀬川の下っ腹目掛けてタックルを仕掛けてきた。

その勢いも、反撃に一瞬の躊躇《ためら》いもなかったのも間違いはない。いい若い衆だ。

名前は知らないが、後で聞いて覚えておこう。

「けど、よっ」

片足を引くだけで瀬川は耐えた。

背丈は同じくらいでも厚みの分で、体格差は圧倒的に瀬川に有利だった。

隙だらけの背中から両腕を前に回してロックする。

「もっと肉食えよ。軽過ぎんぜっ」

引き抜くように持ち上げ、瀬川は若い衆を前方に投げ捨てた。

入り口の内側に鈍い音を発してバウンドし、それだけでもう若い衆は呻《うめ》くだけで立てなかった。

「ホントに悪ぃ」

片手を上げて声を掛け、瀬川は六甲建機レンタルの敷地に足を踏み入れた。

三十

営業所棟のガラスドアは、施錠されていなかった。押せば開いた。

中は、眩しいほどに明るかった。

――それでは、これまでに当確がついた候補者事務所の喜びの瞬間を、ダイジェストでご覧いただきましょう。

誰もいない中、応接セットの近くではテレビがつけっ放しだった。民放のニュースをやっていた。

一瞬立ち止まれば、ちょうど映っていたのは坂崎だった。勝ち鬨の声の中に悠然と立ち、そのうえあろうことか、堂々とした態度で頭を下げた。

(へへっ。そうかい。あの坂崎がな。泡も吹かず卒倒もしねえで、これからぁ衆議院議員様かよ。偉ぇもんだ)

見ていると、営業所の裏側、モータープールから下卑《げび》た笑い声が聞こえた。

瀬川はゆっくり首を回した。

裏へのドアが開いたままだった。

背中に聞こえるテレビ音声の万歳三唱に押されるように、瀬川はドアから裏に出た。

広大なモータープールには、いくつもの工事車両が停まっていた。

まるで巨大な釣り竿のようにアームを伸ばしたクレーンの並び、ダンプの群れ。

高所作業車と自走式リフトだけでも、それぞれ十台ずつではきかないだろう。

そんな中、照明車のライトに広く照らされた一角があった。

嬌声《きょうせい》もあり、肉の焼ける匂いがした。煙も漂っていた。

おそらくどこぞの店からと思われる、浴衣に上げ髪の若い女が四人いた。

それ以外の男達は、歳は見事にバラバラだが、全員がラフな格好だった。

Tシャツ、タンクトップ、アロハ。下は取り敢えず短パンの括りで統一だった。

大陸系の、おそらく〈客〉の男達が三人に、なんとなく険呑《けんのん》な雰囲気の〈こっち〉の男が三人いて、突然現れた瀬川を睨んだ。

そして、

「なんだぁ。こりゃあ、どっかで見たことあるお人のご入来じゃねえか」

三つあるBBQコンロの真ん中に、松濤会の朝森がいた。コンロの向こう側で、立ったまま缶ビールを呑んでいた。

タンクトップに短パンは普段見ないほどラフだったが、鍛えていることがよくわかる身体つきだった。

GIカットだけは身なりによく馴染んでいたが、ここはハワイか。

その右腕に、真っ赤な不動明王の入れ墨が入っていた。

初めて見た。

「なんだ、瀬川ぁ。旅行かい？　へっ。んな暇ねぇよな。ああ、あれか。それとも全部、志村の方に丸投げか？　いいご身分だな。同じ跡目相続でもよ、こちとらぁこうやって、その費用すら自分で稼がなきゃなんねえってのにな」

何かを言っているのはわかったが、聞かなかった。

素直な聞く耳の営業は特に、面倒な客に対しては夜十時までで終了だ。

「ゴチャゴチャ煩《うるせ》ぇな。おい、朝森。もう若い衆と違うんだ。こんな時間によ、肉食ってんじゃねえやっ」

いきなり瀬川は突っ掛けた。

真ん中のＢＢＱコンロを蹴り上げてどかす。盛大に舞う火の粉がチリチリと肌を刺すが気にもならなかった。

そのくらいは、祭りには付き物の余興のようなものだ。

――キャアア。

黄色い悲鳴も気分を高めるＢＧＭのようなものだ。

ああ。

喧嘩《けんか》は祭りの花だ。

――手前ぇっ。

――おらぁ。

――調子こきやがって！

脇から険呑な三人がそれぞれに瀬川に寄せてきた。

だがそれより、

「遅えや、馬ぁ鹿」

瀬川の方が早かった。

左側の男がサンダル履きだった。瀬川は硬いゴム底のトレッキングシューズだ。

先に飛び寄り、右足の踵《かかと》で相手の左足の爪先を踏みつけ思いきり捻《ひね》った。

間違いなく、親指の爪は剝がれただろう。

苦悶《くもん》の表情を無視して次の相手を見据えつつ、身体を捩《ね》じる勢いに任せてさらにもう半回転捩じる。

「う、ぐあっ」

前のめりになり、勝手に瀬川の脇に出てくる頭を首を摑《つか》んで前に引き倒す。

二人目の突進の勢いを殺すには持ってこいの障害物になった。

二人が激突して倒れ、右側のＢＢＱコンロを巻き込んで火の粉と悲鳴を散らした。

構わず突っ込み、瀬川は二人の顔を順繰りに蹴り上げた。

感触は十分だった。

鈍い音がした。

有らぬ方を向いた男らは、そのまま白目を剝いて動かなくなった。

残る男は、簡単なものだった。

一人になると腰が引けるのは、チンピラヤクザの〈あるある〉だ。

届かない拳を摑んで身体ごと引き付け、頭突きの一発も鼻頭に打ち付ければ、それで終了だった。

倒れる方向を髪を摑んで誘導してやれば、三人のヤクザはそれでひと山になった。

この間に、朝森が左側のコンロの奥に移動していた。

「けっ。どいつもこいつもだらしねえ。最近の若えのは、見掛け倒しばっかだな」

言いながら片手を振る。

女達と大陸系の男達がそれを合図に、ゆっくりとこの場を離れ始めた。

「いいよな。テキ屋の大将」

朝森がからかう口調で言ってきた。

いつもにもまして馴《な》れ馴《な》れしい。

いや、その奥に高慢が見え隠れする。

気にくわなかったが、それと女達や客連中は別物だ。

客の一人がキャリーケースを引かずに抱え込むのは気になったが、今回の目的はそちらにはない。

「構わねえ」

と言う声に朝森の、

「有り難う、よ！」

という返事が被った。

先のお返しのように蹴り上げられたBBQコンロが瀬川目掛けて飛んできた。

火の粉も炭も被るが、怯《ひる》むことはない。かえって引き締まる。

全身の汗はテキ屋のトレードマークで、火傷《やけど》は勲章だ。

朝森の手に、鉄製の長い火ばさみがあった。

「うらぁっ」

振り上げたそれを躊躇《ちゅうちょ》なく、朝森は瀬川目掛けて振り下ろした。

敵ながら、この辺の判断はさすがに場慣れした男のものだ。

力の加減や躊躇《ためら》いは、仕出かしたことの大きさに応じて、後で後悔を増減すればいいだけの話だ。

「おおさっ」

瀬川も怯むことなく前に出た。

火ばさみがこめかみにヒットして一瞬立ち眩《くら》みがしたが、問答無用にそのまま朝森に突っ込んだ。

火ばさみが朝森の手を離れ、瀬川の脇を飛んで行った。

二人で地面を転がり、瀬川は朝森の上に馬乗りになった。

そのまま三発殴れば、鼻からも口からも血を流し、朝森から抵抗の気は失《う》せたようだった。

瀬川はおもむろに立ち上がり、タンクトップを強引に捩じって朝森の身体を引き上げた。

「んだってんだ。て、手前ぇ」

朝森が鉄錆《てつさび》の匂いのする、荒い息を吐いた。

「凄んだって利くかよ。おい、朝森」

新海を弾《はじ》いたのは手前ぇか、と瀬川はド直球に聞いた。

「知るかよ。関係ねえっ」

「手前ぇ。じゃあ、なんで新海が入院してること知ってたんだ」

「ああ？　んだって？　あの三日月野郎、弾かれて入院してんのかい。へっ。それこそ初耳だぜ」

「んだとっ。空々しく素《す》っ惚《とぼ》けんじゃねえぞ、この野郎」

瀬川はさらに強くタンクトップを捻り上げた。

「し、知らねえもんは、知らねえからそう言ってんだ。だいたい、刑事を弾くなぁ馬鹿の所業だぜ。今日《きょう》びの利口なヤクザぁ、んなことやらねえよ。サツカン本気にさせてどうすんだ。一発アウトで、組が所帯ごと吹き飛ぶご時世じゃねえか」

そこまで言われて、ふと瀬川の腕から力が抜けた。

朝森が瀬川の拳を振り解《ほど》き、後ろに下がりながら噎せ返った。

瀬川はその場を動かなかった。

(そういや、なんて言ってたっけか。弾かれた、入院。ああ、茶ぁ飲むだけの三日月野郎が、暫くいねえ。清々する、だったっけか)

そのまま、朝森に言ってみた。

「しつっけぇんだよ。んなこと言ったかどうかなんていちいち覚えてっかよ。ただ言ったとすりゃあ、チャカ売ったたって話を聞いたからだ。それしかねえよ」

瀬川は眉根を寄せた。話の向かう先が見えなかった。

「チャカ売ったたって、おい、誰にだよ」

「知らねえよ。ただ、あの三日月野郎を恨んでるのに売ったたって話をよ、小耳に挟んだだけだ」

「けっ。まどろっこしいな。じゃあよ、それを誰から聞いたたってんだ」

一瞬の間があった。

――聞いたんなら、俺からだろうな。


背後で声がした。

瀬川はゆっくり振り返った。

聞き覚えは、十二分にある声だった。

「ずいぶん、派手にやってくれたようだな。ええ、瀬川」

黒スーツのボディガードを二人従えた、白スーツの柚木京介が缶ビールを片手に立っていた。

「あんたぁ、香港だったんじゃぁ」

瀬川にして、さすがに柚木京介の登場は意表を突かれた格好だった。

思わずそう口にすれば、

「ほう」

と十メートルほど離れたところから呼応して、インテリヤクザは肩を竦めた。

色白細面《ほそおもて》にはよく似合う、すかした仕草だった。

「昨日の夕方までは、たしかにな。夜に神戸に入った。だが、よく知っている。驚きだ。お前、情報の筋も、なかなか侮れないものを持ってるようだな」

京介は缶ビールを開けた。泡が零《こぼ》れた。

「さっきの答えだが、教えてやってもいいが」

「――ああ？」

「チャカの売り買いについてだよ。ただし、な」

ひと口呑み、ぬるいと顔を顰めて背後の黒スーツに下げ渡した。

受け取った黒スーツが足早に営業所棟に向かう。そう言えば大型の冷蔵庫があったか。

その後、京介は取り出したハンカチで勿体《もったい》をつけるように手を拭いた。レースのついたハンカチだった。

「なあ、瀬川。この場の後始末、どうする？　それさえキッチリつけてくれたら、なんでも教えてやるよ」

「後始末だあ？　朝森をぶん殴ったことっすか」

背後を一瞥すれば、固太りの短パンヤクザは地べたに蹲《うずくま》って噎せ返り、話どころではないようだった。

「この朝森に関しちゃあ、ぶん殴るのも骨ぶち折んのも、別に初めてじゃないっすけど。後始末、必要っすか」

一歩前に出ると、京介がまた肩を竦めた。

もう一歩進むと、今度は笑った。

「そんなことはどうでもいい。格もなにも、お前が上だって俺も認めてやろう。だがな、瀬川。シンジケートの奴ら、帰っちまったぞ。あれは俺が昨日、これから朝森に任せるつもりで、香港から連れてきた連中なんだ」

「――なんすか、それ」

三歩目は、出なかった。いや、瀬川でもわかる。

出せなかった。

「お客だよ。〈神戸上がり〉のシャブの上物。西の奴らにばっかり美味い汁を吸わせとくのは業腹《ごうはら》だったが、ようやく窓口をこじ開けた。それがお前のせいで、今晩の商談はおじゃんだ。末端はやりくり次第だとして、とにかく仕入れで一億の取引。いや、それ以上に、これを切っ掛けにしてどれくらい膨らむか。当然、朝森のシノギに期待してただろうし、俺もそこからの安定的な上納に期待してた。だからこそ、あくせく動くのは下々のすることだが、朝森に任せっきりにせず直々《じきじき》に俺も動いたんだ。この場所も、衆議院総選挙の、関西ヤクザも当選議員の方にベッタリのこのタイミングも、馴染みの府警や麻取《マトリ》の阿呆に袖の下も、諸々、動きも使いもしたのは、瀬川、わかるか。鬼不動組で、総本部長の、この俺だ」

黒スーツが新しい缶ビールを京介に届けた。

今度は泡は零れなかった。

「さあ、瀬川。この場の後始末、どうつけてくれるんだ？」

「始末っすか」

答えなど瀬川にあるわけもなかった。

朝森と〈話をつける〉だけのつもりでいた。

そこへあらぬ方向から飛んできたのは、小口径の流れ弾どころではなく、ミサイルの類だった。

さすがに瀬川でも、下手に受ければ一発で即死は明白だ。

「ふん。ただ突っ立ってって、出来の悪い小学生か、お前は」

たしかに、思考は巡りに巡って結果停止中で、連動するように身体の動きもままならなかった。ただ、汗だけは流れた。

「瀬川。お前、持ってたよな。〈神戸上がり〉以上の上物をよ」

京介が瀬川との距離を半分に縮めた。

「え、上物っすか？」

「ああ。さっきテレビでやってたな。瀬川、お前の上物、上手いこと倍になったみたいじゃないか。だからよ、それを半分こっちに回してくれりゃあ、まあ、穏便に事は済ませようか」

「なんすか？　ぜんぜんわかんねえっすけど」

そこで、京介は笑った。闇のような笑顔だった。

「坂崎浩一、坂崎和馬。どっちでもいいぞ。先にお前が選べ」

一気に汗が引いた。

いや、流れた汗が冷えた感じか。

あるいは、身体の中が熱かったか。

「関係ねえ。堅気じゃねえか」

「政治家だろうが。ヤクザじゃねえってだけで、政治家は政治家だろうが」

京介の声が尖《とが》った。

今まで聞いたことがないほど、ささくれ立った感じがした。

「さぁて。どうする。ええ、テキ屋ぁ。ふふっ。粉物売って切った張ったやってるだけじゃ、今のヤクザには通用しないぜ。うちの理事長を始め、古い連中はそうは思わないらしい。世の中を強引に馬鹿力で押し通れたのは、まあ、昭和までの話だってのにな」

京介が缶ビールを呑んだ。

そのときだった。

――京介。そのくらいにしといてやってくんねえか。

営業所棟の脇を回ってきたものか、少し明かりの陰になった方に、一人の男のシルエットが浮かんだ。

その場にいた全員が顔を振り向けた。

「な！」

まず最初に仰天したのは、瀬川だった。

声だけで分かり過ぎるほどわかったからだ。

「お、親方」

男はまさしく、相京忠治だった。

三十一

サマージャケットに、少し傾けて顔に掛けたパナマ帽を被り、左手は麻のスラックスのポケットに仕舞ったままで、

「よお」

まるでゲートボールから帰ってきたような出《い》で立ちで、相京は軽く右手を上げた。

「これはこれは。叔父貴のご登場とは」

京介がまた、肩を竦めた。驚きは間違いなくあっただろうが、声に緊張感はまったくなかった。

朝森が首をさすりながらヨロヨロと立ち上がった。声はなく、ただ苦々しげな顔を相京

に向けた。

　相京は悠然と近寄ってきた。

「京介。ま、遊びはそのくらいでいいじゃねえか。藤太もいい勉強になっただろうしよ」

　一度の立ち位置の関係で、黒スーツがまず両脇に開いて相京に道を空けた。

「叔父貴。いくら叔父貴の言葉でも、聞けることと聞けないことはあるが」

　京介は軽く、首を横に振った。

「これは正式な松濤会の売、うちに対する上納に繋がる売ですがね」

「京介よお」

　相京は右手を振り、京介の言葉を遮った。

「いいじゃねえか。わかってんぜえ」

「ほう」

　京介は目を細めた。光が揺れた。

「いったい、何を」

「だいたいは全部だ。――まずはチャカの話だっけか。お前ぇに分かればいいところで言わせてもらおうか。京介、いいかい？」

「どうぞご自由に」

　じゃあよ、と言いつつ相京は一度、パナマ帽のツバに手をやった。

「新潟で大臣のよ、御大関《おんたい》わりの、元警察庁下りの弁護士だっけか。その先の馬鹿に売ったんじゃねえのか？　馬鹿が持ってた、〈神戸上がり〉のルートと引き換えによ」

京介は否も応も言わなかった。

が、表情が少し歪んだように見えたのは、瀬川の気のせいか、迷いか。

「実際売ったなあ、元朝森んとこの若えのか。ああ、それも京介、お前ぇが口車に載っけて朝森んとこから抜けさせて、手元で詐欺のリーダーやらせたんだっけか」

へっ？　と気の抜けた一声を放ったのは朝森だった。

相京はそちらに目を向け、

「知らねえか。やっぱりな。朝森、手前ぇもその若えのも、同じただの駒だよ。京介に掛かっちゃあな」

男臭く笑った。

「で、京介。ちょうど朝森をよ、松濤会の後釜ちらつかせて手駒にしようとしてたお前ぇは、その〈神戸上がり〉のルートを朝森に下ろした。まあ、お前ぇのこった。元子分を使ってるからってな、そんな後ろめたさなんかこれっぽっちもねえよな。大方ぁ、色々上手いこと繋がればいいと、その出来のいい頭ん中で画策したんじゃねえのかい？　シャブのアガリも、藤太の先の議員親子もよ。そんでまあ、どれも上手く繋がんなくとも、いずれじわじわと責任を朝森に覆っ被せりゃあ、どうとでも動かせる手駒、いや、鉄砲玉の完成ならいつも通りだが、お前ぇに損は嫌んなるほどまったくねえ。見事だよ。見事に裏に隠れて陰険だ。ああ、京介、こりゃあ、褒め言葉だぜ」

だったらどうした、と京介は呟いたようだった。

ただし、誰に聞かせるためでもないようで、火の粉が爆《は》ぜれば語尾は掻き消えた。

「叔父貴、最初に瀬川にも言ったが、それにしたってこれは松濤会の正式な売だ。仕入れで一億は末端三十にも五十にもなる大商いだ。瀬川は、そんな組織の大事な商売を潰した。それは間違いのないことだ」

「運も重なればそこまで繋がるってな。だがよ、そこまでだ。運任せだけならまだしも、小賢《こざか》しく細工をすればするほど、漏れるってなもんだ。なあ、京介」

相京はパナマ帽のツバを右手で押さえ、一歩前に出た。

「さっきの中国人もどきは、どこの下っ端だい？　ここの従業員かい？　町中のアルバイトかい？　なんにせよ、本チャンの商売は、静岡の＊＊＊会が今晩、焼津辺りでやってんだっけか？　こっちは、ダミーだよな。それでも百万くらいの現ナマとブツは用意したんかい？　したんだろうな。お前ぇは昔から、危なっかしいくらいに周到だからな」

ひっ、と喉から喘鳴《ぜいめい》に近い音を発したのは朝森だ。

代わって京介は、ライトの中で柔らかく笑った。

「理事長ですか。出所は」

「まあ、特にだれだってこたあねえが。新潟だってお前ぇ、俺ぁお前ぇが寝小便の頃から知ってる。まあ、その辺、その周辺だ。ただし、雑駁《ざっぱく》な世間話だがな。繋ぎ合わせるなぁ」

相京は右手の人差し指で、こめかみの辺りをコツコツと叩いた。

「お前ぇが侮る、昭和のここだぁな」

一瞬、刃のような冷気が二人の間に流れたような気がした。

「まだまだ、手前ぇなんかに負けるかよ。馬ぁ鹿」

相京は、京介よりなお低い声で言った。

少し嗄《しわが》れて聞こえた。普段あまり聞いたことがない声だった。

わざと喉を締めているのか。締めて震わせているのか。

それとも、堪えているのか。

(堪える？　なんだあ)

瀬川は眉を顰めた。

パナマ帽のツバに遮られ、ときに見え隠れする顔から表情は推し量れなかったが嫌な予感がした。

そういえば相京のスラックスには、さっきまでなかったはずのシミが浮いていた。

左のポケットの下辺りだ。

「へっ」

　京介が地べたに唾《つば》を吐いた。

「それにしたって、ここは鬼不動組の縄張りだ。百万だとしたって、金も時間も掛かってるのは間違いないんだ。それこそ、親父だってその辺のことは全部知ってるはずだ。これはもう、叔父貴、周知ってことだ。ということはだ」

　京介は缶ビールを呑み干し、投げ捨てた。

　乾いた音が四度響いた。

「俺の、いいや、鬼不動組のメンツがある。この落とし前、どうつけてくれる」

「けっ。兄弟ぇをこんなとこで親父って言うな。お里が知れるぜ。ああ、お里が、俺の兄弟ぇだったたな」

　わかってるよ、と相京は続けた。

　ジャケットに右手を差し、ポケットから何かをくるんだハンカチを取り出した。

　京介の足元に放った。

　ハンカチがばらけた。

　中から転がり出たのは小さな、黒々としたものだった。

　指だ。

「おっ！」

　やかた、と言おうとした瀬川の動きは、

「黙ってやがれっ！」

という相京の雷喝と、ポケットからようやく出た左手で制された。

ぐるぐるに巻きつけたさらしが、赤黒く濡れるように染まっていた。

「京介。お前ぇにはなんの価値もねえだろうが、けどよ、こういう言い方ぁあんまりしたくねえが、総本部長には無価値でも、理事長には伝わんだな、まだまだこういうのがよ」

「ふん。生き指か」

和解や仲裁を取り持つ誠意の証《あかし》として詰められた指を、その世界では〈生き指〉という。

「また時代遅れのつまらないことを」

京介は手直にあったBBQのトングを取り上げた。

「伝わるかどうかは別にしても、こんな物、持って帰りようもない」

地面の指をつまむと、一台だけ火の残ったBBQコンロの炭の中に差し込んだ。

「まさか、これで終わりですか」

非情にも聞こえるが、相京はパナマ帽を被り直した。

「そうだな。ま、これだけじゃさすがに、お前ぇに益がなさすぎる。メンツもあるだろう。――てぇことで、俺ぁ今日限り引退する。で、成田の権利ぁ、そっくりそのまま鬼不動にくれてやるよ」

「――ほう。それはそれは」

京介の目が細められた。

「二言はない、ですよね」

「おう。実はもう、兄弟ぇには伝えてあんだ。だから二言なんてあるわけもねぇ」

「お、親方っ。お、俺ぁ――」

近づこうとして言葉を続けようとして、そこまでだった。瀬川の膝は戦慄《おのの》いた。

守られている。

守られていた。

俺はいつまでも、相京忠治の子供だ。

後の言葉は、続けられなかった。

「京介。いいよな。藤太ぁ、もらっていくぜ。――おう、藤太ぁ。いつまでもボケッとしてんじゃねえや」

さらしの手に手招きされた。それで動けた。

近寄り、左の脇から支えた。太い血管を押さえる。

抵抗はなかった。相京は素直に、すぐ寄り掛かってきた。

それだけのことに、枯骨は一人で堪えていたのだ。

頭が下がる。

だが、寄り掛かり、歩き出してなお、枯骨は瀬川の予想を超えて気丈だった。

「ああ。京介ぇ」

数歩進んだところで、瀬川に寄り掛かりながら相京が気丈な声を張った。

「言い忘れたがよ。成田の権利ぁ、お前ぇの松濤会のシャブと一緒だ。くれてやるって言ったらよ、兄弟ぇがよ、うちでもらっても仕方ねえ。二次でやらせるかってな。で、志村組に下げ渡すってよ」

暫時の間があった。

「——はあ?」

京介らしからぬ、間の抜けた声がした。

瀬川にしてもまあ、開いた口は塞がらなかった。

「へっへっ。俺も善もよ、もちろん京介、お前ぇの親父もよ。昔ながらのヤクザでよ。古いとわかりながら、どっかで昔ながらがいいと思っちまってもいる、頭の固えヤクザでよ。そんな俺らにゃあよ。身体一つで無鉄砲で馬鹿だが、義理人情に厚く、誰よりも額《ひたい》に汗するテキ屋の藤太はよ」

希望で憧れで、スーパーマンなんだぜえ、と、おそらく最後まで聞こえたのは瀬川だけだっただろう。

相京はパナマ帽の奥で、真っ青な顔で、壮絶に笑って、そのまま気を失ったようだった。

瀬川は相京を担ぎ上げるようにした。

もう、誰も何も言わなかった。

そのまま営業所棟を抜け、外に出た。

「親方ぁ。しっかりしろよ。もうすぐだぜ。すぐ病院、連れってってやるぜぇ」

もう形振《なりふ》り構わず走った。

見ているのは、上天の月星だけだった。

レンタカーに浅草東署の三人は大人しく待っていた。

瀬川の様子を見咎《みとが》めて星川が降りてきた。

「退《ど》け」

「何がありましたか」

「なんもねぇよ」

瀬川はまず、後部座席に相京を横たえた。

助手席から横手も外に出た。

「何もって、いや。これで何もないわけはないでしょう」

「煩ぇな。雇い主は俺だぜぇ。俺がなにもねぇって言ったらよ、後にも先にも、金輪際何もねぇんだ。いいから手前ぇら全員、降りやがれ。もたもたすんな」

瀬川は吠えた。

逸《はや》る心が吠えさせたと言っては他人事《ひとごと》か。

相京が起きていたら、怒鳴られることは間違いない。

——馬鹿野郎。俺らぁテキ屋はよ、町の衆とお天道様に生かされてんだ。それを忘れて偉そうにしたらよ、藤太ぁ、俺ぁどっからでも駆け付けて、お前ぇをぶっ飛ばすぜぇ。

（へっ。そうだったよな。親方）

成田に住んですぐ、相京に言われたことを思い出す。相京から受けた、最初の教訓だった。

レンタカーの運転席から、新井が顔を覗《のぞ》かせた。

「おい。降りろって言われてもよ。この車は俺の免許で借りてんだ。運転は俺がするぜ」

少し冷静になれば、なるほどもっともな話だ。

「じゃあ、頼まあ」

「ちっ」

運転席に新井が収まり、瀬川は助手席のドアを開けた。

乗り込もうとして、ふと思い出したように動きを止めた。

「ああ。悪ぃが、新海に伝えてくれ」

言って、歩道に残る二人を振り返る。

「俺ぁ今晩この時から、本式にヤクザになるって決めた。誰にも負けねえ、誰にも後ろ指差されねえ、序《つい》でに誰にも寝首を掻かれねえ、本物のヤクザになるってよ」

吹き始めた風が、少し冷たかった。

「いや、警察官にそんなこと言われてもですねぇ」

おそらく二人を代表して、頭を掻きながら星川が答えた。

「ああ。違ぇねえ」

瀬川は笑って、レンタカーの助手席に乗り込んだ。

「まあ、管轄外だし、雇い主だし。最後のサービスだよ」

横手の声が、動き出した車外に聞こえた。

回想二

三月三日の雛祭《ひなまつ》りで、東京マラソンの日曜日だった。

浅草寺本堂脇のモコで、相京忠治と呑んだときのことだ。

新海は相京に少し遅れた。だから取り敢えずのビールを注文したが、相京はもうコップ酒に移っていた。

「浅草はいいいな。有象無象《うぞうむぞう》が生きてら。いい街だ。堅気で来る分には、たまに外から来る分には、だろうけどな」

「そうですか？　ここにいる分にはわかりませんけど」

「中ってなあ、どこもそうだ。今はまだ、藤太にもな」

「瀬川にも?」

「だろうよ。あいつが志村の跡を継いだらよ、ここぁ、鬼門だろうからな。いくら新海君がいても、いや、いるからこそよ、浅草東署の管内ってえのは敷居が高えし、そもそも同じ鬼不動組系二次の、松濤会の縄張りだ。入るにも出るにも、仁義切んなきゃ息の一つもままならねえ」

「そんなもんですか」

「ああ。そんなもんだ」

まだ肌寒い三月の野外で、相京との差し呑みはそんな言葉で始まった。

『京介、ああ、兄弟ぇの倅《せがれ》のことだがな。新海君も、名前くれえは知ってんだろ。柚木京介。鬼不動組のよ、総本部長とか抜かしやがるインテリな。そう、その京介がな、なぁんか動いてやがんだ。

えっ、なんかってなんだって。それがわかりゃあ苦労はしねえよ。ただ、へへっ、新海君にもよ、刑事の勘ってのがあんだろ。それと同じでよ、俺にもヤクザの勘ってのがあってよ。

ああ、一緒にしてくれるなって? まあ、そうだわな。じゃあ、テキ屋の勘でいいや。

なんかしょぼくれた響きだが。で、その勘によ、触んだわ。京介が他所《よそ》の知らねえとこで何したって知らねえから関係ねえがな。なぁんか、触んだよ。

まあ、それが俺になら構わねえ。先も短ぇことだしな。ただよ、俺の組、武州虎徹組と成田のお山と、瀬川藤太ってぇ男に触ろうとすんなら、ちっとばかり放ってはおけねえがな。

俺ぁ、柚木京介ってえ男をガキの時分から知ってるが、あれぁ怖い男だぜ。

切れんだよ。ナイフみてえにな。それが鼻に付くってんで、毛嫌いする古株や舎弟連中も多いらしいぜ。――ってこりゃあ、酔って口が滑ったかな。聞かなかったことにしといてくれや。えっ。無理だって。そんなことあるかい。無理を押し通すのが警視庁ってとこじゃねえのか。

あ、これも聞かなかったことにしといてくれや。

なんの話だっけか？　京介？　そうそう、京介で、藤太の話だ。

いや、新海君。京介ってえインテリヤクザはたしかに怖えが、俺ぁよ、面と向かやあ、藤太がそんなものに負けるとは思わねえ。あの気っ風、あの歳であの貫禄ぁ実際、大したもんだと思うぜ。だから俺もよ、口にゃあしねえが惚れっ放しだだし、志村の善も、組賭けて瀬川藤太ってえ男に惚れ込むんだ。

あいつぁいずれ、天下大道に鳴り響く大侠客になるぜ。

ただな、新海君。

ただ、まだよ、あいつぁド直球に真っ直ぐだ。ド真っ直ぐなテキ屋なんだ。

もうちっとな、泥臭くなんなきゃな。

泥臭くなんなきゃ、泥は被れねえ。

泥を被んなきゃ、俠ぁ磨かれねえってなもんでよ。

そのためならな、あいつのためなら、俺ぁ、なんだってする覚悟はあるんだ。俺が泥んなったっていい。

例えば新海君よ、俺がお前ぇの命ぁ狙ってみるとかも、手としちゃ大ありかな。

へへっ。冗談だよ。当たり前ぇじゃねえか。お前ぇさんは藤太の大事な、唯一無二の友達だぜ。

けど新海君よぉ。なんかあったら、仮になんかあったとしたらだけどよ。

松濤会の朝森にゃあ、気をつけな。

あれぁ今度、藤太と同じように親の跡目ぇ継ぐって吹聴してるらしいぜ。まんざら眉唾でもねえってなあ俺も知っててよ。その後押ししてんのがどうも京介らしいってなあ、まあ、朝森と松濤会の話を十把《じっぱ》ひとっ絡《から》げにして、兄弟ぇからちっとだけ聞いてよ。

京介は冷てぇナイフだからな。

本当だとしたら、朝森ぁ気に入られたつもりで鼻息荒えかもしんねえが、そんなんで京介は面倒なことはしねえ。動かねえ。

動くとすりゃあよ、利があるときだけだ。それも、漁夫の利だ。そうじゃねえとすりゃあ、どうとでも動く無条件の鉄砲玉でも作りてえときかな。

そんなこんなを踏まえつつ、眇《すが》めで朝森を見りゃあよ、あれにゃあヤクザの〈品格〉が見えねえ。とすりゃ、京介が考えるところは、いつでも捨てられる駒、勝手に突っ込んでく鉄砲玉、浅草に仕込む時限爆弾、使い道はそのくれえかな。だからこそ危ねえってもんでもある。

インテリってのはつくづく業突《ごうつ》く張《ば》りで陰険で、自分の手を汚しゃしねえで頭ばっかでかくて高みの見物好きで、だからいけ好かねえんだって、そんな古株や舎弟連中がわんさかよ、――おっとっと。口がどうにも滑りっ放しだな、おい。

なあ、聞かなかったことに――。

えっ。何言ってんだって？

風が強くて聞こえなかったって？

お前、なかなかやるなあ。刑事にしとくのは勿体ねえよ。いいテキ屋になるぜぇ。静香姉さんとツートップでいけんじゃねえかなあ。

何？　遠慮しますって？

残念だが、ま、仕方ねえか。給料だって少なくとも、今の三倍は堅ぇのにな。――おいおい。何で腕組んで考えてんだよ。

なあ、松田ぁ。言ってやれよ。モコだってそうだろ？　本当だよなあ。

えっ、なんだよそのボチボチってのは。デキモノみてぇで気味悪ぃじゃねえか。

えっ。倍くらい。

お前ぇ、やるなあ。――新海君、頑張れば倍まではなんとかなるらしいって、へへっ。

この話はもう聞いてねえか。

けど、新海君よ。

真面目にな、もう一度だけ言っとくぜ。

松濤会の朝森にゃあ、気をつけな。

けどまあ、言えるなあここまでだし、そのことで俺に出来ることなんざ大してねえ。これでも、あっちの世界の身内なもんでよ。

それでも言うなあ、藤太のためになると思うからでよ。

俺ぁ長ぇこと、あっちの世界の身内だがよ。同時に、藤太の親でよ。うちに子供がいなかった分、あいつの親父が早くに亡くなっちまった分、情は濃くもならあな。いつしか、身内の義理を上回るくらいによ。

へへっ。滑ったどころじゃねえ。だいぶ酔いが進んだぁな。どうにもぜんたい、口が軽ぃや。

新海君、今日のこと、金輪際、藤太には内緒だぜぇ。

けど、今の話なんかはよ、こりゃあ俺の、間違いのねえ本心なんだぜ。

藤太の成長を見るたんびによ、こんな俺も人の親になれたかなってな、俺ぁ心底から嬉しかったんだ。

死んだ女房にもよ、手を合わせるたんびによ、俺らの子供が、元気だぜってな、そんな自慢も線香の煙に交ぜられたんだ。

志村に出すなあ、それこそ断腸の思いってやつだ。これこそ本当に、藤太にゃあ言えねえけどな。

おう。松田。なんだ、注《つ》いでくれるってか。悪ぃな。お前ぇに酒を注いでもらうなんざ、何十年振りかね。

えっ。おとりさまに俺が来た？　一昨年の三の酉《とり》？　なんだよ、そうだっけか？

それにしても、一年と四カ月振りだぁな。美味い酒だぜ。風が少ぉし、冷てぇけどな。

箸も持ってねえと飛んでくしな。

へへっ。まあ、なんでもいいや。いい感じに、いい心持ちに酔ってきた。

なあ、新海君。

俺ぁよ、藤太のためになることにゃあ、命も賭けてやりてえが、こんな老いぼれの命一つが、一体なんの役に立つんだってな。つらつら考えちまうとこはそこでよ。志村に送るなぁ言わば、寝惚け爺いのふやけた頭で考えた、精一杯の覚悟なんだわな。

だから新海君よ、その先ぁ、なんかあったら、俺の代わりに藤太を頼むぜぇ。

頭っからよ、こう、泥を被らせてやってくれよ。ついでに、綺麗にひん曲げてやっても
らえっと有り難ぇかな。

なぁに、新海君もわかってると思うがよ、あいつぁたいがいのことじゃへこたれねえし、
少々の力じゃ歪みもしねえ。頑丈なんだな。

へへっ。そういった意味じゃあ、自慢の息子だよ。藤太ぁ、自慢の息子でな。

おい、松田ぁ。滝登りの松田ぁ。

聞いてっか？

昔よ、お前ぇは俺に、忠治ぁ絶対、人の親になんざなれねえって言ったがよ。

見やがれ、畜生め。

俺ぁ、親になったぜえ。

もっとも、どうしようもねえ親だけどよ。息子ぁ、自慢だぜえ。

なあ、松田ぁ。

本当に、自慢の息子なんだぜぇ』

この後、相京はカウンターに突っ伏し、軽い寝息を立て始めた。

新海はモコの松田店長と顔を見合わせ、肩を竦めて笑った。

「この男も、ずいぶん酒に弱くなりましたねえ」

「そうなんですか？」

「歳ですねえ。人のことは言えませんが」

このあと、相京は気持ちよさそうに三十分ほど、そのまま寝入った。

三十二

二十三日、日曜日の深夜だった。

新海は、自分に与えられた個室で微睡《まどろ》んでいた。半覚醒、といった状態だ。

日付は月曜日に変わり、時刻は間もなく二時になろうとする頃だった。

一般病棟に移って一週間、救急で運び込まれてから、一カ月以上が過ぎていた。

新海の現状はといえば、とにかく一日でも早く常態に戻るべく、懸命なリハビリの毎日だった。

実際、リハビリテーションルームではお爺ちゃんお婆ちゃん達にビックリされた。見ていて心臓に悪い、というクレームも耳に入ってきたほどだ。

都民の声は無視は出来ないが、〈聞こえない振り〉という、ある年齢以上のコミュニケーションの不思議な取り方を駆使すれば、たまにリハビリ終わりに駄菓子をくれる関係にはなれた。

そんな状態で早い病院の夕食を摂《と》り、テレビを見るくらいしかない時間を持て余せば、疲労した体に睡魔というやつは全速力で走ってくると見え、結果、就寝は笑えるほど早くなり、目覚めの時間もビックリするくらい早くなる。

だから新海がこの時間にうつらうつらしているのは寝入り端《ばな》だからではなく、起床時間が近いからだ。

就寝してからすでに、四時間が経とうとしていた。

人間の持つ体内時計に拠《よ》って、午前零時以前の睡眠一時間は以降の睡眠の二時間に相当するとか、しないとか。

するなら、新海は午前二時に起きたとして、零時に寝たときの六時起床と同じだけの回復を得ているという計算になる。

眠りの海の中を漂うような感覚に身を任せていると、病院の廊下に足音がした。

新海はそれで目覚めた。眠りは足りているから、覚醒は早かった。

おもむろにベッドの上に起き上がり、顔をひと撫《な》でした。

病室内は、スライドドアのスモークアクリルで出来たスリットから、仄《ほの》かに夜間照明が差し入るだけで暗かった。

三度目を瞬《しばた》き、左腕をゆるく回した。

左胸は少し引き攣《つ》れたが、現状では不測の事態への備えは、それで精一杯だった。

足音は新海の病室に近づき、そのまま通り過ぎた。

夜間照明でスライドドアのスリットに一瞬だけ、警備員の制帽・制服のシルエットが確認出来た。

新海は音もなくベッドを降り、ドアに近寄った。

足音は新海の病室からひと部屋飛ばした最奥の、どん詰まりの部屋の前で一度立ち止まった。

そこは、一般タイプの中でも狭い個室だが、シャワーとトイレが併設された病室だった。対して新海の部屋は、二㎡広いがトイレしかない。

ゆっくりとドアをスライドさせる、かすかな低音が聞こえた。深夜ならではだろう。

新海はひと息吐き、自室のスライドドアに手を掛けた。

冷たいノブを握り、行動開始のゴングが鳴るのを待った。

額の向こう傷は、鉄製のノブと遜色ないほどに冷えていた。

やがて、

「わははっ。掛かったなあっ」

と、いつの時代にも悪の幹部が口にしそうな言葉が響いた。

少し下品に聞こえるが、それが増渕の興奮したときの癖なので放っておく。

タイミングが取りづらいことこの上ないが、〈増渕の騒がしい声〉が行動開始のゴングだった。

新海はすぐさま廊下に飛び出した。

向かいの病室からも、打ち合わせ通り新海の〈ご同輩〉が飛び出してきた。

一応身構えて奥に目を向ければ、さらに近い両側の病室から飛び出した屈強な〈ご同輩〉達が、早くもどん詰まりの病室に走り込むところだった。

するとまず、なぜか増渕の苦鳴が聞こえ、すぐにバタバタとした足音が一カ所に集まって静かになった。

やがて屈強な〈ご同輩〉に挟まれ、引き摺《ず》られるようにして、警備員の制服を着た男が外に出てきた。

室内で格闘になったものか、制帽は被っていなかった。

脂ぎった禿頭の、大柄な男だった。

往時の暴慢な雰囲気は鳴りを潜め、ずいぶん痩せたように見えた。いや、窶《やつ》れた、が正しいか。目に卑しい光が強かった。

男は桃花《とうか》通商の、呉方林《ウーファンリン》だった。

新海の隣に立つ〈ご同輩〉が、腕時計を確認した。

「一時五十七分。殺人未遂および住居侵入の現行犯で、逮捕」

〈ご同輩〉連中のリーダーだとだけ、事前に聞いていた。

新海は廊下の脇に寄った。

「四度目の正直、はさすがになかったな」

「う、うるさい！」

引き立てられながら、呉は新海から目を外さなかった。

「新海、き、貴様のせいでねえ、私は、私はねぇっ」

呉方林は震えるような声で恨み節を吐き掛けたが、内容は繰り言だろうし、実際部分的に聞こえもしなかった。

病室内に残る増渕の方が、

「お、お。か、肩がっ。さ、鎖骨がぁっ！」

などと騒ぎ、どちらかと言えばうるさかった。

去る〈ご同輩〉三人と逆行するように、新海はどん詰まりの病室に入った。

「ええと。増渕さん、またやったんですか」

「し、仕方ねえだろ。仕事だぜっ」

威勢はいいが、床でのたうつ姿は至極真っ当に間抜けだ。

威勢よく飛び掛かろうとしてタオルケットに足を引っ掛け、バランスを崩して右肩口から勢いよくリノリウムの床に激突した、と実況見分はそんなところだ。

新海は肩を貸してやった。

「まずは一件落着です。一件だけですが。お疲れ様です」

おう、と答える増渕をベッドに上げ、新海はナースコールを押してみた。

病室が少なく、軽微な傷病の短期入院患者ばかりのフロアを、病室の移動も含めて〈借り切った〉以上、当然誰からの反応もあるわけはなかった。

新海は一人、別フロアのナースステーションへ向かった。

足取りは、軽くはないが重くもなかった。

肩の荷も、全部ではないが降りた感じだ。

増渕の怪我はありつつ、新海を撃った犯人はようやく確保に至った。

とは言いつつ、実は、犯人自体はずいぶん早い段階から分かっていた。

まず自身が撃たれた一瞬に、銃火に浮かぶ顔があった。どこかで見たことがある顔だと、漠然とだが思った。

このことを思考の核に置けば、男が言っていた言葉も気になった。

まず撃ってくる前。

――都是因为你《ドウシインウェイニィ》、现在什么都没有了《シエンザイシェンマドウメイヨウラ》。去死吧《チィスゥバ》！

二度目を撃つ前。

かった。

ほとんどわからなかったが、〈去死吧《チィスゥバ》！〉、死ねという言葉だけは商売柄、中国語だとわかった。

——活该《フォガイ》！　去死吧《チィスゥバ》！

そうして、三度目はジャミングの後。

中国語の言葉自体は一切理解出来なかったが、叫びの中にショウトウカイという単語だけは聞き逃さなかった。

それにしても、撃たれてアパートの外階段下に横たわるこのときに、何がわかったとも何が出来ようとも、はっきりと思ったわけではない。

ただこの襲撃の一件も含め、走馬灯ではないが浮かぶ思考は、どれもこのままではそのままになり、そのままでは新海としては納得できないことばかりだった。

——俺は真っ直ぐに、胸を張って生きてる。悟、お前はどうだい？　父さんの前で胸、張れるかい？

夜空から、父の声が降るようだった。

新海にとっては、天啓だったろうか。

口中は鉄錆臭かった。

生きるか死ぬか、伸《の》るか反《そ》るかは思考の中で曖昧にしてままならなかった。

まず頼るべきは、町村しか思いつかなかった。

——うわ。大変じゃない。わかった。任せて。休日だけど。

そうして、東京警察病院のＩＣＵからＨＣＵへ。

朦朧《もうろう》とした意識の海に漂い、転寝《うたたね》のような思考を掻き集め、二度目に目覚めたときには、だいたいの流れが摑めていた。

そこでふたたび、町村に頼んだ。

全部が丸く収まるとは思えないけど、係長は、それでいいんだね、と念を押されたが、このときはあまり深く考えなかった。

そう。

病院のベッドから動けず立ち止まる自分が事態を動かすには、虎の威でもキューピーの手でも、なんでも借りなければならないと簡単に思ったのは、紛うことのない事実だった。

三十三

そのときは、

——遊んでる連中、集めてみるね。

と町村が簡単に請け負ってくれたから、間違いなく浅草東署の誰か、おそらく谷本係長率いる一係の面々かと漠然と考えた。

覚醒したとはいえ、命の危険から脱したばかりの心身は、まだまだ本調子には程遠かった。

ところが意表を突き、町村が集めたという〈遊んでる連中〉は、どこからどう見ても間違いなく、本庁のどこかのエキスパートだった。

どこまでこのキューピーの顔は広大無辺なのかと感心することしきり、疑うことしきり。

もしかしたら現在のHUの連中かもしれないとは思ったが、浅く聞いても本当のところはわからないだろうし、深く聞くとより深いところに引き摺り込まれそうだったので止《や》めておいた。

――やだなあ。新海君、僕は暇なとこ動かしてみようって言っただけで、うちの一係なんて言ってないよぉ。だいたい、うちの一係ってさ、急に上野署から故買の一斉摘発に駆り出されて暇じゃなかったし。

結果、一係で遊んでいたのはそのとき退院したてで、現在は新海のダミーとしてベッドにいて負傷し、ふたたびリザーブされたベッドに戻るであろう増渕だけだった。

まあ、その結果は結果として、〈タンカ〉の異名は伊達《だて》ではないということで簡単に受け入れるとして――。

捜査の間で判明したことは、病室で器用に果物を剝くときの町村から、ときには代理の増渕から逐一聞いていていた。

どうやら桃花通商の呉方林は、二年前、蒲田署に麻薬取締法違反の現行犯で逮捕されたが、その後については蒲田署に記録はなかった。本庁預かりで強引に引き揚げられたようだった。

逮捕後、つまり腰にナイフが刺さったままの瀬川を、町村が運転する車で成田の病院まで送るドタバタ以降、新海にはそちらがどうなったかなど興味もなかった。

そもそも浅草東署は、三段ロケット切り離され型の庶務雑用署として成り立っている。検挙送検などにはあまりというか、携わることは絶無だ。

当時、ＨＵの統括裏理事官であった宇賀神には、どうあっても呉方林の妻の兄、張勇竜からの情報ルートを手放す考えはなかったのだろう。力業で蒲田署の検証捜査を引っ掻き回し、遠心分離器に掛けたように呉方林を、その対象の輪の中から放り出した格好だった。

実際にこのときの麻薬取引は立件された。相手方の香港シンジケートの連中と、桃花通商の何人かは送検もされた。

この事件そのものを闇に葬ることをしなかったのは、宇賀神の切れるところというか、小賢しい保身のテクニックだろう。

桃花通商側は任意の数人による個人的犯行と断定され、呉方林は部下への監督不行き届きを厳重注意されるだけに留まった。

ただし、法の網目を掻《か》い潜《くぐ》ったからといって、呉方林に待っていたのはそれまでとまったく同じ生活ではなかった。

呉が密輸にしくじったという話は、もちろんそういう話だからこそ中華系シンジケートの間に瞬く間に広がったという。

兄の威光を借りる尊大な呉方林の振る舞いに、もともと多くの反感もあったのだろう。

もちろん、兄を期待するHUの庇護はその後も続き、表立って誰も何も言うことはなかったが、そもそも裏の商売は〈依頼〉自体が売買双方から激減したようだ。

そして、その微々たる商い、HUの庇護さえが吹き飛ぶ発端になったのが、去年に起こった宇賀神の事件だった。

新海達が呼ぶ〈坂崎浩一を嵌《は》めようとして、結局ミイラ取りがミイラになった事件〉だ。

この後、宇賀神は更迭される前にあっさり見切りをつけ、辞職した。

宇賀神の後継に収まったという次の裏理事官は町村の言を借りるなら、

「お豆さんみたいな男だよ。どうお豆かは考え方に拠るけど。似ても焼いても食えないか。――まあ、食えって言われても食わないけど。それとも、ジャックと豆の木みたいに、朝になったら馬鹿でかくなってるか。――ああ、それは絶対ないなあ」

もう成長止まってるし、などと見舞いの果物を食いながら、例によってどこから仕入れてきたのかわからない、得体のしれない評価を町村が口にしていた。

なんにせよ、この新しい理事官は呉方林を介したロシアの情報ルートをあっさり手放したという。

日本の中華系裏社会から総スカンを食うことになる呉方林の生活の激変は、想像だに難くない。

会社から家族から自尊心まで、今まで自分が築き上げてきたもののほとんどを失った呉方林を支えるのは、恐らく憎悪だったに違いない。

特には、自分に擦り寄ってきて勝手に持ち上げ有頂天にさせ、今度はいきなり、奈落の底に突き落とす警察権力というものに対する逆恨みにして、結局は末端に流れてくる憎悪だ。

どん底の切っ掛けを作った警察権力の末端は、すなわち浅草東署の新海悟、ということになる。

町村が依頼したエキスパートらは、そこまでを迅速に調べ上げてきた。

ただし、家・土地・家族・会社・上辺だけの友人、そのどれも失った呉方林の所在は当初、良くも悪くも、総スカンによって中華系裏社会の中に埋もれて不定だった。

それがエキスパート達の努力によって、ようやく判明したのは今月に入り、衆議院総選挙が公示された後だった。

新宿のとある中華料理屋が、住み込みの従業員用と称して違法民泊を営んでいた。

相手も違法なら呉も偽名の中国人として、そこにいた。

所在は判明したが、この段階では宇賀神や松濤会の関与の有無も不確かで、なんといっても呉方林を犯人だと断定する決め手にも乏しかった。

当然、所轄の牛込《うしごめ》署でも近隣の防犯カメラは当たったようだが、犯行時間に誰とわかるような映像は皆無だったらしい。逆にそのことで、素人の犯行ではないのでは、というのが大方の意見のようだ。

それだけでも宇賀神や松濤会の関わりが疑わしいが、なんにせよ疑わしいだけでは結局グレーで、推定無罪の域を出ない。

そもそも目撃情報にしても、新海が銃火に浮かぶ一瞬の顔貌を捉え、過去の見覚えからなんとなく似た呉方林をピックアップしただけなのでは、と言われれば反論の余地はまったくない。

この段階では、新海の判断で呉方林を〈泳がせる〉ことにして、すべての捜査を継続した。

そうしてようやくエキスパート達が、呉方林に銃を売ったのが元ベステアウトの社員だった男らしいと突き止めたのは、衆議院議員総選挙も大詰めの十四日のことだった。

瀬川が神戸に入り、坂崎が大多喜町の小暮と会った後のことだ。

売人を特定するのに時間が掛かったのは、呉方林の事件と前後するように、実際にはこの男がベステアウトを退職していたからだ。

それ以降の関係、だったのだろう。

とはいえ、この男もすぐにはどうこうすることは出来なかった。退職後は振り込め詐欺にも手を染めたようで、最近になって主犯格として指名手配されていたが、逮捕どころか行方すら今のところ不明なようだった。

なんとも、呉方林の周りをうろつくだけで決め手に欠け、なかなか踏み込むまでには至らない。隔靴掻痒《かっかそうよう》の極み、というやつだ。

だから、全体の包囲網が狭まり、坂崎側も瀬川の方もどうであれ、一応の結末を迎え、一人、呉方林だけが浮かび上がったところで仕掛けを発動することにした。

呉方林が、幾度となく東京警察病院に現れたことはつかんでいた。

（乗る、かな）

賭けではあったが、銃で撃つ、という行為には少なからぬ覚悟がいる。

そして――。

呉方林は、弾こそ出なかったが二度も〈撃った〉。

その憎悪、妄執を考えれば、

（有る、よな）

と新海は、ヘラリと考えた。

ヘラリとしてはいたが、新海の中では確信に近かった。

呉方林の近くには、所在が判明した瞬間からエキスパートの何人かが潜っていた。

呉が病院に姿を現した帰りに、呉の身辺に潜ったエキスパートと出くわし、中野か高円寺の呑み屋に誘ったところで、このエキスパートが知り合いという設定の別の一人と合流する。するとこの別の一人はあら不思議、偶然にも仕事が警察病院勤務の警備員、ということにした。

こういう仕掛けは舞台作りの方が大事で、仕掛けそのものは簡易なら簡易なほど紛れがない。

二人の誘導に乗れば仕掛け、乗らなければ退く。

夜警の時間、シフト、病院内の様子。そんな引き出しを開け閉めし、興味を示すなら警備会社の制服の置き場を教えるか、あるいは売ってもいい。

例えば、

――警備員なんてよ。こき使われるだけで年中金欠だぜ。どこ行っても怪しまれねえしよ。いっそこの格好で金庫でも襲ったるか、なんてな。思わないこともねえ。

こういった辺りに漂う疚《やま》しさは、共感というか、一種の〈信頼〉を生む隠し味だ。

まんまと呉は食いついてきた。

東京警察病院のフロアの貸し切りという離れ業は、離れ業だがとある人間に頼めば呆気《あっけ》ないほど簡単にできた。

「ううん。さすがにそれは、いくら僕と訳ありの医長でも無理だなあ」

とキューピーはちょっとだけ考え、すぐに、

「けど、新海君が本当に実行する気なら仕方無い。じゃあ、僕ともっと訳ありの副院長と総務理事に頼んじゃおう」

となって、実は呉の引っ掛けよりも先に、こっちの見通しの方がビックリするほどすんなり立っていた。

ただし、すんなりだからこそ、一切の迷惑が掛からないよう細心の注意も払った。

上下のフロアの階段口やエレベーター前には〈ご同輩〉を配し、呉が侵入してからのルートはあらかじめ情報として誘導してはいたが、後を押さえさせた。

そうして仕掛けのフロアには新海自らと、当初は〈ご同輩〉連中だけで、自身がどん詰まりの病室に入るつもりだった。

左胸の少々の引き攣れに不安がないわけではなかったが、それくらいの責任は負う覚悟はあった。

と、嫌な予感はしたが、唯一暇な人材として、ときおり町村の代理を務めていた増渕が自ら手を挙げた。

——ここは、俺だろう。

どれだろう、とは取り敢えず言わない。言い出したら言っても聞かないことはいつものことだった。

かくて、新海銃撃事件は終結した。

ワンフロア下の階段口には、もう〈ご同輩〉の姿はなかった。

おそらく上のフロアも同様で、夜勤の看護師達がいつもと変わらず、命と向き合う仕事に従事していることだろう。

ナースステーションで師長にお馴染みさんのアクシデントを告げ、

「あらあら。まあまあ」

と小走りに向かう、以下何人かの後を追うように戻れば、新海の役回りはすべてにおいて終了だった。

自分の病室に戻る。

外を担架に乗せられた増渕が騒々しく去った。

仕掛けによって今のところ一切の人気《ひとけ》のないフロアに、新海は一人だった。

明日の朝からは順次、フロアに入院患者も職員も戻り、人で賑やかにも騒がしくもなるだろう。

ただ――。

今は夜と無音が、降り積もるようだった。

人恋しかった。

新海はおもむろに携帯を取り出した。

〈犯人検挙〉
坂崎と瀬川にＬＩＮＥを送った。
すぐに既読１にはなったが、返事はなかった。
〈ほぼ完治。水曜午後、退院〉
すべきことが済めば、そこから三日後の退院は医長と決めてあったことだった。
これにもすぐに既読１はついたが、やはり返信はなかった。
どちらが読んだか読んでいないか、はどうでもいい。
「ま、そうなるか」
新海は呟き、頭を掻いた。
いつの間にか、既読が２になっていた。
それでも返信は、一向になかった。

坂崎和馬へ

――全部が丸く収まるとは思えないけど、係長は、それでいいんだね。
すべての段取りを相談したとき、町村はたしかにそう言っていた。
新海は、いいと思った。

事件のこともありながら坂崎に対して、小暮からは政界の怖さ、柵の危うさを頼まれていた。自身の口から、膵臓癌であることも聞いていた。

五年生存率二十パーセント弱のステージⅡと、六パーセントを切るステージⅢの間。

しかも小暮は、そんな癌を口にしながら加療することもなく、坂崎浩一の秘書として毅然と振る舞い、坂崎和馬の将来を憂え、命を削って一人で選挙戦を戦っていた。

熾烈で姑息でダークで、そして孤独な、最後の選挙戦をだ。

小暮が言うように、坂崎はもっと政治というものの裏を知るべきだと思った。

ただ小暮には悪いが、知ってさらに、坂崎は小暮信二という能吏の、壮絶な覚悟を知るべきだとも思った。

呉方林に撃たれて後、走馬灯のように駆け巡る思考の中で、それらが混然一体となった。

覚醒後は言葉と情で誘うように、だから坂崎を捜査に巻き込んだ。三係の面々も付けた。

あわよくばその過程で、坂崎自身の周囲に蔓延《はびこ》る政治的悪やトラップを知らせてやろうとする意図も、なかったわけではない。

そうでなくとも、そもそも桃花通商の呉方林とHUの宇賀神は、当初から繋がっていた。

呉方林を追う上でも、宇賀神の動向は押さえておくべきポイントではあった。

加瀬孝三郎という男の悪意は、その延長線上に存在した。

一石二鳥、と思わなかったわけではない。

上手《うま》く考えたものだという自惚《うぬぼ》れがなかったとは、今となっては言えない。

――ジュニアの当選まで見届けられれば、それは望外の喜びというものですな。

小暮はそんなことを言っていた。

だが、

――ただ凡々と死んでいく気はありませんな。ご心配なく。

とも言っていた。

そんな小暮の言葉を信じた。

いや、言葉に見え隠れする心理を見抜けなかった。

選挙さえ終わり、無事坂崎親子の当選を見届けたなら、小暮はきっと入院加療に専念し、親子を見守りながら余生を静かに送るものと考えていた。

けれど、おそらく時間的に当確が坂崎和馬についた後、小暮はベッドで猟銃をくわえた。

坂崎親子の当選と引き換えに、我が命を天に捧ぐように小暮は死んだ。

迂闊《うかつ》、の誹《そし》りは免れない。

そこに自死の線があるとは思わなかった。

いや――。

あるという線に、目を瞑ったかもしれない。

――満ち足りれば私は、公表出来ないすべての裏事をその責まで背負って、いつ黄泉路に旅立っても悔いはないですな。

そうも小暮は言っていたのだ。

だから新海は、小暮の死に負い目を感じた。

その死に直結する捜査に巻き込んでしまった坂崎にもだ。

このことは、なにがあっても口には出来ないし、しない。

それが小暮との約束だから。

それが条件で、食わせてもらった肉なのだ。

瀬川藤太へ

——全部が丸く収まるとは思えないけど、係長は、それでいいんだね。

東京警察病院のＩＣＵで、町村は念を押すようにそれだけを聞いてきた。

新海は、いいと思った。

襲撃のとき、呉方林がジャミングで発射されなかった二発目の代わりに叫ぶようだった言葉の中に、ショウトウカイというフレーズを新海はたしかに聞いたのだ。

で、見舞いに現れた瀬川を言葉と情で絡め、捜査に巻き込んだ。三係の面々も付けた。

この段階では、松濤会の関与は強く疑われたのだ。また、たとえ結果として事件への関連性がなかったとしても、叩けばホコリはいくらでも出ると思った。

——松濤会の朝森にゃあ、気をつけな。

相京忠治から浅草寺のモコで、そう聞いていた。

朝森が松濤会の跡目を継ぐことも、鬼不動組の総本部長、柚木京介の後押しがあることも聞いていた。

政界でも加瀬孝三郎に四神明王会が近く、坂崎浩一事務所の小暮にも鬼不動組が近かったことを聞いた。

なんとも、ヤクザのオンパレードだった。

だから、あわよくば泥を被らせてやろうと、綺麗にひん曲げてやろうとする意図も、なかったわけではない。

——もうちっとな、泥臭くなんなきゃな。泥臭くなんなきゃ、泥は被れねえ。泥を被んなきゃ、俠ぁ磨かれねえってなもんでよ。

そう相京忠治は言っていた。新海もその通りだと思った。

新海は裏社会の人間と対峙《たいじ》する刑事だ。

その刑事の目から見ても、本式のヤクザの世界に足を踏み入れるには瀬川はド真っ直ぐなテキ屋だった。

綺麗事を綺麗事のままに押し通してきたテキ屋に過ぎなかった。

組を背負っても、その足を簡単にすくわれる気がした。

〈親〉としての相京忠治の危惧もそこにあったのではないか。

――あいつぁいずれ、天下大道に鳴り響く大俠客になるぜ。

相京はそうも言った。このこともまた、新海は大いに納得だった。

松濤会の捜査に巻き込めば松濤会から鬼不動組、自身の志村組や四神明王会までの裏を見ることになるだろう。

捜査の過程で泥を被り、俠を磨く。

一石二鳥、と思わなかったわけではない。

上手く考えたものだという自惚れがなかったとは、今となっては言えない。

ただ、何があろうと瀬川藤太という男ならなんとでもすると、高を括《くく》った感は間違いなくあった。

結果、何があったのかは知らないが、神戸で相京忠治が左手の小指一本を失った。

ヤクザの世界の〈エンコ詰め〉だとは易《やす》く窺《うかが》い知れた。

おそらくその場に現れたと後で判明した柚木京介による、瀬川に向けたトラップがあったのだ。

迂闊の誹りは免れない。

――柚木京介が何かしている。

——あれは冷てぇナイフだ。

——怖ぇ男だ。

そう、さんざっぱら相京に聞いていたのにスルーした。

いや、それも泥だと、どこか高みの見物としゃれ込む自分がいなかった、とは言わない。

それで浅はかにも瀬川を動かし、瀬川が嵌《はま》り、そのせいで相京は、小指と親方の立場を喪失した。

自分が一番事態を甘く見、机上で、いやベッドの上の空論を転がしていただけなのかもしれない。

だから新海は、相京の犠牲に負い目を感じた。

その犠牲に直結する捜査に巻き込んでしまった、瀬川にもだ。

このことは、何があっても口には出来ないし、しない。

それが相京との約束だから。

——あいつのためなら、俺ぁ、なんだってする覚悟はあるんだ。俺が泥んなったっていい。

それが、親を想う子の心に限りなく勝るという、親心なのだから。

三十四

二十六日は、五月晴れの一日だった。

新海は病棟の午後回診で担当医のチェックを受けた後、無事退院の運びとなった。

左胸から左上腕に掛けての攣れはまだ残っていたが、日常の生活に支障は何もない。

担当医の言に拠れば、後は〈上手く付き合っていく〉ことで折り合いをつける、ことが最善の方法ということだった。

着の身着のままで担ぎ込まれた警察病院だったが、茜が運んでくれた新海の私物や購入した諸々で、帰りの荷物は予想よりだいぶ多かった。見知らぬ物もあり、そんな確認で病室を離れるのに手間取った。

キャリーバッグに大きめのショルダーバッグをそれぞれ一つずつ。ショルダーバッグは急遽《きゅうきょ》、近所で買い求めたものだ。

会計も済ませ、すべての準備が整ったのは、四時近くになった。

一階に降りると、すでにロビーは閑散としていた。静かなものだ。新海の引くキャリーバッグの音だけが響いた。

病院の建物から出ると、大きく張り出したエントランスの外は、正面がロータリーになっていてすぐにタクシー乗り場があった。その奥が一般の駐車場になっている。左手に目を向ければ構内横断歩道が長く続き、渡れば区道けやき通りのバス停に出られた。ロータリーへの侵入路もそちらからだ。

(娑婆《しゃば》の空気か。——って、違うか)

一人顔を上げ、新海は目を細めた。

周囲の木々が、騒ぐように揺れていた。

吹く風に、少し湿り気を感じた。明日はまた、梅雨空に戻るのかもしれない。

と、二台の外車が、ゆっくりとけやき通りからロータリーに入ってきた。

その動きを目で追えば、合わせるように、奥の駐車場に停められていた国産のセダンも動き出すところだった。

国内外の差こそあれ、どちらも黒塗りで、新海の俸給では手が出ないのは間違いなかった。

ロータリーに侵入してきた二台と一台の低いエンジン音は、それぞれ新海から真逆に離れた場所で停止した。

見なくとも、新海には理解された。

案の定、先行で停まった外車から降りた黒スーツの男がベルボーイ然として、二台目の後部座席のドアを開けた。

歩道上に姿を現したのは瀬川だった。そのまま車道側に回ってくるが、都合六人が囲むように動いた。

一人はやけにガレて屈強にはほど遠いが、残る五人はガードで間違いないだろう。

その中にはムツオこと、武州虎徹組の八巻睦夫の姿もあった。

武州虎徹組が、志村組傘下になるらしいことは、その後の星川の報奨金三千円の調べで分かっていた。

真反対に停まった国産車の後部座席からは、坂崎が自分で勝手に降りてきた。

少し遅れて助手席から顔を出したのは西岡という、今では坂崎和馬の政策秘書だった。

運転手は名前は知らないが、たしか後援会会長の息子だったか。

瀬川も坂崎も、どちらもスーツだったが見慣れない感じがした。

瀬川はスーツ姿だったからだが、坂崎が見慣れないのは、髪を固めていたからだ。

新海は左に坂崎を見、右に瀬川を見た。

真反対に停められると、やけに面倒だった。

一台目の車道側のドアに寄り掛かり、瀬川が手で、光る何かを弄《もてあそ》んでいた。

シルバー・ムーン、Sof＊Ban＊シルバーの例のインカムだった。耳に付けた。坂崎も同様にレッド・サン、do＊omoレッドを装着した。

新海もショルダーバッグの底を探り、ブライト・ネーブル、a＊オレンジのインカムを取り出した。

右耳にはめると、すぐに坂崎の声が聞こえてきた。

――ひとまず、退院おめでとう。

少し硬く響いた。デジタルのせい、ではないだろう。

ただし、感度は良好だった。

「ああ。そっちこそ改めておめでとう、だな。代議士先生」

坂崎は何も答えなかった。

気にはならなかった。

逆に、そんな予感はあったのだ。

新海は、顔を瀬川の方に向けた。

「そっちも、襲名披露は無事に済んだみたいじゃないか。これで一端《いっぱし》の、いや、一端以上の親分さんだな」

フン、と鼻を鳴らすだけで、瀬川は遠くで片手を上げた。

こちらも、当然そんな反応になるような気はした。

「神戸は大変だったみたいだな」

一応、聞いてみた。

「何があったんだ？」

——三係の連中にも言ったぜ。何もねえよ。

「柚木京介か」

——五月蠅《うるせ》えな。手前ぇには関係ねえよ。

「けど」

それで相京忠治は、指を落としたのだ。

——こっちの世界だ。入ってくんな。

瀬川はそれで、そっぽを向いた。

なあ新海、教えろよ、とインカムに坂崎の硬いままの声がした。

——俺達は、少なくとも俺は、お前の掌《てのひら》の上だったんじゃないか。教えろよ。

そんなことを聞いてきた。

新海は、大きく息を吸った。

ここからが間違いなく本題だった。

瀬川にしろ坂崎にしろ、わざわざ退院祝いを言いに来たわけではないだろう。

いや、言えばこの顔合わせ自体が、それのみが、退院祝いか。

坂崎は続けた。

——色々、違和感はあったんだ。気になる切っ掛けは、小暮さんのひと言だった。大多喜に小暮さんを訪ねたとき、お前が撃たれたことを話したら、こう言った。

お節介の真骨頂、先送りの前倒し。

——後になってな、どうしようもなく気になった。

「そうか。気になったのか」

——ならない方がおかしい、と後になれば言える。そもそも小暮さんの生家は知らなかったし、選挙戦の真っただ中で陣営を離れて実家って誰が考える。これは俺を誘導した中台さんも言っていた。盲点だろうと、刑事の勘だと。まあ、あれも誤魔化しだよな。誤魔化しには新海、覚えておけよ。色々、齟齬《そご》が出るものだ。

だから、まず近隣の蕎麦屋を調べた、と坂崎は言った。そのくらいのルートはあるとも言った。

小暮の実家に出前を届けられる店で、近々に届けたことがある店は皆無だったらしいが、当然のことだ。

これも、報奨金制度の三千円で坂崎を大多喜の家に誘導させた、中台の作り話なのだから。

——それと新海。これはお前も知らないはずだが、ハニワの件だ。

「ハニワ？」

意外な方向だった。思わず聞き返した。

——そうだ。中台さんはそれとなく出前持ちに聞いたと言っていた。ハニワかと。ハニワですって答えだったたと。だが、そんなことはないんだ。新海、小暮さんはな、痩せていたよ。見る影もないほど。あの姿を見てハニワと言う人間は一人もいないだろう。

ああ、と新海は視線を遠くの空に上げた。

肉フェスのときの小暮も昔より痩せていた。気付くべきだった。

――事件に託《かこつ》けて、新海、何を見せたかったんだ。小暮さんの実家か。小暮さんの病状か。それとも、何も出来ず顔を背けたに等しい俺の無力か。

答えはない。答えられない。

――回答なしか。

坂崎の荒い息遣いが聞こえた。

――まあ、どうでもいい。そんなことは今となってはどうでもいい。ただ新海、覚えておけ。小暮さんは、死んだ。死んだんだ。自死とは、誰のせいでもないのか？　本当に誰のせいでもないのか？　俺はそうは思わない。絶対に。

かすかに鈍い音がした。

見れば坂崎も車道側に立ち、拳で車のボンネットを叩いたようだった。

――危ねえことすんなよ。怪我すんぜ。

瀬川の声だった。なるほどなあ、と続いた。

――可笑《おか》しいと思うとこまでは一緒だが、俺ぁようやく今ので腑に落ちた。さすがに坂崎あ、頭がいいな。

瀬川は二度、手を叩いた。拍手のつもりのようだった。

――けどよ。俺も一個だけぁ調べたぜ。犯人として捕まったなあ、あの横浜の呉方林だってな。

へえ、と答えたのは坂崎だった。

呉方林はその昔、ＨＵも絡んだ人物だ。犯人検挙は公になったが、呉の名前については表沙汰にはなっていない。

――瀬川も、そうか。そんなスジがな。

――そういう身の上になったってことだ。

――気を許せば寝首を掻かれかねないな。

――手前ぇの首なんざ要らねえ。そんなもんのために、って。

瀬川は言い淀《よど》んだ。

なんだと坂崎が聞けば、なんでもねえ、と瀬川は吼《ほ》えるように言った。

――とにかくよ。新海。呉の調べの様子も聞いたぜ。手前ぇを撃ったこたぁ、誰にも言ってねえし知らねえはずだってよ。警察の方だって、他人との接触の痕跡すら認めてねえぜ。なあ、新海。なのに朝森がよ、手前ぇについてなんて言ったか知ってっかい？　神戸に行く前だ。

もちろん、知っている。

〈茶ぁばっかりねだりに来る浅草東の三日月野郎も、暫くいねえことだしな。清々すらぁ〉

報奨金の三千円で、瀬川に向けて新井に言わせた言葉だ。

――あれも手前ぇなのか？　いいや、手前ぇだな。

この問い掛けにも、答えられない。

だがもう、同じだろう。

答えることと答えないことの間に差異はない。

その場に佇んで動かないことが、すべての肯定だった。

小暮の自死、相京の指一本。

それぞれがそれぞれに重い。

額に風が当たった。

向こう傷だけ、何も感じなかった。

――けどよ。

その辺のこたぁ、まあいいや、と吹く風のように瀬川は続けた。

――俺のこたぁいいや。親方の指もよ、百歩譲って、まあいいや。どっちもヤクザの世界と、ヤクザな世界のことだ。

意外過ぎた。

新海は瀬川に顔を向けた。

似合わないスーツの上着を瀬川は脱いだ。

脱いで肩に引っ掛けた。

引っ掛けながら、真っ直ぐに強い視線を新海の方に向けた。

――けどな、新海。金輪際だ。手前ぇは愛ちゃんの涙を盾に取った。それで俺を動かした。

ああ。

間違いはない。

――手前ぇは昔っからよ、面倒臭ぇ世話焼きだけならまだしも、小賢しくて小狡《こずる》くて。俺から見りゃ、よっぽど坂崎と一緒だぜ。そっちでやれよ。

――なんだ、それは。

坂崎が割って入った。

――やな野郎ってこったよ。だから俺ぁ、金輪際だ。

瀬川が歩道に上がった。ガードが動いた。八巻睦夫も動く。

――はっ。同感だね。

坂崎が大きく肩を竦めた。

――新海。似たようなことを先に言われたが、俺もそんなつもりで来た。なあ、新海。俺は小暮さんの覚悟を見なかっただけかもしれない。見ない振りをしただけかもしれない。でも新海、お前は知っていたよな。知っていて、その覚悟も駒に使ったよな。

ああ、ああ。

それも間違いはない。

――だから俺も、瀬川の言葉じゃないが金輪際だ。お節介もいい加減にしろよ。上手いことを考えたつもりで考えなしで、好《す》き好《この》んで危ない橋ばかりを選んで渡ろうとして。俺から見たら、お前こそよっぽど瀬川側の人間だ。そんな奴は、そっちの世界にいればいい。

瀬川っ、くれてやる。好きにしろ。

坂崎も歩道に上がった。西岡が後部座席のドアを開けた。

大勢に囲まれ、瀬川が外車に乗り込んだ。

西岡に肩を叩かれつつ、坂崎が国産車に乗り込んだ。

エンジンが掛かった。

相京が離れても、瀬川には大勢の子分衆がいた。志村善次郎もいる。

小暮が死んでも、坂崎には西岡がいた。党幹事長の坂崎浩一もいた。

新海悟がいなくとも。

まず坂崎の車が、次いで瀬川の車列がロータリーを出て行った。

見送るだけだった。

(それぞれの道、か)

それもいい。

——。

本当に、いいのか。

「いやぁ。本当にそうかなあ」

思わず仰《の》け反《ぞ》った。

近くから意表を突いた声が聞こえたからだ。

「僕はねぇ、新海君。係長。君の生きて来た道、生きて行く道も捨てたもんじゃないと思うし、捨てないなぁ」

横断歩道の左手、救急出入り口の方向に、町村がいた。

左耳に地味な黒のインカムを装着していたが、地味でも黒でも新海に見覚えは十二分にあった。

前年、潮風公園での坂崎夫婦の会話を盗聴、いや、見守るための道具として、茜用にカスタムしたものだ。

なぜ町村が、という疑問はこの際どうでもいいだろう。

とにかくそのインカムは、カスタムによって新海達の三台のＩＰインカムと同調していた。話せなくとも、聞こえるのだ。

つまり、今までの三人の会話はすべて町村に筒抜けだった。

「新海君。友達は大事だけどねぇ。間違っちゃいけないよ」

町村がゆっくりと寄ってきた。

「君はね、刑事なんだ。小賢しくて小狡くたって、いいじゃないか。上手いことを考えたつもりで考えなしでっていうのはマズいけど、好き好んで危ない橋ばかり選んで渡ろうとしてってのは褒め言葉だね。刑事なんだもの」

言葉が、差す夕陽のように温かく染みた。

「いいかい。新海君。係長。もう一度言うよ。これっきりだよ。——君はね、立派な刑事なんだよ」

そうだそうだ、と声があった。

見れば、救急側からぞろぞろと現れる者達があった。

新井も蜂谷も中台もいた。星川も横手も太刀川もいた。深水副署長も勅使河原課長もいたが富田はいなかった。

今日は留守番、ということだろう。

エントランスの中には、右肩を固めた増渕もいた。

それにしても。

それにしても、だ。

(ああ。そうだった)

俺にもこんなに、仲間がいたっけ。

仲間は力だった。

額に当たる風も、向こう傷に優しく感じられた。

暖かかった。

「なあ、おい。瀬川、坂崎」

インカムに声を掛けた。

返事はなかったが、息遣いはまだ感じられた。

それで十分だった。

「瀬川寄りだ？　坂崎寄り？　ふざけろ。冗談じゃない」

寄ってきた太刀川にキャリーバッグを任せ、新海は歩き出した。

「なあ、坂崎。偉そうに高いところから見下ろすから、俺も瀬川も一緒に見えるんだ。瀬川。お前はモグラみたいに穴の中から仰ぎ見るから、俺も坂崎も一緒に見えるんだ」

三係の面々がついてきた。

「世話焼きでもお節介でも、俺は真ん中だよ。ただし、どっちにも転がらないで真ん中に立つってのは、大変なんだぜ。でも、それが普通の人間だよ。その辺りであくせく生きるのが、普通の人間なんだ。俺はここにいる。ここで生きる」

横断歩道を渡れば、夕陽が新海の全身に差した。

「おい瀬川。自分でも言ったんだ。愛莉ちゃんを泣かせるなよ。守れよ」

ふん、と鼻が鳴った。

――決まってらぁ。グダグダとうるせえよ。

「坂崎もだ。言っとくが、茜を俺と一緒にするなよ。別人格だぞ」

――お前に言われるまでもない。

「なんだ。お前ら、聞いてんじゃないか」

新海は立ち止まった。

「じゃあ、最後に忠告だ」

夕陽に目をやった。

大きく朱《あか》い夕陽だった。

「坂崎。高く昇り過ぎると火傷するぜ。瀬川。深く潜り過ぎると、闇に溶けるぜ。二人とも気をつけることだ。お前達がこれから生きるのは、そういう世界だ」

数拍の間があった。

――大きなお世話だ。

なぜか揃った、イニシャルSのユニゾン。

知らず、新海の口元には笑みが浮かんでいた。

この作品は徳間文庫のために書下されました。
なお本作品はフィクションであり実在の個人・団体などとは一切関係がありません。